クリスティン・パイパー［著］
北條正司［訳］

暗闇の後で

豪州ラブデー収容所の日本人医師

After Darkness / Christine Piper

花伝社

暗闇の後で——豪州ラブデー収容所の日本人医師◆目次

目次

この作品はフィクションである。人名、登場人物、団体、場所および出来事のいずれも著者の創作であり、架空のものである。存命または死去を問わず、実在の人物との如何なる類似性も全くの偶然に過ぎない。

第一章　南豪州――一九四二年　ラブデー収容所

地平線に、潰れた卵の黄身のように滲んだ色の太陽が広がった。明るくなりかけた光で、あたりの景色が浮かび上がってきた。ユーカリの葉の形がはっきり見分けられるようになった。赤茶色の大地が輝いた。

列車は横に揺れながら車輪を軋ませ、さらに内陸へと進んだ。西豪州ブルームの広い空間に慣れていた私だが、これは異次元の広大さであった。目の届く限り果てしなく広がる牧草地や農地であった。あちこちで腹の肥えた牛や馬たちが黄色に輝く牧草を食んでいた。目の前の大地をくまなく見渡しても、人は一人も見当たらなかった。

背中の汗が溜まり、腿の下部が座席にくっつく。窓の掛け金を外そうと手を伸ばすと、窓ガラスに私の顔が映っていた。虚で窪んだ寝不足な目。ボサボサの脂ぎった黒髪。伸びかけた無精髭。前回シャワーを浴びたのは、三日前のハービー収容所だった。南豪州への旅がこんなにも遠いことを私は知らなかった。私の臀部は長時間座っていて麻痺していた。「感覚異常」、医学教科書のどこかに書かれていた単語を思い出した。

私の背後で、誰かが自分の所持品を調べている音が聞こえた。この客車に二、三人の知り合いが乗っている。彼らとはパースからの旅で一緒であった。アデレード中央駅では他の人々に会っていたが、その時は早朝だったので、空にはまだ星が見えていた。ライフル銃を肩にかけた衛兵が私たちを取り囲み、ターミナル駅の隅々まで目を光らせていた。寂れたプラットホームの上で、私たちは単に国籍だけで集まった四十人の奇妙な一団となっていた。互いにお辞儀をしたり、小声で挨拶した後は、静まり返った。新参者たちが濃い色に日焼けし、ゆったりした白い衣服を着ていることから判断すると、彼らは南洋諸島から来たのだろう。ハービー収容所では、ニューカレドニアからの大勢の日本人に会ったが、彼らは何十年も前にニッケル鉱山で働くために移住したのだと語った。

半時間ほど待つと、列車がポッポと音を立てて入ってきた。日本人の顔をした人々が客車の窓越しに私たちを見ていた。少なくとも百人は中にいたに違いない。衛兵は私たちを空の客車に乗せた。それから列車は、シューという大きな音と白い蒸気のうねりと共に、街の建物のシルエットを後にした。

明るさが増すにつれて、私は落ち着きを取り戻し始めた。平和な田舎の風景を見て心が和んだ。私の向かい側の席には、老齢の男が座っていた。出発してから、私たちは会話を交わしていなかった。彼が窓の外を覗いているとき、ちょっと彼を盗み見した。目の周りの皮膚は湿った紙のようにしわが寄っていた。私たちの客車の隅に立っていた衛兵の一人が、陽気な調子で口笛を吹き始めた。私の近くの二人がささやいていた。彼らの会話の断片を捉えたが、私の思い出せない訛りがあった。「……ここの兵隊さんは親切だ。わしにタバコをくれるのを見たか?」

「多分、次の収容所はこの汽車のように、快適で清潔だろうよ」

私はゆったりと椅子に座り直し、頬に当たる心地の良いそよ風を楽しんだ。曲がり角に差し掛かったとき、水面がきらきら白く輝く、幅の広い川の様子が見てとれた。両岸には枯れ木が多くあり、枝は空に向かって伸びていたが、それはまるで天に許しを請うているかのようであった。

町の郊外に近づくと、列車はスピードを落とし始めた。農地は、埃を被った広い道路に変わった。川は私たちの前方に流れており、手が届きそうであった。列車は駅に入って行き、プラットホームで大きく揺れて停止した。「マレーブリッジ」と記されていた。私たちの客車に面したプラットホームのベンチに、一人の女性と小さな女の子が座っていた。女の子は三歳ほどに見えた。私の姪も最後に会った時にはそれくらいだった。肌の色は白くふっくらとしており、茶色の髪が顔の両側でカールして束になっていた。私たちを見るや、彼女の目が光った。彼女は母親の腕を引っ張り、私たちを指差した。母親は真っ直ぐ前をにらんだ。車掌の笛が鳴るまでに、私たちが駅にいたのは一分間にも満たなかった。列車がゆっくり前進し始めたとき、母親は娘の手をつかみ、私たちの客車の前まで引きずってきた。あまりにも近くまで近づいてきたので、母親の唇の上のほくろが見えた。私の面前の窓ガラスに、唾の塊がへばりついた。

「いまいましい日本人野郎!」と握り拳を振りながら、彼女は叫んだ。

列車は唸るような音を立て、そこから離れていった。女の姿は色褪せた小片になるまでに小さくなったが、それでも彼女の顔を見ることができた。目を狭め、口を固く閉じた女の風貌はまさに憎悪の塊であった。

＊

その日の夕方六時に、列車はバーメラに到着した。夕刻の遅い時刻にもかかわらず、太陽は照りつけ、あらゆる物を赤銅色に染めていた。細かい塵が空中に浮遊しているのが見えた。収容所まで私たちを護衛する兵士は別にして、人っ子一人いなかった。広い未舗装道路が私たちの前に広がっていたが、両側は帯状に伸びる緑の農場だった。遠方に、灰色のスレート屋根で白壁の家が、緑の木々に囲まれて立っていた。人影はなかったが、開いた窓は住人のいる証だ。

四人の兵士がプラットホームに立っており、加えて二人の騎兵が線路上で待ち構えていた。彼らの制服は、列車内の衛兵のそれと同じであったが、それ以外は何もかもが違っていた。ライフル銃床の地面への置き方、彫りの深い顔立ち、くつろいだ笑顔。「次の到着地はラブデー」と彼らの一人が、道に沿って進むように合図しながら大声で言った。

列車の中では、他の人たちの手荷物が少ないのを気の毒に思ったが、収容所への五キロメートルの道を歩きながら、逆に、それが羨ましくなった。道を辿っていると、彼らの会話が耳に入ってきた。「日中だったら、どれだけ暑かったことか」と一人が言った。「船よりはましだろうよ。少なくとも、ここでは新鮮な空気が吸える」ともう一人が言った。

兵士たちは互いに無駄話をして、時折、道の両側で育っているブドウの枝に手を伸ばし、熟した房をちぎった。

手荷物の重みで私は後ろ向きに倒れたが、そこには仲間の年配者たちが歩いていた。騎乗の衛兵が行列のしんがりを務めていた。私がスーツケースを一つ捨てようかと迷っていたとき、後方で叫び声と騒ぎが聞こえた。ニューカレドニアからの男たちの一人が、手と膝をつき、頭はほとんど地面に触れんばかりになっていた。私は持ち物を下ろして、彼のところに駆け寄った。彼の顔は青ざめ瞳孔は広がっていたので、私は彼を横に寝かせた。

騎乗の衛兵は、行進を止めるよう仲間の兵士に向かって叫んだ。そうすると、私たちの周りに人が集まってきた。「なんと、この男は死にそうだ」と衛兵は言った。

私はその男の額に手を押し当て見ると、燃えるようなひどい熱があった。

「熱はどのくらい前から続いていますか?」。私は問い掛けた。男は私の方を見たが、何も言わなかった。私は再度尋ねてみた。

「その人は日本語を話さない、フランス語だけ」と集まった者の一人が言った。頬がこけ、痩せた男が歩み出た。「この人は俺と同じ船に乗っていた」

「なにか悪いことでもあったのですか?」

男は肩をすぼめた。「多分、船から病気だったのだろう。船の中では、食べ物がわずかしか出なかった。一日一食だけ。この俺でさえ病気になった。デッキの上に出ることは許されなかった。大勢の人が、特にこのような年寄りは死んだ」

「彼は衰弱している」。私は英語で衛兵に語った。「彼が歩けるとは思えない。何か乗せて運ぶものはないだろうか。担架でも?」

「いや、司令部にはそれがある。しかし遠くて時間がかかり過ぎる。彼があと一時間持つとは思えない……なあ、お前!」

その集団の先頭にいた衛兵が、馬の向きを返した。

「私はこの男を病院まで連れて行かねばならない。もう時間を潰す訳にはいかない。手を貸してくれないか」

衛兵の一人と私は病人をゆっくり立たせたが、馬の鞍に乗せるには他の何人かの助けが必要であった。彼はひどく衰弱しており、ほとんど座っていることができなかったので、ブドウの枝木を折り、体の周りを包み込んでロープで衛兵と繋いだ。彼らは収容所へと向かったが、その姿は暗くなりゆく空に、シルエットとして浮かび上がった。私たちはまた歩き始めると、ほどなく地平線上に白く輝く明かりが現れた。

「あれが収容所ですか？　ラブデー？」。私は近くの衛兵に尋ねた。

「そうだ。あれがラブデーだ」と彼は言った。「収容所は、夜間あのように照明がついている。昼間と同じように明るい」

集団の後ろの方で、私は時々、重い手荷物を持ち替えながら苦闘していた。ほとんど一時間後に収容所に到着したのだが、それまでに私の手にできたマメは潰れ、汁が出ていた。収容所に到着すると、コンクリートの建物の外に整列するよう命じられた。それから、一人ひとりの名前が呼ばれ、中に入った。

建物内部には、三人の男が机を前に座っていたが、その机の上には書類が散らばっていた。私は一人の将校の前に進んだ。彼は、頭の天辺から足の爪先まで私を見回し、手荷物に目を止めた。「手荷物が四個？　何ということだ。家中の家財道具を全部持ち運んで来たのか？」

「私の医療用器具です。私は……」

彼は眉を吊り上げた。「職業は?」

「医者です」

「医者だと? ここでか、それとも国外で?」

「両方です。日本で医者でしたが、最近になってずっとブルームの病院で働いていました。ハービー収容所でも手伝うよう依頼されました。医者が足りていませんでした」

「そういう訳で、ブルームの他の者たちよりも到着が遅れたのだな?」

私はうなずいた。「ハービーの軍医、マッキンノン医師から留まるよう言われました。収容所の司令官は延長を承認しました」

将校は、机上の書類に関心を移した。書類に書き込みをしながら、再度、私に話かけた。「三十三歳と見えるな。いつからここにいる? 英語が上手だ」

「豪州には一九三八年に来ました。ほとんど四年になります」

私の隣に座った人は、意思疎通に悪戦苦闘していた。彼は自分の職業を言うのに、日本語で「洗濯屋」と繰り返した。

「婚姻関係は?」

私は不意をつかれた。口は開くのに何も出て来ない。

将校は顔を上げた。「結婚しているのかどうか? 妻はいるのか?」

「私は……。はい、結婚しております」

「奥さんは何処にいるのか? ここにか?」

「いいえ、妻は日本にいます。東京です。豪州には来たことがありません」

彼は更に何か質問しかけたように見えたが、大きくうなずいて、書類の書き込みに戻った。しばらくして彼は手を止め、ペンの片方の端で机の上を軽く叩いた。

「あなたは収容所14Cに入ることになる。そこには、ブルームから来た者たちが大勢いる。しかし、この所持品はどれも持って行くことはできない」。彼は、開けたスーツケースに目をやった。「外科用メス、ハサミ、それらは他の収容者と一緒にしておくにはあまりにも危険すぎる。貴重品と一緒に、金庫に閉まっておく」

収容所への入所が許可されるには、健康診断が義務付けられていた。私は医者としてハービーで何百人もの新入所者に対し同じ処置を実行してきたから、何をされるのかを知ってはいたが、裸で検査を受ける恥辱には心の準備が整っていなかった。軍医は長く細い指を使い、驚くほど強い力で、私の肺や心臓、髪、歯、性器を突き刺しながら調べた。それを必要以上とも思われるような大声で、助手に口述した。一度だけ、彼は私の視線に応じたが、それは私も内科医であることを述べた時であった。

私の検査が終了したのは、深夜近くであった。他の人たちは既に収容所に入っていた。

私は、収容所正面入り口の外側の投光照明灯の下に立っていた残りの人たちと一緒になった。あらゆる物が明るくはっきり見え過ぎた。仲間のささやき声さえ、夜の静寂で増幅されていた。

「奴らは我々を見張っているんだろうな。あの塔の上から?」

最も近い監視塔は六メートル先で、照明灯の縁金の後ろ側にあった。私は監視塔の上部に設けられた柵を細目で見た。据え付けられた機関銃の銃身は空に向かって突き出ていた。

「奴らはいつでも見張りをしている」。もう一人の男が言った。「飯を食っている時も、寝ている時も、用を足している時もだ。それが奴らの仕事だ。たとえ奴らが見張っていないとしても、こちらにそう思わせたいのだ」

「撃って来るだろうか」と最初の男が言った。

「こっちが逃げようとした時だけだ」

一人の将校が小さな砂煙を巻き上げながら、大股で歩いて坂道を降りて来た。「入所の準備は整ったか?」。彼の声はそこら中に響きわたった。顔は赤く光り、まるで熱いお湯のシャワーを浴びてきたばかりのようであった。「お前たちの三十二名は14Bで、残りの者は14Cである。14Bの者は全員手を上げろ」。男たちの多くは英語を話さなかったので、混乱が起こった。「14Bの者。はい?」。その将校は、もっとゆっくり話しながら、自分の手を上げ模範を示した。「よろしい、お前たちの組が最初に行け。ゲートをくぐるとき、自分の名前を私に告げよ。名前を」。彼は片手で持っていた筆記板を指差した。そして、ゲートに立っていた衛兵に、解錠するよう指図した。

私たちは、離れ離れになる人たちに別れを告げた。彼らのほとんどは台湾人とニューカレドニア人であった。たった一日一緒に過ごしただけであったが、長い距離を共に旅して、彼らに深い親しみを感じた。列車の中で向かい側に座っていた老年の人も、その中にいた。ワイヤー製の長方形の囲いの中に入るために整列したとき、彼は私を見て微笑んだ。彼の名前を知ることはなかった。

彼らの名前をチェックして確かめると、将校はゲートを施錠した。彼は「自由からの別れ」と、息を吐くように静かに言った。

数分後、今度は私たちがゲートに入る番になった。私たちは狭い場所に押し込まれた。それは軍用トラックの荷台よりも少し大きい空間であったが、互いが押し合い、圧し合いとなった。木製の梁が私の腰の括れた部分に食い込んだ。このような状態がどれほど続くのかと思っていたが、背後で衛兵が「全員入れ！」と叫んだ。しばらくして、二人目の衛兵がもう一方の側のドアを開いた。

私たちは未舗装道路に押し出された。その道路は四台のトラックがすれ違えるほどの広さがあった。道は果てしなく続いているように見えた。

「ようこそ、ラブデー14収容所へ」と二番目の衛兵が言った。「あれが鳥籠ゲートだ。同じものがもう一方の側にもある。じきに慣れるようになる」

私たちは衛兵の後について道路を下って行った。その道路で収容所は二分されており、四十人余りの男たちの行列となった。

「この道はブロードウェイと呼ばれる。全てが明るいライトに照らされているからである」と衛兵は道路を指し示しながら言った。有刺鉄線のフェンスが両側に張り巡らされていた。彼は左側のフェンスの中の門口を指した。「あれが14Bの入り口だ。お前たちの隣人だ。お前たちの構内の正面入り口は、もう一方の端にある」

衛兵は口笛を吹き始めた。陽気なメロディであったが、何もない場所で聞くことは、逆に、私を寂しい思いにさせた。

「おい、あそこを見てみろ」。隣にいた男が小声で言った。

私たちの右側、十メートル先、フェンスの向こう側に人の姿があった。明るい色のシャツとズボンを身につけた西洋人が、平静に、まるで車が通りを行き過ぎるのを眺めているかのように、こちらを見ていた。おそらく悪意はないように思えたが、彼の幽霊のような様相により私は不安になり、二度とあえて見たいとは思わなかった。

私たちは、道路とおよそ四、五メートルの狭い道が交差する接合点を通り抜けたが、そこは二つの構内の出発点の印であった。

「この細い道路は中央を横切っているが、我々がレースと呼ぶところのものだ。そして、これがお前たちの収容所14Cである」。左側にあるフェンスを指しながら衛兵は言った。「だが、まだ正面入り口には辿り着いていない」

フェンスの向こうに並ぶ低い建物群は、不自然な明かりの中で、うら寂しかった。道路の端に近づいたとき、衛兵は口笛を吹くのを止めた。「そこに誰か?」。彼は、内部フェンスの向こう側に呼びかけをした。

「はい。おります」。幾らか距離を置いた所から声が返ってきた。足音がこちらに向かってきた。衛兵が建物へのゲートを開錠し、私たちは列をなして中に入った。三人の男が出迎えに立っていた。

「収容所14Cへようこそ」と一番背の高い男が言った。彼の口元は引き締まっていた。彼は縁が金属製で円型の眼鏡をかけていたが、その眼鏡は投光照明のまぶしい光を反射していた。彼のつやつやとして、整然と分けられた髪やシワのない衣服を見て、恥ずかしくなった私は頭に手をやった。「私の名前は森です。この構内の自治会長です。協力者と一緒になって、規律を維持し、収容者全員が公平に扱われるように努めております」。彼は生粋の東京生まれが話す標準語を使ったが、私には何年かぶりに聞く言葉であった。「こちらは、副会長の山田さんです」。隣にいた人物を身振りで示した。山田は日焼けした広い顔つきをして、白髪まじりのイガグリ頭であった。山田は軽く会釈し微笑んだ。「そして、書記担当の星さんです」。三番目は深々とおじぎをしたが、彼の腹はズボンのベルトを押すように出ており、禿げた頭に汗が光っていた。「何でも必要なことがあれば、私たちの所に相談に来てください」

「通常なら、到着後すぐにこの収容所のご案内をするところですが、今は遅くなり、夜も更けていますから、今夜はあなた方の入るテントと便所、洗い場の区画をお見せすることにして、残りは明日にしましょう。あなた方の所属グループは、八つのテントに分かれます。メナロから来た人は、私に付いて来てください。バタビアからの人は、星さんに。そして、ハービー収容所から遅れて来られた方、ブルームからですね?」。私はうなずいた。「山田さんに付いてください」

山田は私に歩み寄り、挨拶した。「あなたがブルームからの茨木先生ですね。あなたのことは、原田さんからよく聞いております。荷物の一つをお持ちしましょう。テントはこちらの方向です」。私が申し出を断る暇もなく、彼は私の手から一つのスーツケースを取った。

「原田? 原田安太郎さんがここにいるのですね?」。この収容所の中に私の友人がいることを知り、尋ね返した。原田はブルーム日本人会の副会長であった。ハービー収容所で別れを告げたときには、互いにどこで再会できるか定かではなかった。

「はい、しかし並びが違うテントです。明日ご案内しましょう。あなたを彼や何人かのブルームの真珠ダイバーたちと同じテントにしようと思っていたのですが、あなたが医者であることが分かったとき……」。山田は微笑んだ。「あなたは私のテントに住むのが良いだろうと思ったのです。あなたは、そこにいる人たちを気に入ると思いますよ。二週間前に、あなたが他の人たち全員と一緒に到着しなかったのが残念です。先週、執行役員会を立ち上げました。あなたのような学歴の高い人に入ってもらいたかったのですが」

私たちは、テントの列に沿って歩いて行き、中ほどで立ち止まった。

「これが私たちのテントです。八列、十二号です」。山田は寝ている人を起こさないように、小声で話した。「あなたの寝床は用意できています。荷物を置いて、もし良ければ着替えをしてから、用を足す場所をお見せします。列の端でお待ちしております」

私はスーツケースを下に置き、所持品を仕分けして、寝間着と歯ブラシを手探りで探した。水脹れのできた手が何か硬い物に当たったとき、私は一瞬ギクッとした。テントの内側でいびきが聞こえた。誰かが動いたサラサラという音。私は山田の好意に胸が打たれた。彼は知り合いでもなかったのに、自分のテントに入れてくれた。私は天を仰ぎ見て、感謝の祈りを静かに捧げた。まぶしい明かりの向こうに、かすかに星が輝いていた。

＊

次の朝早く目が覚めた。テントのキャンバス布の隙間から日光が差し込んできた。まだ六時をまわっていないはずなのに、既に暑さのきざしに満ちていた。なま暖かい風がテントの端々にまとわり付いていた。一匹のハエが、私の上を歪な弧を描きながら飛び回っていた。首と背中まわりの汗で、ベットシーツは湿り気を帯びていた。近くの男たちのいびきの音が大きくなり、耳が一杯になった。私が頭を上げると、汗が首に滴り落ちた。六人の仲間の男たちは、明らかに、集まり来る熱を物ともせずに眠り続けていた。

私はブルームでは日曜日に、五時に起床して湾岸に沿って二時間散歩していた。ピンク色の砂と、それを取り巻く草のトゲの間を縫うように進んだ。オレンジ色のもやの中を、太陽が水平線から飛び出してきて、ゆっくりと砂や草、海がくっきり違いを見せるようになった。この朝の散歩はいつも私の頭の中をすっきりさせ、これから始まる一週間の平穏をもたらした。

私はテントの出入り口に忍び足で歩いて行き、外を覗いた。荒涼とした朝の光の中で、風景は昨夜とは全く違って見えた。カーキ色のテントの列と列が、遠くへと広がっていた。テントの向こうには、鉄屋根の食堂棟が群がっていたが、それらは昨夜歩いた内部道路のすぐ近くであった。テントを出てから、私は外部フェンスに面するように向きを変えた。テントの最終ラインと外辺部フェンスの間は、不毛の広い区画であり、小石と雑草で覆われていた。有刺鉄線の向こうには、土や草、雑木林の果てしない平原が広がっていた。

構内の北西の端にある共同便所に向かって歩いた。南京錠の掛かったシャッター付きの小さなトタン小屋を通り過ぎた。昨夜、山田が教えてくれた。「ここで、タバコやカミソリ、その他の日用品を購入できる」

コンクリートの便所と洗い場の区画は、その悪臭により簡単にそれと分かった。フェンスに沿った道を進み、二つの食堂棟と炊事場を通り過ぎた。朝食の準備で金属製の鍋や食器のカシャカシャと鳴る音がして、にぎやかであった。揚げバターの芳醇な香りがした。私は腕時計を見た。ちょうど六時になったところであった。朝食は七時からと聞いていた。

テントの並びを通り抜けて戻ってみると、テントの内部の男たちはいまだにマットレスの上に横になったままで、シーツがもみくちゃになっていた。収容所の向う側の世界に面しているフェンスに到達するまで、そのまま歩いた。これまでに集めた情報からすると、この収容所全体は円形に近い大きな一区画で、それが四つに分割されている。日本人が収容されている14Bと14Cばかりではなく、他の二つの構内にはイタリア人とドイツ人がいる。四つの収容所はフェンスで隔てられており、収容者は互いに目にすることはできるが、接触することは制限されている。

有刺鉄線が私の前に立ちはだかり、尖った鉄の先端は、晴れやかな空に対してうっとうしく思えた。切り開かれた大地の広がりに、収容所はまるで堀のように取り囲まれていた。空き地の端に近い場所に、ユーカリの高木が歩哨のように立っていた。樹幹からは樹皮がめくれており、それは皮膚の水脹れの如くであった。

ハービーを離れる一週間前、私は母からの手紙を受け取っていた。拘禁される一ヶ月前には、母は私に日本に帰国するよう促していた。しかし、私は契約を全うするためにブルームを離れる訳にはいかないと返事をした。実を言うと、契約は既に満了していたが、帰国する準備ができていなかった。

「智和様」と母の手紙は始まっていた。「今週は、雪がひっきりなしに降っています。日は長くなって来ていますが、日よけの上の氷は、毎日、重くなってきました。お元気でお過ごしでしょうか。私は息災にしております。」

母は、妹の恵と二人の子どもたちに、毎日のように会っていることを私に知らせてきた。新年の早い時期に家族の墓参りをし、全ては順調だと書いていた。

「弟の信弘は、」と次の文が始まったが、その段落の残りは検閲によってきれいに切り取られ、空白の長方形ができていた。空白はそれ自身が力を持ち、そこに言葉の意味を引き出しているように見えた。

手紙は次の言葉で締めくくられていた。「健康にはお気を付け下さい。また便りを書きます。母より」

私は弟がどうなったか知りたいと切望した。彼は海軍に所属し、最後に消息を聞いたのは、大陸に送られたことだった。私と弟には十歳年の差があるものの、二人は近かった。家の裏の広場で、私は弟とよく遊んだものだ。彼は私と同じように医学の道を志していたが、戦争が始まったとき、それが変わった。手紙には私の妻については何も書かれていなかった。母は折に触れ佐々木家の人々と会っていたのだが、この一年間は何も報せがなかった。

私は気持ちを落ち着かせながら、フェンスに沿って歩き続けた。驚いたことに、テントの最終列と外部フェンスの間に、仏教の祠を発見した。それは簡素で小さな建物であり、肩の高さ以上のものではなかった。ペンキを塗っていない木材でできていた。屋根にはヒビが入り、素材は朽ちかけていた。二つの開き戸が前に開いており、ミニチュアの巻物に「極楽浄土」の文字が書かれているのが見えた。

そのようなとき、日本では線香に火を点すものだが、ここは故国から遠く離れており、私のできることは、祠の前に跪き目を閉じることであった。

私は左側に何かの動きを感じ、十メートル先に人影が静止するのを見た。よく見ると、その男は「合の子」のようであった。日本人にしては目が丸過ぎるし、鼻は広過ぎる。その若者は、肩にタオルを掛け手に石鹸を持っていた。まっすぐに伸ばした背筋、動きのない表情は行進する兵士さながらであった。目が合ったが、彼はほとんど無意識に会釈し、そのまま道を行った。

*

食堂に足を踏み入れると、私は大声や叫び声、口論の集中砲火を浴びた。そこは朝食を食べる数百人の男たちの騒ぎが鳴り響く場所であった。私はほとんど誰も目を覚ましていなかった早朝の静寂を懐かしく思った。

「肉は?」。山田は、何か黒茶色の厚い切れを盛ったトレーを私に差し伸べた。「マトンだと思う。いつもマトンだ。私の口には合わないが、昼まで腹を持たせてくれる」

朝からのマトンの匂いで私は少し気分が悪くなったが、ナイフとフォークを取り、好意に背かないように努めた。山田は紅茶をカップに注ぎ、そしてオートミールやトースト、バター、ジャムを勧めてくれた。彼は、そのテーブルに座っている他の人々に私を紹介した。彼らは同じテントの住人でもあった。彼らのうちの三人はスマトラのゴム生産会社で、山田と一緒に働いていたことを知った。山田はその会社の工場長であった。

生ゴム事業を始めるべく、八年前、山田は日本から送られてきた。私の正面に座っていた渡辺はずんぐりした五十代の男で、副工場長であった。渡辺の隣は会計係長の石川、山田の隣は前田で、業務係長だった。テーブルの他の端には歯科医が座っていたが、私より二、三歳年上の彼もスマトラからであった。ボルネオからの老年の男は、名前がよく聞き取れなかった。山田は身を乗り出してきた。

「私たちは一所懸命に働きましたが、経営は大変でした。とりわけ、オランダが資産を凍結してからは、……あの嫌な奴ら。奴らがやったことは絶対に許せない」。日本の貿易へのオランダによる禁輸措置を思い出し、彼の顔は陰鬱になった。しばらくの間、彼が立腹してしまったのではないかと私は気を揉んだ。船の上で、何か彼を悔しい想いにさせる出来事でもあったのだろうかと想像したが、彼は急に晴れやかな顔をした。「あなたはどうですか、先生。どちらの大学に行かれましたか。東京ですか、それとも京都?」

「東京です」

「うわー、それは最高です」。彼は、彼とは異なる側に座っている人の方を向いた。

「聞きましたか。東京帝大ですよ」

食事の合間に私は近くのテーブルを眺め回し、友人の原田を探した。食堂の絶え間ない騒音を突っ切るような大声が聞こえた。私は持ち上げたナイフとフォークを止め、私の背後で交わされる会話を理解しようとした。私は、英語を母語とする話し手による長くて平坦な母音を捉えた。

「……二切れ取った。他の人と同じだけ。それで問題があったのなら、そこらの奴らに聞いてみればいい。分け前を超えて取るのを見たか」

もう一人の声は、こもり声で聞き取り難かったが、私が聞けた二、三の単語からすると、英語は彼の母語ではないと分かった。

私は椅子の上で座る向きを変えた。そうすると、瞬間ではあったが、その男たちが目に入った。最初の男は、私の二列後ろのテーブルに座っていた。彼は全身日焼けをしており、ブルームで私が知っている多くの真珠ダイバーの特徴があったが、外見には明確に日本人とは少し違う何かがあった。彼は強いアゴと強靭で傾斜した肩を持っていたが、そのために体の残りの部分が矮小化されて見えるほどであった。彼は私が知っている誰かの生き写しであった。ある知人の写り込みであった。

彼はかがみ込んで、向かいの男に話かけようとしていたが、その男の顔を見ることはできなかった。「お前は、この俺が大きな切れを二切れ取ったと言っている。なんてことだ。やい、チャーリー、これを聞くかい?」。彼の相手も肩幅が広く力強かったが、白い肌をしており、波立った髪は片目にかかっていた。私は彼が、朝の散歩で見た「合の子」だと分かった。そのテーブルには、混血に見える数人の男が座っていた。

「俺が大きな切れ端を二切れ取ったので、奴は、俺の分け前を超えて取ったと思ったのだろう。俺が何切れ取るかを数えるだけでは足りなくて、俺たちが取る肉の大きさにまで、奴らは目を光らせている。次には、俺たちが使うトイレットペーパーの枚数を数え上げるだろうよ」

チャーリーは首を振った。「そのことについて、くよくよ悩む価値はない、ジョニー。これには勝ち目はない」。彼の声は平穏であった。

私は、最初の話し手がジョニー・チャンであることを認識した。彼はブルームではよく知られた人物で、若き経営者であった。日本人街で中華麵屋を開いていたが、その後、ブルームで初めてのタクシー業を立ち上げた。彼がショート・ストリートとダンピア・テラスの交差点の角に立っていた姿を、私ははっきり記憶している。彼は自分の車の開いたドアに片方の腕を持たせ掛け、もう一方の手で、折り畳まれた紙を使い、顔を扇ぎながら、通りの人々と話をしていた。彼は誰にでも知られており、日本人や中国人、原住民、白人とさえ気軽に付き合っていた。彼の父は中国人移民で、金鉱山でそこその金を稼ぎ、ブルームに移ってから食堂を始め、結局、日本人の洗濯屋の娘と結婚した。

私はジョニーをすぐさま認識できなかったことを不思議に思った。多分、それは彼の立ち振る舞いの違いにあった。ブルームではもっとおおらかに見えたが、ここでは別人のようであった。

「とにかく、何の権利で俺たちに何をせよと言えるのか？ 自治会長という名の地位でこの場を所有しているかのように振る舞いながら、自分で決めたいまいましい規則さえ守らない」。ジョニーの声は混雑した食堂に響き渡った。「それで？ その通りだ。奴には……」。ジョニーは二、三台離れたテーブルに座っていた森会長に向け、指を突き出した。「会長には、あらゆる類の特権がある。二、三回、料理のお代わりができる。シャワーは真っ先に使えるし、掃除当番もない。この俺が気付いていないとでも思っているのか？」

森は食事を続け、フォークでマトンの切れ端を突き刺し、上品に口に運んだ。彼の表情は読み取り難かった。山田は、テーブルの向かいの渡辺に小声で言った。「あの合の子、名前は何だ？ チャン？ 問題児だ。奴は自重する必要がある。我らの恥だ。既に大勢の人が仰天している」

私はブルームでの私とジョニー・チャンの関係を山田に伝えておくべきか迷った。しかし、山田とはまだそれほど親しい間柄ではなかったので、沈黙した。

山田は私の方を向いた。「彼は、自分が他の誰よりも偉いと思っていましてね。私が彼のテントを便所掃除の当番にするよう名簿に載せたとき、彼は最初に拒否しました。先週、執行役員会の会議中に、力ずくで押しかけて来ました。曰く、娯楽用テントを使いたく、待ち続けていると。その会議は重要な会議であることを伝えましたが、それでも、出て行こうとしませんでした。彼は職権を尊重することを知りません。我々のやり方を守ることをしません。彼らの誰もが同じです」。山田はうんざりした表情を浮かべ、ジョニーのテーブルに向けて指をパチッと鳴らした。

私はジョニーの反社会的な態度を見聞きして驚いた。私の知る限り、ブルームにおいてジョニーは、職権に対して問題を起こしたことはほとんどなかった。彼は、何年も知っている警察官たちとも親しかった。

「お前たちハーフのバカどもは、お前たちの身体に日本人の血が混じっているのに値しないぞ！」。自治会長のテーブルに座っていた一人の老齢者が日本語で言った。

ジョニーはテーブルを叩き、立ち上がった。「血統の人種差別者！　いま貴様が言ったことを知っている。俺がハーフの意味を知らないとでも思っているのか？　天皇崇拝ブタ、くそくらえ！」

チャーリーは手をジョニーの肩に掛けなだめようとしたが、無駄であった。チャーリーはなだめ続けたが、ジョニーは肩を振って、友人の手を払いのけた。「あいつらクソッタレのように何をせよと言うな」と彼は言った。

「支那人の出来損ない」と誰かが叫んだ。ジョニーの中で激怒の炎が炸裂した。彼は椅子を後ろに蹴り倒し、わめき始めた。彼が何を言っているのかはよく聞こえなかった。大勢の男が、彼に出て行くよう叫んだからである。「出て行け！」「うせろ！」。私の耳では、山田は最も大声で怒鳴った一人であった。ジョニーはテーブルを強く押しのけ、反対側に座っていた男たちに衝撃を与えた。私ははっと息をのんだ。近くのテーブルにいた誰かが立ち上がった。

「もう十分だ」。立ち上がったのは自治会長であることに私は気付いた。場は静まった。「出て行きなさい、今。でないと、ロック少佐に報告する。一週間の監禁となる」。森は明快な英語で話した。「この俺を追い出したい？　貴様らは、実にいまいましい差別主義者の塊だ。知らないのか？　どこに行っても貴様らは俺にまとわりついている」。彼が荒れ狂って、自治会長らが座っていたテーブルの空いた席を蹴り部屋を出て行った時には、誰も何も言わなかった。私はため息をついていた。心臓の鼓動が耳に聞こえた。しかし、ほんのしばらく経つと、再び騒音の雲が立ち上がった。ナイフやフォークの音、甲高い声、皿の鳴り響き。

私は目の前の食べ物を見た。皿の上の肉にラードの白い斑点。マトンは冷め切っていた。

＊

朝食後、山田は私の旧友、原田のテントに案内してくれた。テントの内部では、居住者たちが寝具を折り畳んだり、所持品を整理し、床を掃いたりしていた間に、人影は身をかがめ、縫うように進んだ。ブルームで私は、真珠ダイバーとは稀にしか交流していなかったが、私を見たとき、男たちはしている作業を止めて、お辞儀をした。「先生、よく来られました。お会いできて大変嬉しいです」。名前は忘れたが、和歌山からの若いダイバーが言った。私は彼の温かい思いやりに感動した。一度、彼を病院で診察したことがあったが、何処が悪かったかを思い出せなかった。ベルニス修道女なら知っているだろうに。

「茨木先生、茨木先生ではないですか?」。原田は床の上に開いたスーツケースの隣にうずくまっていた。彼の顔を見ると汗で光っていたが、ブルームでの夜、酒を飲み、麻雀に興じ、スープ鍋を囲み、喜びに輝く顔が思い出された。しかし、彼が立ち上がったとき、彼があまりにも痩せていたので、私はショックを受けた。最後に会ってからまだ数週間も経っていないのに。

彼は私に向かって歩き、ぎこちなく私を抱きしめ、私の肩をつかんだ。「いつ、到着されましたか?」

「つい昨夜です」。私は言った。

「先生はハービーから?」

「はい、そうです。先週、他の軍医が到着しましたので、私はここに送られてきました。それにしてもあなたは、かなり体重が減っていますね」。彼の鎖骨は私の手の圧力でもポキンと折れそうに見えた。皮膚は熱っぽかった。

「何でもありません」。私の腕を押し返しながら、彼は言った。「ここの食事が好きになれません」

「医者には診てもらいましたか?」

「はい、はい。私と他の五百人が」

彼の背後にいた真珠ダイバーの一人は私たちの会話を聞いていたが、私を見て首をひねった。彼の身振りが何を意味するのかを考えてみたが、答えを見出す機会を失った。近くで誰かが大声で同じ言葉を繰り返しているようだったが、それは、人々の一斉の声がテントからテントへ伝えられていた。

「人数調査！」

「行かなくてはいけません」。原田が言った。「人数調査はフェンスの近くです。行きましょう。ご案内します」。彼は所持品をスーツケースに詰め終え、蓋を閉じた。

私たちは、内部道路に面したフェンスへ歩いて向かう人々の流れに従った。太陽の日差しの強さは、テントの中にいた短時間中に倍増したように思えた。空気まで熱く、呼吸するたびに喉が焼け付くようだった。

「ブルームとは随分違いますね。どうですか？」。片手で目を覆いながら、私は言った。

「そうですね。ブルームからは長い距離があります」と原田は言った。そして、目の前のキャンバス布のテントの列や有刺鉄線のフェンス、不毛の広大な平原を眺めた。彼は咳をした。「これが暑いか考えてください。二週間前はもっと悪かったのですよ。四十三度でした。テントの中はもっと暑かった。地球上の地獄のようでした」。彼は、話したり歩いたりすることが精一杯であるかのように、短い言葉の間ごとに喘いだ。

フェンスに近づいたとき、原田と私は別れ、それぞれの列に合流した。山田は私に手招きして、彼の後ろに並ぶようにしてくれた。私の周りの人の多くが帽子を持って来ていたのに、私はそうする先見を持ち合わせていなかったことを後悔した。軍人四人の行列が、右方向のゲートから収容所内に行進してきた時には、集った熱で私たちは汗だくになっていた。

「数え方始め！」。先頭の将校が号令した。そうすると、他の者たちは編隊から離れ、収容者の並びの間を歩いて行きながら人数を数えた。残った将校は、最前列の収容者を順番に見つめた。彼は恰幅が良く、腹まわりの大きさは、太い腕と脚によく合っていた。カーキ色の長ズボンを身に付け、白色のシャツを肘までまくり、カーキ色の尖った帽子を深く被っており、彼の目元は帽子のつばの陰に隠れていた。口元は動きのない一文字に閉まっていた。彼は右手に、乗馬用鞭を持っていた。

人数を数えていた将校たちは、前列に再集合して人数を比べた。

「全員いるか？」と上官が尋ねた。

「全員おります」。他の者たちが返答した。

上官は前方に歩み出て、演説を始めた。「本官の憂慮すべきことは、諸君の中の一部の者が生活環境の整備に関する定められた手順を遵守しないことである。テントの中の所有物は、いかなる時も整然としておかなければならない。ベッドは毎日、整えなければならない。これらに対する違反は厳しい懲戒となり、違反を繰り返す者は、懲罰の観点から監禁される。これを促進するため、この時点から、テントおよびその周辺の抜き打ち検査を遂行する」

山田はうなり声を出した。「これこそ、我々が望んだことだ。ロック少佐が我々の持ち物を調べる」

私は目を細めて太陽のまぶしい光を見ながら、少佐が早く演説を止めて私たちがテントに戻れるようにと願った。彼は単調に話を続け、また延々と続けた。男たちの中には、内容が理解できなくてただ聞き流し、だらしなくなっている者がいることに気付いた。この私でさえ、英語をよく会得していたつもりであったが、彼の話について行くのには苦労した。なぜ通訳がいないのだろうか。私の鼻の穴に火が付いたような気がした。

私の何列か後ろの並びで、ドサッと倒れる音が聞こえた。振り向いたが、他の男たちを越して見ることはできなかった。緊急時の笛の音が聞こえた。

「これらの規則を遵守する義務……」。ロック少佐は話を中断した。「この後の方、静まれ！　何が起きているのか?」。彼は隣にいた若い将校の方を向いた。「マッカビン、何事か見て来い、いいか?」

マッカビンは集団の後方に走って行った。彼が通り過ぎるとき、ちらっと金髪が輝くのを私は見た。一瞬置いて、彼が叫び返した。「誰かが倒れています。暑さにやられたに違いありません」

山田は私を向いて言った。「先生、行って見た方がいい」

私が人の並びを押し退けて進むと、地面の上に倒れている誰かを取り囲む背中の輪ができていた。

「私は医者です。何かできることは?」

男たちが後退りして隙間ができると、倒れている人が誰かを認識できた。

「原田さん!」。私は彼のわきに身をかがめた。「原田さん、私です、茨木です。聞こえますか?」

彼の身体は汗で覆われ、目は半分閉じられていた。私が彼のまぶたを開けると、彼は白目をむいた。脈を調べてみると、速い。若い将校が水筒の水を渡してくれたので、私は原田の唇にそれを押し当てた。

「熱疲労でしょうか?」。マッカビンは私の横にかがんで尋ねた。

「そうとは思えない。汗をかき過ぎている。これは何か他のものだと思う。病院に運ばなければならない」

「担架を持ってきます」

私はその若い将校が戻ってくるまで、太陽から原田をかばう日陰になるよう男たちに頼んだ。原田は意識を失ったり、戻ったりを繰り返した。時々、目を開いて私を見た。彼の頭が一方向にだらりと垂れるたびに、私は再度、脈を測った。

やっと担架を持った若い将校が、他の衛兵を連れて現れた。私たち三人は担架のキャンバスの上に、原田をゆっくり乗せた。彼は小さく見え、彼の脚は担架の端に届いていなかった。マッカビンと衛兵は担架を持ち上げ、そして私たちはゆっくりと出口に向かって歩いた。ロック少佐は生活環境整備についての話を再開していた。

「ちょっと待って下さい。彼は一緒について来るのか、どうですか?」。衛兵は、私に向けて首を振りながら将校に聞いた。

「どうかお願いします。私は医者です」。不安定な状態にある原田を一人にするというのか、私は喉から声を絞り出した。「この人は重病です。もし処置が遅れれば死ぬかもしれません。途中で何か起これば、私が手助けします」

マッカビンの顔が曇った。彼はロック少佐を振り返って見た。ロック少佐は、いまだに演説を続けていた。「うーん、よろしい。それでは私は警護役にまわろう。さあ、この端を持て」

私は、原田に振動を与えないよう慎重に、担架の取っ手をつかんだ。私たちは横這いに歩いてゲートへ、そしてブロードウェイの上に出た。内部道路に沿ってしばらくの間、荷重によろめきながら小刻みに歩いてやっと鳥籠ゲートを通過し、司令部への通路にたどり着いた。私の手のひらは、まめが担架の取っ手で潰されて、滑りやすくなっていた。私は痛みで怯みそうになった。

私は速いペースを保とうと懸命だったが、荷重で遅くなった。マッカビンは、再び持ち手の交代を申し出た。私は手の負傷を隠そうとしたが、取っ手には血が滲んでいた。

「何と！　その血はあなたのか？」。マッカビンは深紅色の縞々を凝視した。

「昨日、駅からスーツケースを運んでいたとき……」

「いやー、言ってくれれば良かった。あなたに病人を運ばせたくなかった」。彼は首を振った。

右側にあった収容所を通過した。それは収容所14よりも小規模ではあったが、兵舎は灌木や若木の茂みに隠れており、より綺麗でもあった。フェンス近くの庭のそばにしゃがみ込んでいたイタリア人の二人組が顔を上げて、私たちが通り過ぎるのをじっと見ていた。私たちはしばらく黙ったまま歩くと、司令部の分散した建物群が視界に入ってきた。大きなコンクリート製の建物は、その影を地表に長く投げ掛けていた。いくつかの白塗りの鋼鉄の建物は、花壇に囲まれていた。病院はそのような建物の一つであり、尖塔屋根で、四面全てに窓があった。

内部は部屋が衝立で二つの病室に分割されていた。ドアに近いベッドの上には、二人の病気の豪州人がいた。一人はタオルを頭に当てて寝ており、もう一人は、包帯を巻いた足を枕の上に休ませていた。彼らは軍人だろうと推察された。衝立の向こう側のベッドからは、時折咳の音が聞こえ、静寂が中断した。

前日、私を健康診断した軍医将校が、豪州人のベッドの足元に立っていた。彼はカーキ色のシャツと半ズボンを白衣の下に着用していた。彼は紙ばさみから目を上げた。「次の人？　これは何だ、暑さにやられたか？」

「彼の脈拍は非常に速い」と私は言った。「熱もあります。暑さのせいとは思えません」

その内科医は私をちらっと見た。「あなたは昨日会った医師だな」

私はうなずいた。

「その患者を収容者用の病室に運びなさい。それから」。軍医は後方の部屋を指示した。「あなたも、先生。診察を手伝ってくれ」

収容者用の病室には、十人ほどの患者のうち白人はわずかに二人しかいなかった。残りは日本人であった。彼らは、私たちが原田を空のベッドに移しているのをぼんやりと見ていた。

軍医は原田の脈拍、体温、目の具合をチェックした。

「なるほど、彼は間違いなく熱がある。どのぐらいこの状態が続いているのか?」。彼は尋ねた。

「ほとんど半時間」。私は答えた。

「水は飲んだのか?」

「はい、少しは、ほんの一口、二口ですが」

「彼の名前は?」

「原田、嗣雄（ツグオ）、または単に原田です」

「ハラダ? 私の声が聞こえるか、ハラダ? 目を開けられるか?」

原田は頭をそらした。

軍医は聴診器を原田の胸に当てた。「咳をするか?」と彼は尋ねた。

「彼と一緒にいたのは短い間ですが、そう思います。はい」

軍医は原田の腺や腎臓をチェックしながら診察を続けた。しばらくして、聴診器をつかみそれを白衣のポケットに戻した。

「あなたの言うことは正しい。暑さによるものではない。この患者は結核を患っている。最初に到着した時の検査で見つからなかったのは驚きだ。もちろん、この二、三週間で何百人もの収容者を受け入れたから」

熱、悪寒、浅い呼吸。私はブルームで、結核の症例をたびたび見てきた。どうしてそうだと思いつかなかったのだろうか？　私が病気を発見できなかったせいで、感染と悪化につながってしまったのかも知れない。

「ジョージ！」。軍医は声を上げた。すぐさま、私の健康診断に居合わせた助手が部屋に入ってきた。

「この患者のファイルを取れるか？」。軍医は私を向いた。「彼の名前は何でしたか？」

「原田です。ツグオ原田」。私は言った。

「ハ・ラ・ダ？」。軍医が尋ねた。

「その通り、14Cからです」

「ところで、あなたの名前は？」

「茨木、トモカズ茨木！」

「イブラキ先生！」。彼は発音を間違った。「私はアッシュトン医師です。この収容所にもう一人医師がいてもよい。ちょうど、14Bに病院を開設したばかりだ。あなたも看護兵を手助けしなければならない。食事を配ったりする、その類の仕事だ。大した賃金は払われませんが、何もせずに座っているよりましだ。ロック少佐もあなたの語学技能を高く評価するに違いない。日本語を話す人員が不足している。だから、どうですか?」。彼は手を差し出した。私が躊躇すると、彼はうつむいた。彼の表情が変わった。「ああ。一体、その手はどうしたんですか?」

＊

栄養のある食事が与えられ、休息を取ると、原田の体調は安定した。午後、彼は病院の結核病棟に移った。次の日、私は彼を訪ねた。病院の集合体は14Bの東の角のすぐそば、当直兵舎から石を投げて届く距離にあった。病院に近づくと、衛兵や将校が司令部に続く通路から、あるいは未舗装道路を騎乗して到着するのをフェンス越しに見ることが出来た。

亜鉛メッキされた鋼材でできた三棟の病院の建物が並んで立っていたが、多分、この収容所で最大の建造物であった。建物の中央を貫くように設けられた通路があり、それらの建物を連結していた。私はこの道を通って入り、やがて薄暗い廊下を通り、他の病棟を通り過ぎて原田が収容されている場所にたどり着いた。

結核病棟は複合体の奥にあり、出入り口は厚いカーテンで覆われていた。内部は、風が入らないようにシャッターが閉じられていた。十人の患者で部屋が占められており、呼吸する吐息と胸の静かな動きだけが、生きている証であった。原田はドア近くのベッドに横たわっていた。私が彼の傍に立つと、両目をしばたいて開き、一瞬の微笑を見せた。

「気分はどうですか?」。私は尋ねた。

「年寄りの精一杯です」。彼の声は荒く、息をするために休みを入れた。

彼を疲れさせたくないので、私は自分の構内に戻った。私は病院勤務を希望することにした。原田を見守ることができるし、収容所で自分の時間を使うのにこれ以上のものはないと思った。

私は昼食後、この考えを山田に伝えた。テントに歩いて戻るとき、真昼の太陽が私たちに照りつけた。収容所では日陰はほとんどなく、熱から逃げることはできなかった。

「それは、随意雇用労働の枠組みの中で、豪州政府が一日当たり一シリングを支給することですか？」

「そうだと思います」。私はハンカチで額をぬぐった。

「先週、この件に関しては執行役員会で話し合いました。ニューカレドニア人の何人かが、野菜畑で働くことへの興味を表明しました。私たちはそれに反対はしませんでしたが、わずかの小遣い銭で、敵のために働くことを望んではいません。それがどのような問題を呈するかお分かりですね？」

私は瞬きをした。山田の表情は真剣だった。

「しかし、退屈すると、収容所で不穏な事態が引き起こる心配もあります」。彼は続けた。「それゆえ、参加者が時々小さな妨害行為を行うことを提案して、この計画を承認しました」

「妨害行為？」

「草引きとか、苗を植え付ける時に、逆さまにするとかです。そのような類の仕事なら、あまり目立つことはありません。あちこちでのわずかな混乱です。しかし、先生の場合は不可能です」。彼は笑った。「故意にやると患者が病気になってしまいます。いや、病院で先生が雇用されることは、収容所にとって良いことです。それゆえ、このことに森会長が何の問題点も見出さないのは確実だと思います。先生、どうされました？　大丈夫ですか？」

病気の患者と聞いた瞬間、私は急に気持ちが弱々しくなった。私は指の先でまぶたを押した。黒くなった手足と腐った肉が目に浮かんだ。

「ちょっと太陽が」と私は言った。「大丈夫です」

最初の勤務の始めに、病院の入り口の内側で、一人の看護補助員が私に挨拶した。明るい日差しの中から入って行ったので、薄暗がりに慣れるのに少し時間を必要とした。天井の扇風機からの風が顔に当たった。

「先生、私たちの作業班にご加入いただき光栄です」。若者が深々とお辞儀をした。彼の長くて細い指は、ズボンの両脇を波立たせていた。彼の名前は塩原で埼玉県の出身であるが、彼が言うには、この六年間はオランダ領東インドの塗料工場の社員であった。私は彼について歩道に沿って行き、最初の建物の中に入った。約二十メートルの奥行きがある二つの病棟の両側ともドアが開いていた。

「これらは収容者用の一般病棟です。熱、マラリア、非伝染性の感染症など」。塩原は説明した。

これらの各病棟の入り口には、小さい机と椅子が置いてあった。がっちりした体格の若い男が机の椅子に座っていたが、頬に手を当てたまま、眼を閉じていた。私たちの物音に気づき、突然、彼はまぶたを開いた。彼は立ち上がり、何度もお辞儀をして眠っていた非礼を詫びた。

「こちらは松田で、テント21からです」。塩原が紹介した。

「彼は長時間働いています。我々全員そうです」

開いた窓から光が流れ込んでいた。二十台ほどのベッドが壁に沿って列をなしており、その半数以上は塞がっていた。清潔で簡素な部屋、金属製のベッド、白いシーツ――黙ってこっちを見ている患者たちでさえ、何だか我が家のように感じられた。

私はブルームでの最初の一、二ヶ月を思い出さざるを得なかった。周りの不思議に鋭敏であり、まるで覆われていたベールが取れたかのように、何事も輝き、鮮明に新鮮に感じられた。

私たちは通路を進み、中央の建物に入った。片側が診療室、もう片側が保管場所になっていた。収納庫、本や雑多な物が詰め込まれた棚、椅子、枕、積み重なった毛布などの中に、看護補助員の居住スペースがあった。

そのスペースの広さは、二、三のマットレス、三つの椅子、一つの低いテーブルには十分であった。ここは、私が大部分の時間を過ごす場所であり、夜勤の時には、ここで寝ることにもなる場所であった。見るべきものは多くなかったが、テーブル上の放置された囲碁の形跡には、我が家のような懐かしい感覚を覚えた。

塩原は私を最後の建物に案内した。照明は薄暗かった。白布の分厚いカーテンが各病棟への入り口を覆っていた。

「結核病棟は既にご存知でしょう」。塩原はそう言って、彼の右側に首を向けた。「そして、これが肺炎と他の呼吸器系の病気の病棟です。これらの病棟の看護補助員は、感染リスクのため部屋の中で座ることはできません」

私は塩原に従い外に出て、入り口ゲート近くの一室だけの小さい建物まで来た。揚げ物油の濃い匂いが私まで届いてきた。そして暗い部屋に足を踏み入れると、ジュージューと油で揚げる音とポンとはじける音がした。まな板に刃物が当たる鈍い音が止まった。目を凝らして見ると、白いエプロンをした太った西洋人が私を見つめていた。

「これがフランシスコ、病院の料理人です」と塩原は言った。「彼は以前レストランで働いていました。彼は患者のための食事を全て作り、私たちの分も作ります」

彼は私を見て肩をすくめ、玉葱を刻む作業に戻った。塩原は私に、トレーや皿、用具をどこに保管し、どこで洗うかを示した。朝食がまもなく提供されるので、彼は肉やパンの分配の仕方を実際にやって見せた。他の二人の看護補助員が部屋に入ってきた。両者ともオランダ領東インドから来ていた。私たちは共に、トレーを患者の元に届けた。

その後間もなく、塩原は私と別れ、収容所に戻って行った。彼は夜勤であったので、ほとんど睡眠を取っていなかった。その日の残りの時間、割り当てられた病棟において、時々他の看護補助員に助けを借りながら、私は一人で仕事を続けた。

仕事は難しくなかったが、根気を必要とした。一日中、食事の運搬や皿洗い、床掃除、便器の交換を行い、勤務が終了するまでに、脚は疲労困ぱいした。それは私に、日本での病院研修を思い出させた。患者の診察の後は、多くの時間を清掃に費やしたものだった。過去八年間、何もかも通り過ぎてきたが、その原点に戻ったように思えた。

第二章　東京──一九三四年　医学への道

子どもの頃、私はずっと医者になりたいと思っていた。不思議なくらい医者の仕事に夢中であった。十代の始めから、将来に備えての訓練にと、病気の家族に現れる症状をノートに書き留めていた。「片目が一時的に失明、偏頭痛、めまい、大正一四年七月一七日」。これは父の突然の奇病について記述したものであり、父は二、三週間後に死亡した。

私が医学に傾倒していたことは、多くの点で幸運であった。父は医者であり、祖父もそうであった。私は長男として、この道に進むことを運命づけられていた。弟は他の道を開拓することも可能であったかもしれないが、私には不可能であった。子どもの時、しばしば、尻尾のないトカゲや五本足のカブトムシ、その他の傷ついた生き物を家に持ち帰り、元通りになることを望んだ。道端で、羽が折れ、足が胴体から半分ちぎれかけたヒヨドリを見つけた。私はそれを拾い上げ、家に持ち帰りながら、私の手のひらの中で震え、胸を通して心臓が鼓動しているのを感じた。何時間かのち、家の玄関前で鳥は死んだ。母は、家の中へは決して入れさせなかった。そして私は泣き、もし私が大人で父のように医者であったなら、鳥を助けられたのにと思った。

子ども時代の願望は実現するものではない──少なくとも私が想像したようにはと悟ったのは、

何年か後のことであった。私がいかに無能か、私たち全部がいかに無能かが分かり始めたのは、私の学業が終わり、東京帝国大学病院で研修を始めてすぐのことだった。医学は、私が心に描いていたような高潔で啓発的な職業ではなかった。患者は今にも死んでいく。秘密の治療法はない。もっと偉大な人物であればもっと達成できるかもしれないが、私には無理であった。

この頃、東京帝国大学の恩師の微生物学教授から一通の手紙を受け取った。彼は陸軍軍医学校に、新たな医学研究部門が開設されることを知らせてきた。新しい部門の副責任者は木村少佐で、少佐は教授の教え子であり、勤勉な若い研究者を探していた。

「貴君が父上のように医者として、医学を実践することを望んでいることは、無論、承知している。しかし、この世界でトップの者たちが研究に打ち込めば、その見返りは大きい」。その教授は手紙に書いていた。「時が来れば、貴君のように集中力のある誰かが、全く新しい分野を切り開くことになる。本件は貴君にとって、これまでとは異なる何かを生み出す機会となると信じる」

引き続く何週間も、教授の言葉が私の心に留まったまま、毎日、医者たちの気まぐれに向かい、卑屈な仕事をこなしながら過ごした。もし手紙が一年後に届いていれば、病院研修も終っており、どこかの病院で既に職を得ていたはずであり、事態は異なる展開をしていただろう。しかし、その時、私は仕事への希望を全く失っており、何か他のことをしてみたいと思うようになっていた。

木村少佐の執務室は、新宿に位置する陸軍軍医学校の構内にあった。私は駅からそこまで歩いた。道を進むにつれてだんだん隔絶されていき、木々の葉が深くなると、やっと小さな坂道の頂上にある建物群が見えた。送られて来ていた案内図に従い、ゲートを通り抜け、建物群の裏に続く道を進んだ。

いくつかの立派な煉瓦造りの建物は青々とした常緑樹に囲まれ、両側には生垣がそびえ、まるで欧州のエリート大学にいるような印象を受けた。時折、窓越しに人影が見えたが、それ以外は、ほとんど人を見掛けなかった。私は、今は授業中で誰もが熱心に勉強しているのだろうと推察した。角を曲がると、軍服姿の誰かが私の前を大股で歩いていた。しかし、少し歩くとすぐにいなくなった。

二、三分ほど丘を下ると、歩道の分岐点に門衛小屋があった。私は木村からの手紙を示し、面会予約を確認した。門衛兵は予定表をチェックした後、狭い歩道の行き止まりにある二階建ての建物を指し示した。その建物は、医学校の他の建物とは異なっていた。現代風にデザインされ、外装は厚いコンクリートで、全ての側面にはきらびやかなガラス窓が連なっていた。玄関広間は薄暗く、灰色の絨毯が敷かれていたが、少し足を取られそうになった。ガラスの陳列棚には、様々な陸軍軍人、大臣、皇族の写真が飾られていた。応接係が私に椅子に座るように言った。肘掛け椅子に腰を下ろすと、椅子の硬い皮革がため息のような音を立てた。しばらくして二階に案内された。

私は木村少佐を微生物学研究の先生のような、ボサボサの乱れた髪をした人物だと想像していた。しかし彼は全くそれらしくなかった。引き締まった体格をしており、はっきりした顔立ちであった。彼は四十代後半であることを知ってはいたが、それよりもずっと高い年齢といった風貌をしていた。丁寧に櫛の入った髪から軍服のボタンの光沢まで、一分の隙もなかった。彼の学術上の立ち位置は別にして、彼が他の教授と同じようだと思っていたのは誤りだと気がついた。彼は寸分違わず、軍人そのものであった。

私の挨拶と自己紹介が終わる前に、木村は大きな声で私に前に来るように言い、彼の椅子の向かい側の椅子に座るよう、身振りで示した。彼は片手に私の書類を持ち、もう一方の手で、積み重なった書類の束を叩いた。すると硬い紙が千切れ、私はその紙の品質が悪いのに驚いた。

「故に、茨木智和。解剖学と生理学……学年で一番、うーん、微生物学もそうだな。分かった、よろしい」

彼は両手で書類の束を取り、その下端を机上で一度軽く叩き、そして書類を揃えて置いた。積み重なった書類の上で手を緩く組んだ。彼の指爪は小綺麗に手入れされていた。薄く白い三日月型の先端、完璧に揃ったピンク色の卵形。私はあえて彼を見つめないよう努めた。

「遠藤教授は、君は最優秀の学生であったと言っている。彼からだが、それは大変な名誉だ。君は強い印象を与える学問的な成績を上げている。それだけでも君を雇う理由になる」

「有難うございます」

「もし私が、単に君を一介の若い病院医師として採用するのであれば、文句なしであろう。君に仕事を与える。しかし、今は新しい研究部門での採用を目指している。ある何らかの資質が被雇用者に求められている。そして、それらの資質は書類からだけでは判断できない」。彼は指の先で書類の束を叩いた。「最初に私が知りたいのは、君が忠実な部下になるかどうかだ。二つ目として、思慮分別を働かすかどうかだ。思慮分別、茨木君、どういう意味か分かるかね」

「はい、もちろんです」

「そして、君は私がこの面接からそれをどうやって決定したらよいと思うかね?」

私は目を釣り上げた。彼の眼差しは虚であった。私は口を開け、私の忠誠心と思慮分別を表明する準備ができていた。しかし考え直した。それらは単なる言葉にすぎない。そして、それはまさに木村が望んでいた通りの答えではないと感じた。何秒かの後、木村は溜息をついて、椅子の後ろに寄り掛かり天井に目を向けた。無言の私に彼は失望したようであった。

「君は何歳かね、茨木君？」。彼は尋ねた。「二十四、二十五？」

「二十六歳になります」

「二十六歳？」。彼は厳しい目つきで言った。彼の視線が私に跳ね返ってきた。

「私は十七歳のとき父を亡くした。私は家族を養わなければならなかった」

木村の唇は引きつっていたが、表情は変わらなかった。「そう、君は二十六歳だ。私は私自身に尋ねる。二十六歳が忠誠心と思慮分別について何を知っているかを。ほとんどの若者はそれほど知らない。彼は家族に対して、忠誠心があるかも知れない。もしかしたら彼は父親が戦争に行き、帰って来た時の変った姿を見るかも知れない。しかし思慮分別とは？　その歳では、それを理解する――本当の意味でそれを理解する――その機会を持つ者は少なかろう。それは、単に友人たちの間で秘密を守ることを言っているのではない。思慮分別はそれ自身が現れるのに時間が掛かる。ある人物がいかにして自分自身を制することができるか、十年、二十年の間？　それを私は知る必要がある。しかし、私にはほとんど判断することができない」

面接は首尾よく運ばなかった。私はほとんど発言することができなかったが、私の印象と机上の書類から、私に対する意見を彼が固めていたと感じた。そして、私はそれを覆す力に欠けていた。遠藤教授に紹介していただいた仕事を遂行するに当たって、教授に対する私の忠誠心を述べることを考えた。そして父の死によって家族が金銭的に困窮し、私が果たさなくてはならなかった思慮分別について、なぜか口に出すことまで考えた。しかし、その時、彼が正しいことに気付いた——自分自身を立証しても無駄であると。私が思慮深く分別あることを立証しようとする企て自体が、無分別な行為であるだろう。

木村少佐は前のめりになった。「茨木君、なぜ私のために働きたいと思うのかね?」

私は椅子の中で背筋を伸ばした。この質問に対する用意があった。それは私自身を救い、彼のお眼鏡に適うようになるチャンスであった。

「大学の第一学年のとき、陸軍病院で働きたいと思ったからです。科学発展の最前線であるばかりではなく、天皇陛下の御恩に報いる栄誉に与れます」

彼は首を振った。「いや、いや。君はなぜ陸軍に奉仕するかを話している。そうではなく、なぜ私のために働きたいのか?」

私は当惑した。私はなぜ木村少佐個人の元で働きたいか、その答えを考えたことがなかった。動揺していたものの、私は確かな応答が出来るように努めた。「そうですね、私の夢は、少佐のような熟達した指導者の下で働くことです。科学の厳しさを学び、少佐を良きお手本として参りたいと存じます」

「そうだ。それが私の考えていたことだ」。彼の声は穏やかであった。それまでは、体の前で握り締めていた手を、今は私の書類の上に広げ、面接終了の合図をした。「これで全てだ。もし一ヶ月内に私から手紙が届けば採用だが、届かなかったら仕事はない」

私はがっかりした。私の答えは彼を喜ばせなかった。私は自分の失望感を隠そうと努めた。時間を取って頂いたことに感謝し、お会いできたことが光栄だったと述べた。それからずっと、母に何と伝えたらいいのか悩んでいた。私は帰るために立ち上がった。

「待ちなさい」

私は戸口の前で止まり、引き返した。

彼は顔をしかめながら、私の記録を見ていた。「君のお父上は、茨木修一郎？　東京病院の外科医？」

私はうなずいた。

「私はよく存じ上げている。私は病院研修中に、茨木先生にお仕えした。なぜ茨木先生がお父上だと言わなかったのか？」。彼の顔に変化が現れた。何秒か前の硬い表情は、好奇心で打ち解けた表情になった。

「申し訳ありません。無分別でありたくなかったからです」

彼は考えている様子だった。口を閉じ、考えの口火をつかんだように見えた。「よろしい、それじゃあ、先に言ったように、採用が決定したら一ヶ月以内に手紙が届く」。彼がうなずくのを見て、私は退出した。

第三章　ラブデー収容所——一九四二年　松風

全てが灯油ランプの汚れた黄色い明りの中にあった。アルミ製プレートやボウル、鍋が暗い光沢を帯びていた。私の周りで食材を洗い、刻み、かき混ぜたりする男たちさえ、ほとんど黒く見えた。薄暗い光が開けたドアやシャターから這い入っては来たが、朝食を作る調理台の上に届くには弱すぎた。窮屈な炊事場で、私たちは押し合い圧し合いであった。男たちの雑談、沸騰するお湯のゴボゴボという音、まな板を打つ包丁のリズミカルな音の間に、私は歌の一節を耳にした。ストーブの前にいた年老いた真珠ダイバーの声が、周りの騒音を突き抜けた。彼は昔の民謡を歌ったり、ハミングしたりすることを交互に繰り返していた。「夜通し働かなくてよい。夢の中で、故郷の村を思いながら、好きな人に話し掛ける」。彼は掻き混ぜた卵をフライパンに移した。ジューという音を立て、湯気が立った。

私たちのテントの並びは、週に一度、構内の全員の朝食を準備するように割り当てられていた。私はあまり料理をしたことがなかった。ブルームでは、ご飯と汁物、焼き魚の簡単な食事を作る程度であった。それゆえ、テーブルを整え、食事を配膳し、食器洗いを手伝った。

炊事場では、流しの周りは人だかりであった。そこで私は外に出て、米粥がこびり付いた鍋三個を、ゴミ箱の隣にあった足付き水桶の中で洗った。上空の雲の覆いから鉛色の光が漏れていた。私の頭は眠気でまだ朦朧としていた。私は鍋を水につけ、ブラシでゴシゴシ擦り始めた。

「茨木先生ですね？」

私の前にジョニー・チャンが立っていた。タオルを肩に掛け、手をシャツのポケットに突っ込んでいた。彼は微笑んだ。彼には数回会っていたが、いずれも遠くからで、このように近くで顔を合わせることはなかった。

「そうだよ。ジョニー、やあ、こんにちは」。私はエプロンで手を拭った。

「ここで会うとは思っていなかった。他の誰にでも囲まれる先生が。しかも食器洗いをしている。あり得ない」

私は肩をすくめた。「そうだな。私はここにいる誰とも同じように日本人だ。特別扱いはない」

「えっ、だけど俺はここにいる誰とも同じ様ではない。俺は半分だけが日本人だ。それでも逮捕された。俺に言わせれば、不当な扱いだ。どのテントに居ますか？　俺たちと同じテントでなかったのでビックリした。ブルームからの俺たちがそれほど大勢いる訳ではないのに」

「私はやっと先週になって到着したばかりだ。空きのあったテントに入ることになった。私は、八列、テント十二号で、オランダ領東インド、主にスマトラからの人たちが何人かいる」

「本当に？　時々、俺たちのテントに来てみたらいい。俺たち豪州人が何人かいる。来て、一緒にカードか何かのゲームをしよう」

「多分、時間があるときには」。私は誰かが私たちを見ていないか、肩越しに見回した。

「もし構わなければ、今、私は朝食の片づけの仕事中だ。人数調査までに食器洗いを済ませなくてはならない」

彼は苛立って鼻を鳴らし、目を逸らした。「そうだ。俺はそのことについて全部知っている。奴らは俺たちに、ほとんど毎日掃除させるのだ。炊事場、屋外トイレ、テント……」

ジョニーの態度で神経が打ちのめされた。「誰でも手伝わなければならない。ジョニー、これは休暇ではないんだ」

彼の顔は曇った。「俺がそれを知らないとでも思っているのか？　俺は公平な分担をするならそれで満足だ。しかし奴らは、俺たちのテントの若い者に何でもやらせている。奴らがやりたくないクソ仕事全部だ。俺たちが奴らと違うからってだけで。俺たちが奴らのケツにキスする訳ないだろ、奴らの神への崇拝、天皇への敬礼が何だ。何か言ってくれ。あんたの仲間があんたの仕事を助けてくれているのか？」

「私の仲間？」

「テントの責任者、名前は何だった、自治会長の友人？」

「山田さん」

「そう、奴だ。奴は今日、朝食の仕事で何か手伝ってくれたか？」

「いや、手伝ってくれてない。しかし山田さんは他のことで忙しい。彼は食堂全体の運営をしている」

「それだ。俺の言いたかったことは。奴と森は規則を作る。しかしそれは奴らに都合の良いルールだけだ。この収容所の運営はまるで独裁国家のようで、民主国家ではない。苦しむのは俺のような者たちだ」

私は声を低く保とうと努めていた。「あなたは物の道理が分かっていないと思う。ここは誰にとっても厳しい。誰もが自分のベストを尽くし、何とか適応しようとしている」

彼は両手を上げた。「もし、これがあんたの望む適応の仕方なら、俺を外してくれ。俺は大事な食器洗いを邪魔するつもりはない」

彼は向きを変えて大股で歩いて去った。彼の足取りで跳ね飛んだ小石は、冷蔵庫の金属胴に当たった。私は彼を見つめていたが、私の手は湿っており、指爪には米粥がこびり付いたままであった。ブルームで食堂をやっていた人間が、雑用仕事をなぜそれほどまで嫌うのか不思議に思った。

＊

私は出入り口に立ち、空を眺めた。その夕方、ほとんど七時であったが、太陽はまだ沈みそうになかった。私は病院で夕食を済ませておいたが、収容所に戻るのが待ち遠しかった。というのは、演芸部が初めての舞台を上演することになっていた。松風、有名な能の演目である。少佐の許可を得て低い舞台が造られ、オランダ領東インドからの、日本で舞台経験のある若者が主役に選ばれていた。ゲートが音を立てた。松田が出入り口に現れると、夜勤のために、枕と毛布を持って来ていた。私は彼を内側に案内し、やるべきことを隈なく熱心に伝えた。そうして急いで収容所の方に戻ることができた。

私が14Cに到着するまでに、パステル色の空には一片の雲も張り付いてなかった。笑い声と話し声が聞こえたが、それは通常、能の上演に付随する謡の旋律ではなかった。

「万歳！　万歳！　万歳！」。誰かが叫んだ。食堂ホールの中で、大勢の人が舞台を取り囲んでいた。最初の一目で、私は学生時代の夏のパーティーを思い出した。多摩川の河川敷で、友人や他の学生、若いカップルが一緒になって踊り、酒を飲んだ。しかしこれは同じようなものではなかった。群衆の中央の十人ほどが拍手し、国歌の君が代を歌っていた。

「何が起こっているのですか？」。私は群衆の端にいた誰かに尋ねた。

「あなたは聞いてないのですか？　日本が、再度豪州を攻撃した。飛行機を全部破壊した。何十機とも言われている」。彼は笑顔で言った。

「またダーウィンを？」

ダーウィンは、私がラブデーに到着してする二、三日前に爆撃されていた。それは、私がパースからアデレードに来る途中のことであった。

「ダーウィンではない。他のどこかだ。地名は忘れた」

寒気が私を通り抜けた。「どのようにしてそれが分かったのですか？」

「構内Dのドイツ人が、野菜作りの仲間の一人に話してくれたそうだ。ドイツ人のフェンスを通っている時だ。彼らは秘密裏にラジオを持っているのだと思う。シンガポールについても彼らが一番早かった。自治会長に尋ねてみて下さい。ちょうどそれについて皆に知らせたところです」

森会長は舞台の傍で、歌に合わせて拍手しながら立っていた。書記役の星は彼の横にいた。私は彼らの方に向かって、人混みの中をうねりながら進んだ。拍手と歌声が耳に響いた。乱暴に歯を見せて笑う、きびしい表情の顔が私の方を向いた。

私の肘に誰かの手が触れた。「先生、どこに行かれていましたか?」

山田の顔全体に、喜びの影が揺れていた。

「病院です。ちょうど私の勤務が終ったところです。何事ですか?」

「先生は聞いておられませんか?」。彼はニヤッとした。「今朝、日本がブルームを攻撃しました。航空機を全部破壊しました」

私の顔から血の気が失せた。

「どうされました? 嬉しくないのですか」

私は頬に手を当てた。私の皮膚はゴムのように感じられ、私の身体の一部ではないようだった。

「すみません。ちょっと驚きました。日本がそんなに遠くまで来るとは思いませんでした」

「あなたの気骨は、どこに置き忘れましたか?」。山田は私の肘を強く握った。「あなたを逮捕した奴らをやっつけるのが嬉しくないですか? ずっとここに居たいのですか?」

私は顔に微笑を作った。「もちろん、居たくはありません。天皇陛下にご長寿を!」

「その方が良い。あなたは見かけの態度や礼儀正しさだけの人ではないことを私は知っています」。彼は片目をつむった。「一ヶ月もすれば、全てが終わるでしょう。ここいらの脂肪太りで、錆びついた鉄砲を持っている豪州のバカどもは、すぐに日本の捕虜になって、我らに情けを乞うようになるでしょう」

「民間人の死亡はありましたか?」。私は落ち着いた声を保つように努めた。

「まだ語るには早すぎる。今週中ずっと、新聞をチェックしなければいけません。会長は環境整備委員会で、既に話をしました」

私たちの構内では、毎週新聞が提供されたが、戦争に関する記事は全て、検閲官によって切り取られていた。ある日、私たちの収容所の収容者の一人が衛兵の兵舎を掃除していたとき、便所近くで古新聞が山積してあるのに気付いた。それ以来、清掃班がその兵舎の掃除に送られた時にはいつでも、戦争についての記事が載ったページを服の下に隠して持ち帰ってきた。

森会長が舞台に上がると、拍手が止んだ。

「本日の勝利は、我らの偉大なる国家の強さと技術を示す記念となります。日本国民の芸術性も然りです。幸いにも、ここには多数の才能ある役者が揃っており、数週間の稽古を経て、今夜の公演、松風を皆様にご披露する運びとなりました。なにとぞ、全幅のご関心を持ってご鑑賞ください」

私はブルームから来た他の人たちを探した。ジョニーや豪州生まれの男たちは見えなかった。原田はまだ病院にいた。原田のテントの真珠ダイバーの一人がチラッと目に入った。若い男で新保と呼ばれていた。舞台から目を移すと、彼の顔は外からこぼれた光に包まれていた。二人の目が合った。私に挨拶することが彼の気持ちを形にすることであるかのようにして、彼は目を逸らした。

山田は大声で私を呼び、彼の隣の空席を触った。私は、絶えず彼の注視を受けることのない他の場所に座りたいと思った。横笛が吹かれ、か細く、亡霊でも出て来そうな旋律が会場をうねると、人声は止み、会場が静まった。旅の僧が現れた。彼の被った木製の能面には、乾燥した植物のひげが付いていた。

私の心の中は、ブルームの友人たち全員のことで一杯だった。ベルニス修道女、ウォーレス医師、マクナリー巡査、サム・メール、マクダニエルス家の人々、洗濯屋のアン・ポックなどさえ思い出された。彼らは確実に避難できただろうか？　安否がはっきりせず、私は気が気でなかった。

例年この時期のブルームは蒸し暑く、空気は常に重く感じられる。戦争前であれば、活気で鳴り響いていていた。この時期、真珠ダイバーはブルームに戻ってきた。港で下船するか、あるいは豪州の他の場所から陸路で戻ってくるかであった。日本人街は旧友と合流したり、船員が船の修繕のために必需品を購入したりして賑わっていた。しかし、今は戦時下であり、疑いなくその地区は人気がなくなり、中国人の商店だけが営業しているのだろう。もしかすると、彼らもまたそこを去っているかもしれない。ベルニス看護婦は白い修道女の衣服を身につけ、頭を下げてお祈りし、まつげの二本の暗い線がすばらしい三日月型を描いていたのを思い出した。

鼓打ちが鼓の基本型を打つと、独特な音が鳴り響いた。亡霊になった二人の姉妹が出て来たが、被っていた能面の目や眉毛、唇は淡い墨で描かれていた。その人影は長い白装束を身につけ、滑るように進んだ。須磨の磯辺を通り、互いに輪を描いて、自分たちの悲恋を嘆いた。

私は頭を横に傾け、山田からも、食堂ホールに入り込む光からも避けられるようにした。舞台上の姿の輪郭がぼやけ、互いが一緒になって見え、そして光の断片が散らばってきた。暗い場所ができたことを私は喜んだ。それは私の涙を隠してくれた。

第四章　ブルーム――一九三八年　日本人病院

「あそこがブルームだ。南東三海里」。私は甲板員の指し示す方を見た。緑を伴ったピンク色の岬が乳白色の青い波の上に乗っていた。鼓動が高鳴るのを喉元で感じた。何日もの間、私は上陸を心待ちにしていた。シンガポールを出航して、熱帯のジャワ海を航行すると、湿気で空気はどんよりしていた。私は揺れる船のデッキから降りて、通過している島々に足を踏み入れることを夢に描いたりした。船はさらに南に航行し、多島海を離れると、周りは海以外何もなかった。ただ、私は陸地に足を着けたいとの切望感が募るばかりであった。しかし、目的地に到着したからには、この異国の地に下り立つ期待が膨らんだが――私の棲家となるこの地はどのようなものだろう――との想いは、恐怖の波を私の全身に送った。

船が旋回しながら湾に入ると、青色に澄んだ海に流れ出るかと見まがうほどの、豊富な赤い砂が曲線状に広がっているのが見えた。この不思議な二色の衝突は、今まで見たことのないものであった。同等の二つの異なる尺度では、美しく、そして混乱していた。岸に近づくと、町の様子が見えてきた。町は小さかった。二、三十の建物、多くの老朽化した小屋が見えたが、ジャワの地方の村で見た小屋と同じくらい朽ちていた。

栈橋は岸から八百メートルほどくねくねして突き出ていた。木材の脚柱の先端は太陽にさらされていた。二両編成の小型列車が栈橋の先端に止まっていた。船が栈橋からまだ百メートル以上離れているとき、碇が引き降ろされる音を聞いた。

「船はここで止まるのですか?」。私は乗組員に尋ねた。

「すぐ引潮になる。これ以上近づくと危険だと船長は判断した。乗客はここで下船して、救命ボートで送られる」

私は船上で知り合いになった人々に別れを告げた。シンガポールからの二人の兄弟、セイロンからの紳士、そして、合流したブルームで下船する他の八人。私たちは一艘のボートに詰め込まれ、手荷物は長椅子の間の、乗客の足の邪魔にならない所に積み重ねられた。乗組員の一人がエンジンを始動させ、船はゆっくり栈橋に向かった。

海がうねっていたので、私の不安は高まった。病院はどんなところだろうか? 誰が私の友人になるだろうか? まもなく、栈橋の端に立っている群衆が見えるくらい近くなった。大勢の人が白い服装をしていた。確かに、熱帯の色の選択であった。アジア系は白い襟なしシャツと少し濃い目のズボンを身に付けていた。一方、英国人男性はアイボリー色のリネンスーツを、女性は足首すれすれの淡いドレスを身に着けていた。私は群衆の中に二人の男性を見つけた。彼らは、肌の色と背丈からすると明らかにアジア系であるが、英国人とよく溶け合う服装であった。彼らの一人は、この数ヶ月間連絡を取り合った日本人会会長の金森に違いないと決め付けた。彼は私に日本人病院の職を提示してくれ、この旅行の手配をし、給与を支給してくれることになっていた。ボートが近づくと、人々の顔がぼんやり見えたり、視界から消えたりしたが、それはボートが波にもまれ、船体が上下に大きく揺れたためであった。

ボートは桟橋の先端に着いた。ボートを支柱にしっかり結び付けてから、二人の乗組員がはしごを登り、女性が上がるのを手助けした。手荷物が後に続いたが、男から男へと手渡し、はしごの上まで運ぶと、足元には何も残っていなかった。最後に私が木製の厚板の上に立つと、群衆は解散しており、二人の東洋人と一握りの人々だけが残っていた。

「茨木先生ですか?」。体の細い方の男が近寄ってきた。彼はきちんとした白いスーツと白い帽子を身に着けていた。身なりと口髭が相まって、映画スターのような雰囲気があった。年齢は四十代半ばのように見えた。「私は金森です。お会い出来て光栄です」

彼は深々とお辞儀し、私を副会長に紹介した。原田は金森よりも十歳かそれ以上年上で、肌の色がずっと濃く、ずんぐりしていて、南日本の県人のように見えた。彼は丸顔で日焼けしており、くつろいだ笑顔を見せ、紹介が終わるとすぐに私の手荷物を取り、待っていた蒸気列車に乗せた。

「町に入る前に、税関に登録しなくてはいけません」と原田が言った。「行きましょう。ご案内します」

桟橋に沿って歩きながら、心地よい景色を見て、私はブルームに着くまでの当初からの気後れを修正した。青い海は私の周りの全てを輝かせ、目の前の大地は、青々とした緑の木々で盛り上がっていた。

「向こうに見えるものは何ですか?」。私は海岸の先端部にある密集したテント群や壊れそうな小屋を指差した。

「乗組員の宿舎です」。原田は言った。「シーズン中に、真珠船の乗組員が生活する所です。ちょうど、今年のシーズンが始まったばかりです」

湾内のピンク色をした泥砂の所々に、船の木枠が点在していた。まだ修繕中の真珠船があることを原田は説明した。桟橋の根元で、未舗装道路に曲がり、いくつかの堂々とした家を通り過ぎた。それらは一段高く積まれたシンダーブロックの上に建てられており、傾斜したトタン屋根と格子柵の玄関ポーチがあった。

「ここは欧州街です」。金森が私に言った。「私たちはこの道路を先に行った日本人街に住んでいますが、そこにはもっと見るべきものがあります」

税関事務所は低い建物で、ちょっと歩いた所にあった。内部には、私と一緒にボートに乗っていた二人のアジア系が、二つの窓口をふさいでいた。三人目は桟橋で待っていた男であったが、二人の間を走り回り、両方のために同時に通訳していた。彼らはマレー語を話していると私は思ったが、確かではなかった。

二、三分後、一つの窓口が空き、金森が前に進んだ。「こちらは日本人病院の新しい医師です!」と金森は言い、私を指した。「名前は茨木」

白髪の税関職員は金森には構わず、私に来るよう合図した。「英語は話せるか、どうだ?」

「少しだけ」

「それでは始めよう。旅券と雇用契約書」。私が差し出した書類を見るため下を向いたとき、彼の首にしわが寄っているのが見えた。「ここには既婚とある。妻を同伴しなかった理由は？」汗が額をチクチク刺した。真実を述べることは可能だった。なぜ来なかった？　西洋人の間でも単身赴任するのはよくあることだ。または、そうだと聞いたことがある。

「妻は豪州に旅行するのを望みませんでした」と私は言った。全くの真実ではないが、また嘘でもなかった。

「そうすると、二年間は妻に会えないことになる？」

「はい。そうです」

彼は平静に私を見た。「子どもはいるのか？」

私は首を振った。

彼は書類の方に戻り、何か書き付けてから、契約が終了した時の私の計画について尋ねた。

「日本に戻って働くことを希望します」

「以前と同じ場所か？」

「いいえ、そこではありません」。私の声が甲高くなっていたに違いない。と言うのも、税関職員が頭をガバッと上げたからである。私は急いで自分のことを説明した。「私は研修した病院で働くことを計画しています。私の父もそこで働いていました。私は外科医として専念することを望んでいます」

その職員は眉と眼の間を狭め、私を凝視した。胸の中で、私の心臓は槌で叩くようにドキドキ音を立てていた。私は待っていたが、しかしそれ以上の質問はなかった。彼はスタンプを取り上げ、決然と私の旅券にバンと押し付けた。私は、しばし風がそよぐのを感じた。

＊

小型の路面列車はブルームの通りをポッポッと音を立てながら走ったが、歩く速さをあまり超えないほどであった。しかし私は、屋根なし客車からの景色や涼しい風が顔に当たるのを楽しんだ。路面列車が通ると、木々は揺れ、太陽に輝いた。金森と原田は裁判所や郵便局など関心の高い場所を示したので、私は安堵した。つまりブルームは文明化した場所だった。

路面列車は曲がり角のあたりで揺れた。欧州街の幅広い道路とよく手入れされた建物は、窮屈な通路と継ぎはぎの鉄板で出来たガタガタの構造物になった。町のこのあたりでは、どこにでも人がいた。男たちは埃まみれのポーチで話をし、子どもたちは通りで遊び、女が一人で店先の掃除していた。

「これが日本人街です」。原田は、顔に笑みを浮かべて言った。

私はうなずきつつ、失望を隠さなければならなかった。それはシンガポールの活気ある日本人街の一つの貧しい同属であった。

「病院はあっちの道です」。金森は広い通りを示したが、私たちがいる所から分岐して、どこに続いているか分からなかった。

「しかし、まず日本人街を通り抜けましょう」

私たちはもう一つの角を曲がると、金森は、通りから奥の小さな丘の上にある日本人会の本部を示した。二階建ての建物は少し古びていたが、それでも日本人街ではかなり立派な建物の一つであり、白塗りのトタンの壁や広いポーチがあり、青々とした緑の生垣が広がっていた。

私たちがその街区画の周りを迂回すると、サン・ピクチャーズ映画館の看板や陰になったホテルの長いポーチが目に入った。元の道に合流するちょっと前で、路面列車は横揺れして停車した。私たちは下車し、私は建物の間にできた小さな路地を見つめた。壁の隙間から水蒸気が出ていた。金属製の深鍋や平鍋のガチャガチャ鳴る音、食べ物を油で揚げる音が聞こえ、そしてその喧騒の下に隠れるように、中国の恋愛歌の魅惑的なメロディが蓄音機から流れていた。暗さに目が慣れてくると、壁にもたれかかっている人影に気がついた。肩幅が広く、黒髪の若い男だった。彼は私をじっと見ているように思えた。

「こちらの道です。先生」と金森は大声で呼んだ。私は引き返し、彼を追った。

日本人病院は日本人街から歩いてすぐだった。家の並びと広い空き地を過ぎた所にあった。海岸から離れていても、空気は湿気を帯びてムッとしていた。汗が額と胸に玉になって溢れた。病院はその通りの最端にある建物で、その隣は飛行場と競技場の広い区画であった。欧州街で見た家々を日本人病院と比較した。日本人病院には、土の汚れでオレンジ色に染った傾斜した鉄の屋根や、巻き付け式のポーチを囲む白い格子の仕切りがあった。

外部では、太陽は新鮮な光を建物に注いでいたが、いったん内部に入ると、湿気があらゆる物にべったり付いていた。壁や天井のペンキが剥がれ落ち、カビの黒い汚れが割れ目にあった。

金森は困惑して、頭を掻いた。「病院の状態については申し訳ありません」と彼は言った。「最後の内科医、阿部先生は五ヶ月前に離れ、それ以来、空家状態になっております。湿気の多い時期には、多くの真珠ダイバーは町を離れますので、その間は病院を閉鎖することにしました」。彼は、いったん話すのを止め、顔を壁に近づけて、指を伸ばして黒い汚れに触った。「雨の時期がちょうど終わりました。そのような訳で、何もかもが湿っているのです。今年は特にひどい雨期でした」

私たちは狭い待合室を通り抜け、三つの小さな窓のある大きな部屋に入った。その窓は玄関ポーチに向いていた。しかし、そこは本当に薄暗かった。原田が一つの窓の掛け金を外すと、光が差し込んできた。床と壁は濃い色の木材で出来ていたが、私には馴染みがなかった。入り口には二つの収納庫があり、八台のベッドが残りの空間を占めていたが、あまりに互いに近く詰められており、ベッド間を移動する余裕もなかった。壁に接した流しを備えたカウンターがあった。そこは確かに病院と呼ばれたが、言葉ばかりで、事務所をほとんど超えないほどの基本的な器具があるだけだった。この病院で、私は唯ひとりの担当医になるのである。

「年の大半は、ベッドを外のポーチに出しておきます」。原田は言った。それは多分、私の懸念を見越してのことであった。「ここでは誰も、もしできるならポーチで寝ます。もちろん、蚊よけの蚊帳も使いますが。夏の間は、狭苦しい室内よりずっとましです。先生も外で寝たいと思うことでしょう」

私の住居は待合室の向こう側、この建物の奥側にあった。寝室は病室の半分の広さで、やはり同程度に湿気でじめじめしていた。狭い調理場には流しとアイスボックスがあった。原田は、氷は毎日無料で配達されると説明した。「しかし私は、普段、町で食事します」と言った。「ヤットサンが行き付けの店です。先生も、その店の旨い麺スープを食べてみませんか」

＊

次の週の間、私は病院がうまく機能するように手入れを始めた。病院を床から天井まで掃除するだけでなく、全部の器具を調べ、足りない物品を新しく購入した。金森は近くの修道院から若い修道女を連れて来て、私に面会させた。彼女は頭から爪先まで白く装っていたが、黒いストッキングだけは別だった。情け容赦のない暑さの中での彼女の服装に、私は同情した。

「ベルニス修道女がこの病院の看護婦となります」と金森は説明した。「神の聖ヨハネの修道女には、これまでも大変お世話になっております」

「先生」と頭を私の方に下げながら、彼女は言った。白い衣服の硬い縁がくっきりした線になっており、彼女の髪とよく合っていた。私たちの目が合ったとき、彼女の澄み切った眼差しに衝撃を受けた。

金森は仕事を手伝ってくれる、二人の若い真珠採取船の乗組員を連れて来た。私たちは一緒になって、壁をごしごし擦って洗い、ペンキを磨いて平らにし、必要に応じ塗り替えをした。マットレスは過酸化物溶液を使って拭い、外に干して乾かした。こうして日本人病院は、再び、外の風景と同様に明るく優美な姿になった。

＊

ベルニス修道女と私は、非常に早い時期から、仕事関係では無駄な会話をしないとの相互理解に達していた。彼女は迅速に仕事を覚えたので、訓練の最初の二、三ヶ月後には、長く話す必要がほとんどなくなっていた。朝の挨拶や患者の容態についての短い話し合い、毎日の仕事の終わりに私が掛ける感謝の言葉は別にして、大概の日は、最小限の言葉の交換だけで済んだ。

多くの人にはこれが奇妙に見えたかも知れないが、私にとって、負担なく働くことができる安心感があった。そして、これらの早い時期には、後々ほどは英語を話す自信がなかったのが理由でもある。

このようなことを話すからといって、ベルニス修道女が人を寄せ付けない、あるいは態度が冷たいというような印象を与えるつもりはない。実のところ、彼女は温かみや親切な心持ちを色々な形で表した。毎朝、彼女は私に紅茶を運んでくれたが、私がそうしなくてよいと言った多くの場合でも運んでくれた。

冬に、私が待合室で座っていて、午後の太陽が窓から私の目に差し込んでいたとき、彼女は急いでカーテンを引いてくれた。また、いつも彼女は私の周りでは物静かであったが、患者とは会話を交わすよう心掛けていて、彼女のやさしい声は彼らを和ませ、時には笑いを誘った。

思い返せば思い返すほど、病院で私たち二人の時はいつでも、ベルニス修道女は私の気持ちに沿うように、本当に心を砕いてくれていたように思われ、それを私は有難く思っていた。実に、それは一人の補助者ができる最大の務めの一つである。ベルニス修道女は生まれつき無口なのではない。患者との彼女の会話がそれを証明していた。しかし、診察する患者が居ない時には、私は本や学術雑誌を調べて過ごしたが、その間、彼女は他の事で忙しくしていた。最初の一ヶ月間、彼女は掃除やファイルの整理に多くの時間を費やした。ある日の午後、私は尋ねた。「何か読みたい本はありますか？

私の部屋には、英語の本が何冊かあります」

彼女は器具を磨く手を止めた。彼女の後ろで扇風機が回っており、衣服の縁がめくれた。「本ですか？　仕事中に本を読むのが正しいと考えたことはありません。それは仕事ではありません」

「仕事？　そんなこと心配しなくてもいい。患者を看ていない時には、読んでも構わない。私の持ってる小説でも持ってこようか？」

「有難うございます、先生。でも、必要ではありません。自分で持っています」

次の日、ともあれ私は二、三冊の英語の本をカウンターの上に置いた。学生時代に勉強した革張り表紙のウィリアム・ブレイク詩集、一度も読んだことのなかったデイヴィッド・コパフィールド、最初の一章だけ読んだロビンソン・クルーソー。私が喜んだことに、数日後、ベルニス修道女が三番目の本を読んでいるのを目にした。たびたび、私は彼女が病室の入り口に近い椅子の上で本を読んでいるのを見たが、後日、気温が低いとき、その部屋の反対側にある窓の横梁の上に座っていた。もし私が待合室の机で振り返ったとしたら、そこにいる彼女、そこで日光を浴びている彼女を見ることができた。そのような彼女を初めて私は見た。私は息をのみ、ベルニス修道女は目を上げた。その瞬間、私は頭が錯覚していることを知った。

その時、その発想は私に大きな苦悩を強いていた。しかし今それを認めても、何ら恥じることはない。ベルニス修道女は窓の横梁に座り、彼女の衣服は光を浴びている。これらは私に妻の佳代子を、私たちの結婚式の日の妻を思い出させた。彼女の頭を白の輪で覆う花嫁の綿帽子。滑めらかな絹が、入念に仕上げた彼女の髪型を崩してしまった。結婚式の朝、私は緊張のあまり、花嫁の美しさを理解するために立ち止まることができなかった。三々九度の儀式になって、やっと私に機会が訪れた。佳代子は私から盃を受け取り、仕来り通り三回で酒を啜り飲んだ。花嫁の綿帽子からの柔らかい陰は彼女の目と鼻に下がり、唇を形取り、そして最後の啜りのとき、彼女は瞳を開けた。三角形の光の内で形取られた彼女の紅い唇、私へ向けて開かれた彼女の瞳——何と壮麗な光景だったことか！

第五章　東京――一九三四年　防疫研究室

私の父には神奈川県出身の古い学友がいたが、佳代子はその娘であった。明らかに子どもの頃、私は彼女に何度か会っていたはずだが、彼女を思い起こすことは難しかった。ある晩、夕食時に母が彼女について口にした。

「今日、私は佐々木家を訪ねましてね」と母は言った。「昼食をご一緒しました。お嬢さんは、お琴をそれは見事に演奏なさいました。名前は佳代子さんと言いますけど、智和さん、あなたは覚えていらっしゃいますか」

私たちは、油で炒めて酢に漬けた鯖と野菜を食べていた。私は魚の切れ端を挟んだ箸を止めた。信弘は私を見て、なにやら薄笑いした。十六歳の弟は、私たち家族の中で最年少であったが、物事を外すことはなかった。父を亡くしたのは、今の弟の年齢の時であり、それ以降、私の食卓の位置は側面から上座へ移った。今は、母とは反対の端で向い合っており、母の黒髪が電灯で銀色に光って見えた。

「覚えていらっしゃらない？　浜辺で一緒に遊んだのを覚えてないですって？　あなたは幼過ぎたのかも知れませんね」と母は言った。「佳代子さんは何事にも長けていらっしゃいます」

母が汁碗を口まで持ち上げると、湯気が立ち昇った。さりげない口調とは裏腹に、母の意図は明白であった。私の胸中にできたコブ、しかし、異議を唱えるのは無益であることは分かっていた。私は二十六歳であり、もはや学生ではなかった。友人の多くは既に結婚しており、私より二歳若い妹の恵もそうだった。

私は魚を口に運び、咬んだ。そして二、三秒後、無理やり飲み込んだ。

＊

二週間ほど後の日曜日の朝、母と私は、一時間ほど離れた海岸の町、湘南台に向けて列車に乗った。母は改まった着物を身に付けていた。着物はオレンジ色を背景にした黄と白の落葉の柄で、金糸で引き立つ紅色の帯を着けていた。以前には見たことがなかったので、今回、誂えたに違いなく、髪飾りには絹で菊があしらわれていた。ようやく不景気は終わり、再び、絹物が広く手に入るようになっていた。この何年間かで初めて、東京の呉服屋が新商品を仕入れたと母が口にしたのを私は思い出した。私は母が新しい物品を購入したことに驚いた。家には蓄えがほとんどなく、私の病院研修による報酬はわずかであり、信弘はまだ家に居たからである。

私たちは大和駅で列車をローカル線に乗り換えた。プラットホームで待っている間、駅長室の壁に貼ってあるポスターに気がついた。それには「新国家の夜明け」と書いてあり、二人の微笑む農夫が描かれていた。一人の中国人が鎌を持ち、日本人は鋤を持っていた。それは地方の町で見られた典型的なポスターであった。政府は日本国民が満州に移住することを奨励し、そうした農民には土地が与えられた。ラジオ放送が帝国陸軍と新しい植民地の成功について報じるのを耳にした。

列車が来て、二、三の駅に停まり、列車を降りてから佐々木家までは、歩いて短い距離だった。母は立ち止まって私の髪とネクタイを整えた後に、玄関の前に立った。佐々木氏が玄関の戸を開けた。彼の笑顔を見た途端、これまでぼんやりしていた記憶が鮮明によみがえって来た。彼は私が記憶していたより白髪が多く小柄であったが、家を訪れたとき肩車してもらった「おじちゃん」として認識した。彼の傍らで、佐々木夫人は丁寧に挨拶した。

「これは智くん、随分立派になったな！」と佐々木氏は言い、私たちを居間に案内した。

佐々木家はほとんど三十年間、同じ家に住んでいた。その家は広々として、きちんと片付いていたが、少し古びた兆候があった。床板が所どころ沈んでいた。しかし、それは抜群の家であり、私たちの家より遥かに立派であった。佐々木氏は小さな会計事務所を所有しており、経営は安定していた。

居間から、富士山の裾野の風景が見えた。佐々木夫人は、私たちと一緒に部屋に入って来てはなかった。彼女は別の所で、お茶の準備をしているのが聞こえた。佳代子さんにはまだ会っておらず、今回、彼女に会えるのか次第に心配になってきた。おそらく佐々木家の人々は、娘を私に紹介する前に、まず私を検分したいのだろう。

「お母さんから、君は東京病院で研修中だと聞いた。それは素晴らしいことだ」。佐々木氏は、座椅子の片方の肘掛にもたれ掛かって言った。

「はい、そこには十ヶ月になります。なかなか難しいです。でも、やりがいはあります」

「来年は何をする計画かね？」

「まだ、はっきりしていません。面接の返事を待っている状態です」。私は口にしても良いかを知りたくて母を一瞥したが、母は私を見ることはなかった。「僕は病院に勤めるか、または、そうでなければ研究をしたいと思っています」

「研究？　大学に戻るということかな？」

「どこか大学よりも専門的な機関、しかし、はい、大学のような」

「大学の教授が、智和に研究職を推薦して下さったのです」と母は説明した。「智和は研究が好きなものですから」

足音が聞こえ、部屋の外側に盆皿が置かれる音がした。襖が開かれた。私は佐々木夫人かと思ったが、そうではなく、藤色の着物を着た若い女性が現れた。彼女は部屋に入る前に、額を畳の方に下げて挨拶し、それからお茶の盆皿を運び入れた。私は目を逸したが、突然、恥ずかしさが込み上げてきた。

「智和君、これが娘の佳代子です。子どもの頃、君らは会ったことがある。覚えているだろうか？」

私は彼女を覚えていなかったことに助けられた。と言うのは、彼女を新鮮な光の元に見ることが出来たからである。彼女は長めの卵型の顔で、目の間は狭めであったが、はっきりした眉をしていた。彼女は目の覚めるような美人ではなかったが、肌は滑らかで、感じのいい表情をしていた。彼女は微笑みながらお茶を入れ、私たち全員が彼女を見ているのを意識していた。

「はい、僕は佳代子さんを覚えています。一緒に海岸で遊んだように思います。ここ湘南台ではなかったですか？」。私は皆の気を悪くさせないように、記憶に嘘をついた。

彼女は笑った。か細い声だったが、それは彼女のはっきりした表情にそぐわないように思えた。

佐々木夫人が部屋に、お菓子と干し果物の載った盆皿を運んで来た。夫人と佳代子はテーブルに着いたが、佳代子は私の直ぐ右側であった。

私の母は佳代子自身について尋ねた。その会話を通して、彼女はその地域で最も有名な高等女学校を卒業したことを知った。卒業後、父の業務を手伝うために簿記の課程を終えた。

質問や応答のやりとりが交わされている間、私は彼女を見ていられないことに気がついた。それは多分、あまりにもじっくりと私たち二人が見られているのに気付いたからである。

母が私に向いて言った。「あなた、佳代子さんの演奏をお聞きになりたいとお思いではない、智和さん?」

無表情で私は母を見た。

「お琴」と彼女は言った。

「ああ、そうですね。もちろん」

「佳代子、いいかい?」と佐々木氏は言った。

佳代子は立ち上がって部屋を離れた。彼女は黒い布に包まれた長い物を運んで戻って来た。それを畳の上に置き、紐を解いた。布を外すと、木製の楽器が現れた。それは洗濯板を伸ばしたような形をしており、表面に張られた白い弦が等間隔に仕切られていた。彼女は琴爪を指先に付け、音合わせのために、穏やかに弦を数回かき鳴らした。今、私は他の人の目を気にすることなく、気軽に彼女を見ることが出来た。彼女は楽器の片側に座り、お辞儀をしてから弦の上にかがみ、両腕を弦まで伸ばした。右手の指が弦を弾くとき、左手はそれを押さえ付けていた。旋律は軽快で、また、悲しげでもあり、子どもの時、母が歌ってくれた歌――喪失と悲しみの歌――を思い起こした。ちょうど目を閉じて回想していたとき、リズムのテンポが速くなった。調べは躍動し、流れるように同時に切れ切れとなり、私は目を開けた。

私は彼女の楽器を操る迫力、演奏に注ぎ込まれた表現力に驚いた。彼女の腕は行きつ戻りつしながら素早く動き、指は弦を弾いた。今、私は彼女をはっきり知ることができた。彼女の才能と情熱は明らかで、先ほど私を悩ませた無邪気な笑いは急に萎んで消えた。演奏が終わったとき、先ほどまで彼女がいることで感じていた困惑は完全に忘れ去られ、私は拍手喝采した。

＊

木村少佐は私に職を提供した。これは私にとって大きな驚きであった。母は格別に喜び、時を移さず私の手柄を家族や友人に話した。新年度当初に私は病院研修を辞め、直ちに、防疫研究室と呼ばれた研究部門に入った。

研究室は、以前に面接を受けた新宿の建物の地下にあった。出勤初日、玄関広間で島田という人から挨拶を受けた。彼は背が高く痩せており、喉仏が目立ち、話しをしたとき上下に動いた。彼の年齢は定かではなかった。若くは見えたが、少なくとも十歳以上、私よりも年上の人に見られる物腰の柔らかさがあった。彼は、陸軍軍医学校のこの企画に従事する前は、東京大学の微生物学の助教だったと語った。

彼は私を受付に通し、階段を下り地下室に降りた。私たちはドアやほかの通路に続く明るく照らされた通路に入り、そこから導かれる他の通路に入った。私たちは迷路をくぐり抜け、島田はトイレ設備と喫茶室を示し、それから更衣室を私に見せた。「実験室に入る前に、必ずここに来て制服に着替えなくてはならない」と島田は言い、白い上着と木綿のズボンを取り上げた。「これらは使用される毎に洗浄、殺菌するので、外部汚染は我々の実験に干渉しない」

島田と私は上靴を脱ぎ、制服に着替えてから通路に戻った。前方のドアが開き、片手を上着のポケットに突っ込んだ長身の男が現れた。島田は彼に挨拶して、私の方を向いた。「ここが上席研究者の実験室です。あなたは彼らと一緒に細菌増殖の研究をすることになります。建物の別の側にある実験室では、主に検体分析を行っています。後ほどお見せします」。彼は、厚い漏れ防止ゴムの付いた重量のある金属扉の外側で立ち止まった。「そして、これがあなたの働く実験室です」。ドアが開き小さな通路に続いたが、そこの床には、消毒液が入った大きな金属製トレーがあった。その通路の端には、同様の漏れ防止ゴム付き金属扉があった。島田に従い、消毒液に足を浸け、タオルで足を拭いてから新しい上靴に履き替えた。それから私は、島田に付いて実験室に入った。私は衛生を維持する手順に従うことには慣れていたが、このように厳重な手順に出食わしたことはなかった。

部屋は私の予想よりも広く、中央の実験スペースと二つの壁に沿った広い実験台が伸びていた。五、六台のピカピカの顕微鏡が実験台に沿って並び、それらの下にはきちんと腰掛けが置いてあった。部屋の奥には、ガラス窓の収納棚が置いてあり、沢山のフラスコや試験管、漏斗、ブンゼンバーナーが入れてあった。部屋中に、ピン留めされた図表――手書きや印刷の――があった。様々な器具の中には、私が知っているものと見たことのないものがあった。部屋には既に二人の人がいた。一人は顕微鏡を覗いており、もう一人は流しで洗い物をしていた。私たちが入って行ったとき彼らは視線を上げたが、すぐに仕事に戻った。

後に、私は彼らの名前を知った。野村と太田であった。一年前から実験を始めている研究者であった。私たちは同じような年齢であったが、彼らは自分の殻に閉じこもっていた。最初の二、三ヶ月で私が得たわずかな情報は、野村は東京帝国大学で、一年間、島田の下で働き、太田は京都帝国大学で医学を学んだとのことである。一緒に喫茶室にいる時でさえ、彼らはほとんど話をせず、私は早々に降参し、沈黙が妥当であると知った。野村と太田の沈黙は、木村少佐の語った「思慮分別」の意味するところのものなのだろうかと思った。

出発段階での私の仕事は単純であった。私はワクチン開発を行う上級研究者のために細菌を培養した。細菌培養は学生時代から慣れてはいたが、この実験室の器具は私には新しいものであった。まず、巨大な加熱容器で寒天溶液を調製し、オートクレーブ中で滅菌した。溶液を培養皿に分配した後、冷却室に移し、私はその各々に滅菌した白金耳を用いて細菌を植え付けた。最終的に、培養皿をインキュベーターに入れたが、それは明らかに部門長である石井四郎中佐が立案したものであった。私は様々な細菌を培養したが、チフスや黄熱病、ボツリヌス中毒症、炭疽菌が含まれていた。毒性の高さ故に、ゴム手袋とマスクの着用が義務付けられていた。「誰かが誤って接触すれば、死ぬことになる」と島田は言った。彼らの要求に応えるのは大変なことだった。何ヶ月か過ぎると、研究者には多量の細菌の培養が要求されたので、私は夜遅くまで働かなくてはならないことが多くなった。培養は経験したことのない規模に膨らんだ。

六ヶ月ほど経てから、山本大輔という二十三歳の新人が採用された。彼は京都の卒業であった。山本の母親は木村少佐のいとこであり、この関係により、彼は大学によらず職に就けた。私たちはうまくやって行けた。山本は愛想が良く、有能であり、そして野村と太田のことを一風変わっていると考えていた。彼も私と同様に大学で野球をやっていたので、私たちは喫茶室で多くの時間を、アメリカ大リーグの選手について話をするのに費やした。山本が来たことによる歓迎すべき変化には、他の理由もあった。細菌培養する私の役目を彼が受け持ったことであり、私にはもっと上級な責務が与えられ、感染した動物の検体分析を行うようになった。私は理論的な厳密性を実践できる機会に感謝した。また、新しい職責により勤務時間が短縮されることを望んだ。私は佐々木家を訪問して以来、結婚することを真剣に考え始めており、自由に使える時間を切望していた。

第六章　ラブデー収容所――一九四二年　活動写真

四月初め、ついに天候は寒くなり始めた。朝目覚めたとき、汗まみれでなかったのは、ここに到着して以来初めてのことであった。歩いてトイレに行くとき、地面は露で湿っていた。フェンスの向こうの風景は、まるで写真集の一コマのようであった。延々と続く黄緑色の牧草とオレンジ色の土の上には、明るい空とやわらかい雲があった。後日、病院の休みに、フェンスの境界線近くで、丸太の上に座り新聞を読みながら陽を浴びていた。衛兵の兵舎からこっそり抜き取った新聞には、ブルームの攻撃について短い記事だけが載っていた。日本の飛行機は、飛行場の軍用機と港湾を攻撃目標にしたと新聞には書いてあった。損害はあったが、全ては軍人と思われた。町の人々は誰も負傷していないことに私は安堵した。

夜、私たちはテントの中でくつろぎ、洗い場区画で密かに醸造された酒を飲み回した。オランダ領東インドからの男たちは、自分たちが逮捕され、豪州へ護送される航海中に受けた苦難を思い返していた。彼らは残忍な衛兵の「慈悲」に遭っていた。彼らは、ある人が妻と子どものための食べ物を余分に頼んだ後で、殴られたのを見た。ゴム生産会社の山田の同僚の一人は船上で、赤痢に罹って亡くなった。「奴らは我々の薬を全部取り上げて、大勢の人が病気になっても、全く返してくれなかった。

小林が亡くなった後、私は葬式を挙げようと願ったが、奴らは相手にしてくれなかった。奴らは船の舷側から死体を投げ棄てたが、この様なものだった。地獄にいるのかと思った」。山田が私の方を向くと、目は光っていた。「この時ほど死にたいと思ったことはなかった」。それは今まで私が見たことのない山田の一側面であった。互いに知り合って長くないにもかかわらず、彼がそれほどあからさまに話すのを聞いて、私は感じるものがあった。

私は秋の穏やかな天候を楽しんだが、病院の患者に対する影響には留意しておく必要があった。私は結核病棟の担当ではなかったが、勤務中には常に監視することを怠らなかった。原田の体調は良くなり、今ではベッドの上で座ることもできるようになった。しかし、しつこい咳が続き、気掛かりであった。

涼しい天候は、狭苦しい場所での生活の打撃を和らげた。新しい収容者が到来し続け、十人程度の時もあれば、百人以上のこともあった。収容者は他の収容所に移動することもあった。軍管理部門の気まぐれ以外の何物でもない、明確な理由のないこともあり、私たちには不可解であった。更に多くのテントが、私たちの構内の側面の向こう側に伸びる並びに増設された。新しいテントのための敷地が無くなったとき、テント当たりの人数を六人から八人に増加するように言われた。このことにより、窮屈な状態について不満が湧き起こったが、恒久的な宿舎が建設されるまでは、何もできないと言われた。まもなく資材が入荷すると噂された。私たちのテントでは、私が七番目の構成員だったので、新人は一名だけ受け入れられる。山田の知人でスマトラから来た林が、他のテントからの移動に同意したので、彼の元のテントには三名の新規入所者が入居できた。

新参の入所者の一人は若い「合の子」であり、彼はすぐさまジョニーの仲間に溶け込んだ。長身で細身、肌色は薄く突き出た鼻と額に引き替え、明瞭なアジア系の眼で、彼は容易に一団の中で見分けが付いた。彼は男前だと思われても良かったが、もしそうでないとしたら、迫力に欠ける口のせいであった。彼の唇は吸い込まれているように見え、薄く表情に乏しい一本線であった。

＊

ある朝の人数調査のとき、ロック少佐は、その週の終わりに映画の上映があると発表した。

「赤十字の好意により、ラブデー収容所団は映写機の寄付を受けた。今度の日曜日の夜、アドレードのクラフト・ウォーカー会社の代表が14Cの収容者の娯楽としてフィルム一巻を上映する。映画はこの上なく教育的であると聞いている。マッケンジー氏はご自分の時間を割いてまで、この上映のためにアデレードからわざわざ来られる。諸君が彼を歓迎し、敬意をもって対応するものと期待している。快適な夕べとなり、全てが順調に行けば、彼は親切にも再びやって来てくれるかもしれない」

映画の上映は、私たちの構内で話題となった。人生の大半を鉱山で過ごした一人のニューカレドニア人は映画のことを聞いたことがなく、映画とはどのようなものかを彼に説明するには骨が折れた。彼のテントの誰かの「活動写真」は最もよくできた説明であった。

私はブルームの映画館で二、三の映画を見ていたことは運がよかった。そこでは大潮の間、海が忍び寄って、観客の足元でピチャピチャすることが知られていた。丸天井の鋼鉄屋根が突然途切れて、星空に開けているのを私は楽しんだ。映画の上映中ずっと、私の同国人が雑談していたり、私の背後の列で、英国婦人が扇子で顔を仰いでいる風の音や後部座席と両脇の座席に座っている現地人アボリジニーの笑い声が気になった。

二、三日後、太陽が地平線に沈もうとしている頃、クラフト・ウォーカー会社のマッケンジー氏が収容所に到着した。彼はひょろ長い脚に、半ズボンと膝丈のソックスを履いていた。彼の頬は深い赤色で、笑った時には丸くなった。彼の訪問中、私は通訳を依頼されており、構内で森会長、山田、マッケンジー氏、ロック少佐と二人の将校と一緒になった。私たちは炊事場や売店、最近出来上がったばかりの職人のための作業小屋を示した。マッケンジー氏は編みかけの籠を手に取った。

「それはブドウの蔓から出来ています」と私は言った。「沖縄地方の男が、村と同じやり方で作りました」

「何とも珍しい物だ」と彼は、しっかりした網目を調べるために、それを顔に近づけて言った。

ロック少佐は歩みを進めた。「彼らは他に、すばらしい庭園と寺院を造っています。マッケンジー氏にお見せするのはどうだろうか?」

そうして、私たちは一団をテントと外部フェンスの間に導いた。そこは土地が黒っぽい色で、野菜園の小区画であった。更に進むと、風よけに竹林が造られていた。竹林の反対側には、芝生と花の境目が線となっており、祠に続く石畳の小道が開けていた。私が到着してから、十人もの庭師の熱心な奮闘により、土壌は大いに向上していた。祠は今は塗装され、何百もの小石でちりばめられた煉瓦の台の上に立っていた。

マッケンジー氏は喘ぎながら言った。「日本人がこれ全部を造ったのか?」

「はい、それにたったの二ヶ月で」とロック少佐は言った。

ロック少佐は、私たちの収容所の責任者になる前は、学校教師だったという噂を聞いたことがあった。それは彼の厳格な振舞いに見て取れるし、また、テントが正しく整理整頓されていないことを注意するやり方が、まるで私たちが学校の生徒であるかの如くであった。私たちの仕事へのロック少佐の誇りは、私には驚きを持って受け止められた。

「庭師たちはフェンスの外で働いた時に、収容所周辺から植物や材料を集めました」と私は言った。

マッケンジー氏は、祠に続く小道を身振りで示した。「構わないか?」

「もちろん、構いません」と私は言った。

彼は祠まで歩いて行き、屈みながら塗装された屋根や軒下部の入り組んだ木工細工を念入りに調べた。

「何ということだ」。彼は身体をまっすぐに伸ばし、振り返って庭全体を眺めた。「素晴らしいの一言だ。このようなものを見たことがなかった。二ヶ月で、収容所の近くで見つけたものからこれを造った。豪州人は日本人がここで為したことから何かを学ぶことができる」

私たちがエントランスまで戻ってきた時には、空はラベンダー色に染まっていた。二枚の白い布をフェンスに結び付けて、スクリーンにしていた。その端はそよ風になびいていた。すでに二、三百人の収容者が毛布の上に座っていた。毛布はスクリーンの周りに半円状の扇形に広がり、片側はフェンスで囲まれ、もう一方の側はスクリーンの真向かいに席が並んでいた。声が鳴り響いた。

書記役の星が私たちに向かって急いで来たが、彼の顔は真っ赤だった。「私が座席に座っている者どもを退かせようとしましたが、動こうとしません！」

私は彼が来た方向を見た。五人の人影が、マッケンジー氏や軍人、収容所の代表者のための予約席を占めていた。彼らが誰であるかを知るために、顔を見る必要はなかった。ジョニーとその一味であった。

森会長は茫然となった。「山田さん、彼らを退かしなさい。急いで」。彼は私の方を向いた。「その一団を囲ってしまって、何が起こっているのかが見えないようにしましょう。ハーフ連中が起こしている揉め事を知られると困る。奴らは我々全員の恥だ」

「何が起こっているのだ？」と私たちの一番近くにいた将校が言った。

私は深い溜め息をついた。「映画が始まる前に、何か別のものをお見せしたいと思います……野菜園。トマト、カボチャ、セロリを植えています」

「しかし、それは祠の近くにある」と少佐は言った。「もう既に見ている」

「そうです。しかし他の作物もあり、マッケンジーさんが興味をお持ちかと」

口論している声が座席の方向から聞こえてきた。

ロック少佐は首を振った。「一体どうしたことだ？　ペリー、何か見て来れるか？」

ペリー中尉は騒動に向けて急いだ。彼の長い足はハサミのように動いた。

「それでは、野菜園を見に行きましょうか？」。私は急いで言った。

「いやいや。もうそこは既に見たでしょう」とロック少佐は言った。

マッケンジー氏は微笑んだ。「わたしは構いません」

「暗くなってきました」とロック少佐は言った。「マッケンジーさんは映写機を準備する必要があります。野菜園は別の機会にお見せすることにしてはいかがかな」

私は頭を垂れて、座席に向かって歩いた。ジョニーは映写機の近くに、他の四人と共に腰掛けていた。頑丈な体格のチャーリー・ハーンと弟のエルニーはパースから来たタイ人ハーフのペアでジョニーの常連であった。彼らの右側には、まだ十代のケン高橋がいた。彼は日本人の両親の元にオランダ領東インドで生まれ育った。名前を知らない混血の新人が、ケンの隣に座っていた。彼は前屈みになっていた。彼の両眼は、彼らの面前に黙って立っている山田と星の間に飛んでいた。山田は自分のアゴを固くつかみ、一連の陰が頬に沿って現れていた。

「ジョニー・チャン」とロック少佐は言った。「知っておくべきだ。今度は何が問題だ」

「問題ありません。問題ありません」と星は言った。まるでハエを追い払うように、彼の前で両手を払った。

「彼らは譲ろうとしません」とペリー中尉は言った。「これらの座席は、マッケンジーさんと私たち、それに自治会長一団のために用意されましたが、彼らは譲ろうとしません」

「あー、私にはお構いなく」とマッケンジー氏は言った。「私は立っています。私はほとんどの時間、プロジェクターに向かっています」

「いいえ！」。森会長の声は甲高かった。誰もが彼に振り向いた。「あなたはお客様です。座っていただかなくてはなりません。あなたの席は用意してあります」

「静まれ」と言って、ジョニーは立ち上がった。「俺は、奴に席を譲ることほど嬉しいことはない」。

彼はマッケンジー氏に向かって歩いて行き、手を広げた。「ジョニー・チャンです、よろしく。この道を歩きながら、感謝したいと思っていた。この収容所にあなたのような人がもっと大勢いれば、閉じ込められるのもほとんど楽しいものになるだろうに。どうぞ私の席に座って下さい」

マッケンジー氏はジョニーの手を握り、笑った。「ありがとう。なぜ、君は豪州人だろう?」

「豪州で生まれ育った。二十七年間ずっとブルームで暮らしてきた」

マッケンジー氏の顔が曇った。「それでなぜ……?」。ジョニーは言った。彼はロック少佐を一瞥した。

「それでなぜ俺がここに居るのか?」。ロック少佐は言った。「良い質問だ。俺はあんたらと同じ豪州市民だ。母親が日本人というだけだ。なのに俺は逮捕され――」

「今はその時ではない、ジョニー」とロック少佐は言った。「マッケンジーさんが映画を始めるのを皆が待っている。もし不満を解消したいのなら、赤十字のモーレル医師に相談するのがよい」

ジョニーは唇を固く締めた。不当な仕打ちについて彼は何か呟いた。

ロック少佐はマッケンジー氏の腕を取って、映写機まで進んだ。

「多数の混血児は、収容されたことに動揺している。しかし我々が決定を下したのではない。ただ法律を遵守しなければならない。誰が危険人物か、そうでないかの決定は、我々に委ねられてはいない……」

その晩のジョニーの挙動は、映画上映をほとんど台無しにした。森と山田は、彼の引き起こした面汚しを軽く放免することはなかった。私は、何か叱責の言葉を言おうとして彼に向かって二、三歩進んだが、議論はジョニーの望む所だと気がついた。その代わりに近くで、大工の一人がマッケンジー氏への贈り物を持って立っているのを見て、私は森会長に向かい、彼の注意を引いた。

私たちがマッケンジー氏に近づくと、彼は映写機に屈み込んでいた。私は咳払いした。「マッケンジーさん、14Cの日本人が、遠路はるばる来ていただいたあなたに謝意を表したく存じています。我々はあなたのような親切な豪州人に感謝します。感謝の印として、この贈り物を贈呈します」

森会長は前に進み出た。彼は木製の箱を取り出し、深々とお辞儀した。マッケンジー氏は箱を受け取り、蓋を開けた。彼は彫刻された木製のチェスの駒、十字型が付いたキングを取り出した。

「チェスセット。チェスセット全一式。素晴らしい、私は感動しています」。彼は一本の指を目頭に運んだ。「あなたがこれを作りましたか?」と彼は森会長に尋ねた。

「ここにいる沢田がほとんどやりました」。私は沢田に私たちと交わるように合図した。

「ありがとう、ありがとう」とマッケンジー氏は言いながら、沢田に握手した。「素晴らしい贈り物です。会社の皆に見せましょう。そして私の子ども達も大喜びです」

沢田は内気な笑みを浮かべ、私に通訳を依頼した。

「彼が言うには、それは小さいものに過ぎません。もし時間があれば、もっと大きなものが作れたと」

「いえ、いえ。これは完璧です。駒がどれだけ込み入っているか想像できない。大事にします」

「赤十字の人々の訪問を受けたことは、過去にありました。しかしあなたは、来て頂いた最初の部外者です」と私は言った。「一人の豪州人が私たちにこうしていただくことは大きな意味があります」

マッケンジー氏はうなずいた。「もっと出来たらと思います。あなた方の大勢が、単に日本人であるとの理由でここに閉じ込められるのは、適正とは思えません」

マッケンジー氏は映写機の準備に戻ったので、私たちは座る場所を探した。ハーフたちが並びに沿って移動したので、ロック少佐と二人の将校がマッケンジー氏の隣に座ることができた。他の端には空席が二席できた。

「奴らの隣には座りたくない」と森会長は小声で言った。「私たちは地べたに座りましょう。気を揉みたくない。とにかく、堅苦しいことは終わった」

何人かの収容者たちが、毛布の上に私たちの座る場所を開けてくれた。ヒューという音と共にパッと光が射して、ようやく映画が始まった。歓声が上がった。スクリーン上にカンガルーが現れ、下毛を静かに引っかきながら、袋の中から子どもの細い両足が突き出て来た。微風を受けたスクリーンの布がパタパタはためいたり、時折、観客が喘いだり笑ったりする他には、ほとんど音はしなかった。

私は座席後方の並びを振り返って見た。ジョニーは腕組みをしていた。スクリーンからの点滅する光で、彼は目を細め、口元はこわばっているのが見えた。新参の入所者は、ジョニーの隣では小さく見えた。彼の肩はすぼめられ、合わせた両手は、脚の間に突っ込まれていた。彼はスクリーンを見ていたが、彼がこの体験を愉しんでいるようには見えなかった。こんなにも早く、ジョニーの起こす災難に圧倒されたのを気の毒に思った。

＊

私が椅子に座っている間に、看護補助員の部屋の各隅に暗闇が迫ってきた。薄暗い光が窓から入ってきた。空は鋼色であった。天候は私を陰鬱な気分にした。私は東京のことを考えていた。豪州に向けて離れる最後の三週間の冷たく空虚な毎朝だった。

塩原が歩いて入って来た。「すみません、先生、私の病棟に来てもらえませんか？　負傷した患者がいます」

最近来た「合の子」で、映画上映の夜にジョニーと一緒に座っていた男が病棟の前におり、子どもを抱いているかのように前腕を抑えていた。私はその若者の傷の具合を調べた。赤紫色の挫傷が前腕から上腕にかけて広がっていた。肘には深傷があり、その周りは赤く膨れあがっており、化膿した滲出物で瘡蓋が出来ていた。

「何があったんだ？」

彼はわずかに首を横に振った。「彼らが……僕を殴った」

「それは誰だ？」

「あの四人。僕は手紙を書こうと食堂に座っていた。すると彼らが来て、その場を離れるように言った。日本語だったので、最初は何を言っているのかよく分からなくて、動かなかった。そしたら、彼らは大声を出し始め、僕につかみかかってきた。一人がテントの棒で僕を殴った。それでこうなった」。彼は腕の傷をうなずいて見た。

私は彼の言葉に驚いた。私たちの収容所は人が多く混雑しているが、誰もがうまくやっているように見えた。森自治会長は、万事順調と見ていた。映画の夜に起こった揉め事が、抗争に繋がったのだろうかと考えた。その晩のハーフたちの行動をぼやく何人かがいると私は聞いた。面目を保つ重要性を指摘することを考えてみたが、彼はそのような説教を受けに私の所に来たのではない。

「いつのことだね?」と私は尋ねた。

「昨日、昼食の後。会議について彼らは何か喚いていて、それから僕を攻撃し始めた。傷を放置しておこうとも思ったが、腫れてきた。今は腕がほとんど動かない」

私は彼を診察するのに時間を取った。患者と信頼関係を築くことに、私は決して長けてはいなかった。ブルームでは、いつもベルニス修道女を頼みにしていた。彼女は患者を落ち着いた気持ちにするのに、小さな声で二、三の言葉を掛けるだけで良かった。

「ひどく打撲しているが、骨は折れていない」と私は言った。「傷口が化膿している。きれいに消毒して、ガーゼを被せます」

私はヨードチンキとガーゼを取りに行った。ベッドの中で動いた誰かが咳をした。外では、列車のキーッという甲高い音が聞こえた。それはバーメラから食糧や装備品を運ぶ貨物列車に違いなかった。

「すまなかった」と私は言いながら患者の元に戻って来た。「君の名前を知らないのだけど」

「スタンレー鈴木ですが、スタンと呼んでください」と彼は言った。

「収容所は初めてか?」

「はい。先週、リバプール(ニューサウスウェールズ州)の収容所から、ここに着きました。ここの方がマシかと思ったのですが、しかし……」。彼の顔は歪んでいた。最初は痛みで怯んでいるのかと思ったが、むせび始めたので、彼が泣いていることに気付いた。

頭を垂れて、彼は片手で額に触った。「すみません」と彼は言った。「厳しい年でした。あちこち場所を移動させられました。ここにさえ居られないかも知れない。僕はＡＩＦ（豪州英帝国軍）にいました。知ってますか？　調査支部に八ヶ月いたが蹴り出された、なぜなら年齢六ヶ月の時からここに住んでいたとしても、僕が日本人だからです。最初はあそこ、それからリバプールに閉じ込められ、そして今はここです。何もかも……全て地獄に堕ちた」。彼の両肩は震えていた。

私は傷の消毒を始めた。彼に触れたとき、彼はたじろいた。彼の皮膚は熱く、まるで日本で時々使っていた懐中カイロのようであった。私は包帯を適当な長さまで伸ばし、ガーゼに強く触れないよう腕の周りにゆっくり巻き付けた。

「心配しなくてもいい。すぐ、ここに適応できるようになる」と私は言った。「私自身の体験から分かる。最初は、人にうまく合わせるのは難しいが、今は大勢の友人がいる、きっと君もそうなる」

「あなたとは違う。あなたは日本人だ」。彼は両眼に手のひらを押し当てた。

「君は襲われたことについて、誰かに報告しましたか？」

「ゲートの衛兵にだけ。将校に報告書を提出するように言われた」

「何か森会長に言ったらどうだろう。彼は警告を出してくれる。とにかく、彼はこの件に関して知りたいと思っている。または、多分、山田さんが助けてくれる。彼は私のテントの並びの班長だ」

「山田？」。スタンの頭が急に持ち上がった。彼の目の周りの皮膚は赤く膨れ上がっていた。「その名前は、僕を攻撃した男たちの一人のものだ。ジョニーがそう言った。映画の夜から彼を知っている。僕たちが座席に座っていたとき、前に立っていた男たちの一人だ」

私は彼の腕を手放した。「山田伝吉ではないだろう？」

「彼のフルネームは知らない。小柄で、胡麻塩頭だ。僕らの真正面に立っていた。あなたはそこにいたでしょう」

「山田伝吉は非常にいい私の友人だ。彼は決してそのようなことはしない。彼は私が最初にここに到着したとき、私を皆に紹介してしてくれた。何かの間違いだろう」

彼は首を振った。「いいえ、彼です。同じ山田だ。五十歳ぐらいで日焼けしている。ジョニーは、前に彼と衝突したことがあると言っていた。彼は最悪だと言った」

一度に、全てがはっきりした。これは収容所に大混乱を引き起こすジョニーの策略の一部だ。妬みか何か個人的な復讐のために、ジョニーは私たちの構内の責任者を引き摺り下ろすことを望んでいた。そして何とかして、スタンに山田が攻撃の責任を負うと信じ込ませるようにした。結局、スタンは自分自身に傷を負わせたのかも知れなかった。

「『最悪』？　ジョニーが君にそう言ったのか？　すまないが、山田さんが他人を攻撃したりすることは信じられない。君が気を付けないといけないのはジョニー・チャンだ。彼に影響されてはいけない」

スタンはまばたきすることなく私を見つめた。彼の鼻息が聞こえた。私は彼の凝視が気詰りになり、包帯を巻くのを終わらせるために、彼の腕に手を伸ばした。やっと彼は声を発した。「僕は嘘を言っていない。あなたが僕を信じていないのは分かる。しかし僕は嘘を言ってない」。彼の声は震えていた。

私は彼に同情したが、何も言わずにおいた。彼が今のつまずきから立ち直り、この収容所でより良い仲間を見つけることを願った。無言で、私は包帯の残りを彼の上腕に巻き付け、端を結んだ。

第七章　ブルーム——一九三八年　灯籠流し

暗闇から何かが私を呼んでいた。私を眠りから呼び覚ます一つのパターンであった。私は頭を枕から起こすと、音は濃縮してきた。ドアをドンドンドンと叩く音。

「ちょっと、先生！　いませんか？」

私はベッドから起き上がり、入り口まで足を引きずって行った。今まで見たかどうかはっきりしない若い男が、ドアの向こうに立っていた。彼は日本人かマレー人、中国人？　彼の広い肩幅や淡褐色の肌、鋭い角度の顔付きからは判断できなかった。

「ローバック・ホテルで喧嘩があった」。彼の豪州訛りの英語に私は驚いた。「何人かの日本人とマレー人が対立した。一人が顔を切られた。マクナリーと俺がケガ人を車で運んできた。もう一人は、警部とローニィが一緒に歩いて来ている。最初のケガ人を運び込んでもかまわないか？」

「はい、もちろん」。私はしわくちゃの寝間着を手で触った。

「ケガ人を病室に運びなさい。すぐ私はそこに行く」

私は急いでクローゼットに行き、仕事着に着替え、病室に入った。手を洗い、一つのベッドの周りを片付けた。

マクナリー巡査とドアを叩いた若い男が、ケガ人の腕と足を持ってよろめきながら入ってきたが、声をひそめて乱暴な口をきいていた。ケガ人はぐったりしており、彼らはケガ人をベッドの上に乗せた。彼の負傷を見て私は青ざめた。彼は血だらけで、顔と首の傷口から依然と出血が続いていた。顔が腫れ上がり、彼の眼を見分けることが出来難いほどであった。私はうろたえた。

私は若い男の方を向いた。「神の聖ヨハネ修道院に行って、ベルニス修道女を呼んできてくれないか。彼女の助けが必要だ」

「こんな時間に?」

「どうかお願いだ」

私は焦る気持ちを鎮めようとして、これまでの訓練が私に戻ってくるようにと祈った。ブルームでの二ヶ月間、私は簡単な小さな手術、骨折の継ぎ合わせや傷の縫合、腫れ物の切除などを実践したに過ぎなかった。最大の緊急事態は潜水病に罹ったダイバーであり、私の持っている技術はあまり役に立たなかった。古い減圧釜がウォーレス医師の病院の構内にあった。彼は主に英国人社会を扱い、私は主に日本人を診療していた。私は日本人会に雇用されていたからだが、私たちは必要に応じ協同していた。ダイバーを装置内部に入れ、二十四時間チェックし続け、症状が治るまでその中に留めて置いた。

私は修道女が来るまで、私を助けてくれるようマクナリー巡査に頼んだ。私がアルコールとヨードの混合液を傷口に塗っている間、彼は患者を押さえ付けた。患者に触るや否や、彼は苦痛の余りのけぞって、口を大きく開け、悲鳴を上げた。それはまるで電流が身体中に走り抜けたかのようであった。

再び彼が落ち着くと、私は首に詰め綿を当て止血した。

遠方から人の声のざわめきがして、夜の静寂を破った。ポーチの階段に足音がした。床板がきしんだ。そして、カウィー警部とローニィ巡査が、若い男のシャツを握りながら現れた。彼を診察すると、息に酒の匂いがした。彼の顔の片方が腫れ上がっていたが、日本人街の宿舎でよくブラブラしているダイバーの一人であると認識できた。彼は右手を胸に抱えていた。

私は日本語で話しかけた。「腕を見せなさい」

彼は腕を私の方に向けた。彼のこぶしは切れて、めくれていた。手のひらは裂けて血が溜まっていたが、手首は影響を受けていなかった。私は彼に壁側のベッドを示し、調理室で氷を取った。

カウィー警部は戸口近くに留まり、心配顔をしていた。「他の方、マレーの若者は良くないようだ。先にマレーを縫い始めるべきではないか?」

「私……、私は修道女を待っている。彼女の支援が必要だ」

「もし彼女が来なかったらどうなる?」

私はまばたきした。もし彼女が来なかったら、誰が私を助けてくれるだろうか? 巡査に助けてもらわなければならないのだろうか。しかし彼らは、彼女のような技能を持ち合わせていないし、患者を落ち着かせることもできない。私はうなずき、氷を日本人ダイバーに渡してから、手術に必要な器具を整え始めた。日本で携わった最後の手術のことを思うと、私は手が震えた。それは悲惨な結末であった。

私がまさに手術の手順を始めようとしたとき、道路に沿って車の音が聞こえた。二つのドアが閉まる音が聞こえ、ベルニス修道女が病院に入って来たが、その修道衣はアイロンを掛けたばかりのようにシワ一つなく、いつもと変わらずきちんとした身だしなみであった。私は安堵のため息をついた。

「出来る限り急いで来ました」と彼女は言い、手を洗うため流しに向かった。

「傷は動脈ではないが、出血が続いている」と私は言った。「直ちに手術しなければならない。準備はいいですか？」

「はい」。集中した彼女の額にはシワが寄っていた。

マクナリー巡査は部屋の反対側を横切り、日本人ダイバーに質問しているカウィー警部を補佐した。ベルニス修道女はベッドの向こう側に回り、患者の腕を押さえつけた。私は針に糸を通し、アルコールに浸けた。

「まず首から始めます」と私が言うと、ベルニス修道女は、首の詰め綿を取り外し、首がよく見えるように患者の頭を動かした。傷口から真っ赤な血が噴出した。私は針を近付け、そして止めた。私の手は震えていた。私の心の中では、映像がごちゃ混ぜになっていた。膨れ上がったリンパのグリグリ。幼児の腹部の黒い斑点。私は続けられなかった。

「腕を押さえて下さい」。ベルニス修道女が言った。それから、無言で私から針を取り、患者に顔を近づけ、唇をすぼめ、一瞬で皮膚に刺し込み針を通した。患者は声を上げたが、それはまるで子どもが泣くような甲高い声だった。彼は私に腕を押さえられたまま、悶え苦しみ、私が理解できない言語で声を上げて泣いた。

「シッシッ、痛いことは分かる。しかし、もうすぐ終わる。シッシッ」。ベルニス修道女が言った。

激痛で若者の顔は歪んだが、彼女が縫い続けていると、だいぶ大人しくなった。彼女は結び目を作り糸を切った。患者が泣き叫ぶのを聞いて、私の内部で何かの鍵が開いた。

私はまばたきした。今や、状況の全てがはっきり分かった。

「ありがとう、シスター。これからは私がやります」

彼女はうなずき、針を私に返し、それから患者の背後に立って、両手を彼の頭に置いた。私が残りの傷口を処置しているとき、彼女はずっと患者に小声で語り掛け続けた。私は深呼吸してから皮膚に針を刺した。彼は苦痛で顔をしかめたが、彼女の声に安心して、声を上げなかった。

私が日本人ダイバーの処置をする頃には、私の不安は完全に消えていた。彼の手のひらの傷は何針か縫う必要があり、捻挫した手首は三角巾が必要であった。両方とも比較的簡単な手当ではあったが、彼の気持ちの乱れのせいで手間取った。

「畜生、あいつめ、よくも」。ほとんどベッドから転げ落ちるまで前方に傾いて、彼は日本語で言った。彼の息に酒の匂いがした。「あの娘は俺の女だ。なんという奴だ」

真珠船乗組員宿舎の一つにいた娘のことを彼が指していると、私は推察した。部屋にいる他の誰も彼の言うことが分からなかったが、私は彼の振る舞いに当惑し、彼が動き回るのに失望した。それゆえ私は、むしろぶっきらぼうに、静かにするよう彼に言った。

彼は噛み付いてきた。「あんた、人を好きになることがどんなものか分かるか?」

私は目を上げた。彼の私を見つめる目が、私の最深部まで切り込んだ。私は二度と彼に話し掛けなかった。

二人の処置が終わったとき、巡査は警察署に日本人ダイバーを連行するために歩いて街に戻った。警部は離れる前、修道女と私に礼を述べ、車の持ち主の若者に向かって言った。「ジョニー、本当に助かった。パトロールカーは修理中で、あんたの車がなかったら、どうなっていただろう。もし車の座席に付いた血痕が取れなかったら、私に連絡してくれ。弁償できるかも知れない」

ジョニーは顔の前で手を振った。「座席は大丈夫だと思う。もしシミがあったら、それはそれで個性となる。でも次の機会に、部下がスピード違反で俺を止めたら、それをチャラにすることで、おあいこになるのかな?」。彼は片目をつむった。

警部は笑った。「あー、そうだな……」

マレー人の患者の容態は依然として危険な状態にあったので、私は待合室に自分用のベッドを用意した。ジョニーはベルニス修道女を修道院まで連れ帰ることを申し出た。彼女は帰宅する前に、全ての器具や備品を洗浄し、片付けておくと言い張った。私がその必要はないと言ってもである。

彼らに付いて外に出ると、ジョニーの褐色のダッジ・ツアラーがあり、彼が何者であるか分かった。彼はブルームでタクシー業をしていた。私は、彼がカーナボン通りや桟橋からの船の乗客を乗せて運転しているのをよく見かけた。彼の家族は日本人街で人気の麺店ヤットサンを出していた。

彼の車に近づくと、彼は私の方を向いた。「俺はジョニーです、ところで」と彼は言い、手を差し出した。

「トモカズ茨木です。どうぞよろしく」

「ここは初めてではないですか?」と彼は言った。「俺は前の医師を知っている。奥さんと二人の子どもと一緒だった。しかし、あなたは一人だな?」

「はい、その通り」

「このようなことは、普通は起こらない。今夜のケンカのことだ。こんなことは何年も起きていない。人数が減ったせいかもしれない。休漁中には時々、ちょっとしたケンカがある。ダイバーの中には、ダイバー以外をゴミのように扱ってもいいと思う者もいる。しかし、全部のダイバーがそうではない」

「今夜起こったのはそのようなことか、日本人ダイバーとマレー人の間で?」

「はっきりしたことは分からない。女のことでケンカしていると誰かが言っていた。しかし普通は互いに何とかやっていく、日本人、マレー人、中国人、黒人、白人」。彼は片手を胸に当てた。「俺がその証だ」

暗闇が周りを取り囲んでいたが、砂の山から、夜明けの叫び声が響いた。ワライカワセミの吃り鳴きの声が沸き上がった。私は車の向こう側に回り、ベルニス修道女のためにドアを開けた。

「先生は本当に大丈夫ですか?」。彼女は尋ねた。「私は明日来てもいいのです、お望みなら」

私は、週末に彼女に来るよう依頼したことはなく、特に日曜日には決してなかった。

「いいえ、ありがとう、シスター。本当に問題ない。あなたは今夜、目覚ましい働きをしました。あなたが居なければ出来ませんでした」

「先生にはよくご指導していただきました」

私は躊躇した。「手術については……初めに何が起こったのか分からない。これまでの長い……」

「ご説明は必要ありません。これらのことが起こったのです。先生はお仕事をすべて同じように終えられました」

「あー、そうですね。ありがとう。今は帰って、休んで下さい」

彼女は振り向いて、車に乗り込んだ。車が去って行くとき、彼女は笑みを浮かべ、私に軽く手を振った。私はしばらくの間、通りに残り、カササギフエガラスの満足げな笑い声を聞いた。私は遠くからの海鳴りを聞き分けることができたと思った。私は疲れていたが、体は不思議と軽く感じた。

＊

日本では、八月はお盆の月である。死者の霊を祀る、ブルームでそうするとは全く予想していなかった。しかし間もなく、この町でそれはかなり文化的重要性を持っていることが分かった。金森会長は、そのことについて語ってくれた最初の人物である。「今年は、お盆の行事は盛大に行われる。お盆が満月と重なっている。提灯が海に流される」。お盆の行事はタウンビーチのすぐ隣のローバック湾近くの空き地で開催された。片側は、マングローブが岸までへばりついており、もう一方の側は、波に洗われ露出した岩があり、それによって浜辺が保護されていた。私は日没直後に到着し、空がピンク色から藤色へ、深青色へと変わっていくのを見るのに間に合った。そして、集まる暗闇の中で、私は群衆をぬって歩いた。鉄製の焼き板を並べた若い男が鯛焼きを売っていた。その隣でダイバーらの集団は地べたにしゃがみ込んで、魚の形をした菓子、鯛焼きを頬張っていた。浴衣を着た若い女の子たちはどこにでも見られた。彼女らは日本人の洗濯屋やダイバーの娘で、「合の子」やそうでない者もいた。私はその夜まで、大勢の可愛らしい日本人の少女が町にいることを理解していなかった。

私は原田と話をするために立ち止まった。金森会長は私に軽く会釈したが、彼はキャプテン・マクダニエルスと妻に話かけていた。彼らから離れ、私は湾の端の方へ向かい、月の出を観るのを待ち望んだ。暗闇の中で、私はぬかるんだ浅瀬を見分けることがほとんど出来なかった。

波打ち際で待っていると、私の周りに人が集まってきた。しばらくすると、水平線にシミのような明かり、水の上に錆びた色の斑点が現われた。一、二分経つと、斑点は大きく、明るくなった。私の近くにいた幼い女の子が叫んだ。「見て、ママ、あれが見えるよ！」。オレンジ色の細い一片が水平線から姿を見せた。「そうだ、あれだ！」。誰かが叫んだ。そして人々は一番見やすい場所を求めて押し合った。オレンジ色の明かりが大きくなっていき、半円となり、湾を横切って長い影を投げ掛けるまで、皆が見ていた。

月は丸くなり淡い色になった。空に上るにつれ、色を落とした。まもなく、完全な白い球になった。私は長い間そこに留まり、海、空や星を見渡した。その間に、私の周りの人々は次第に剥がれ落ちた。干潟に映し出された光と陰の模様は、壊れかけた階段に似ていたが、次第に消えて行った。月が空高く上がり、遠く冷たい光を投げ掛けていた。

タウンビーチの灯篭流しを見るために、私はぶらぶら歩いて空き地に戻った。すでに大勢の人々が海岸に立っていた。紙の提灯を手に持っている人もいた。振り向いて見ると、神の聖ヨハネ修道女たちの一団の中にベルニス修道女がいた。浜辺を見渡せる埠頭の端に立っていた。毎日彼女を見ることに慣れてきていたのに、今は、初めて彼女を見たかのようであった。私たちの目が合った。彼女は手を上げて挨拶した。私は微笑んでそれに応えた。彼女は手招きした。

「茨木先生」。彼女は言った。「私たちは、ちょうど提灯の役割を説明してもらえる人がいないだろうかと思っていたところでした」

彼女は、他の修道女に私を紹介した。そのうち二人はベルニス修道女の年齢と同じぐらいで、他の二人は年上であった。

「お一人で来られたのですか?」。若い修道女の一人が、青い目で私を見ながら尋ねた。

多分、私の気まずさを感じ取ったベルニス修道女は、私が答える前に声を発した。「提灯、どういう意味があるのですか?」

「提灯は死者の霊を表しています。毎年この時期に、先祖が私たちの元に戻ってきます。霊を送り出すために、海に提灯を流します。とりわけ、過年に亡くなった人たちには重要なことです」

「あなたは今年、提灯を流しますか?」。若い修道女が尋ねた。

「サラ!」。ベルニス修道女は叱り声を上げた。

私は笑った。「いいえ。幸いにも、今年は何も流すことはありません。随分前にやりました」

ベルニス修道女の眼は、私を見続けた。

「見てご覧なさい。今、最初の提灯が浮かびました」。私は渚の光を指しながら言った。

「もっと近くで見てもいいですか?」。サラ修道女が尋ねた。

年上の二人は埠頭に留まったが、私はベルニス、サラおよび三人目のアグネス修道女に付き添い、海岸沿を進んだ。列になった人々が、ロウソクの灯りを付けた壊れやすい小船に乗せた提灯を、代わる代わる海に放つのが見えた。岸を離れると、すぐに暗闇に飲み込まれてしまうものもあった。それらのロウソクは細工が悪かったか、急な風ですぐに消えてしまったからである。しかし、大部分の提灯は陸の目印を越えてもまだ光っており、それらは小さな光の点になるまで遠くへ流れた。しばらく、上下に跳ねている提灯は、目で見える限り遠くの海まで覆っていた。

ベルニス修道女と私は、他の二人の修道女の後側で少し距離を置いて立ち、私たちの目で捉えた提灯について話をした。彼女の好みは奇抜な形や色であり、私は小さいが頑丈で、確実に遠くまで行くものが好きであった。私は子どもの頃に、竹や紐、古い障子紙を使って、どのように灯籠流しを作ったかを彼女に説明した。

「どれも酷かった」と私は言った。「どれもいつも沈んだり、傾いたりした。火事になったのもあった。しかし、毎年作るのが上手になり、ついに父が亡くなった年に、上流から川の曲り角まで乗り切るものを作った」

彼女はうなずいた。「本当に素晴らしい風習ですね。私も両親が亡くなったとき、同じようなことができたら良かった」

「えっ?」。私はジェラルトンに彼女の家族がいると知っていたので、両親は健在だと思っていた。

「交通事故でした。私がまだ幼い時。母の妹家族が私を育ててくれました」

「お気の毒に」。私はそれ以外の言葉が見つからず、海を眺めた。

私たちはそれ以上は何も言わず、光に照らされた海面を見つめていた。海の渚で、沈黙して立っていたが、私はベルニスに今までにない親しみを覚えた。

第八章　ラブデー収容所——一九四二年　ジョニーの頼み事

収容所の炊事場の暗闇から、真昼の太陽の眩しい光の中に抜け出した。ちょうど昼食時の皿洗いの仕事を終えたばかりで、私の手は湿って無感覚であった。私の右側に人の動きを感じた。修道女の衣服？　しかし、それは誰かの洗濯物に過ぎなかった。風に白シャツが揺れていた。

自分のテントに向かっていると、中庭から歓声が聞こえてきた。近くに寄ってみると、人の集団がほぐされ、散らばっていた。集団の中央にいた誰かが前進し、笑い声が溢れた。それは海老名であった。バタビアからの男の一人で、病院の看護補助員であった。彼の腕は空に回っていた。十メートル向こうで、誰かがバットを振って、それを地面に落とすと、ゴツンと音がした。

「頑張れ、頑張れ！」と叫ぶ男がいて、バッターは走り始めた。

グランド上の一塁手は、素早く両手と膝を使ってボールを掴んだ。彼は立ち上がり、バッターよりも一瞬早く、一塁ベースに戻った。一塁手は両手を上げ歓呼した。

バッターは腹がよじれるほど笑った。「これをやるには年を取りすぎた。ほとんど息ができない！」と彼は言い、胸が波打っていた。

「まあ、あんたはこのボールより良い格好だ。見てみろ、もう既に、これは駄目になってきてる」

と一塁手は言った。彼の手は包みのクズで一杯になった。「この調子では、毎回新しいボールが必要だ」

「茨木先生」と海老名が私に手を振った。「一緒に試合をしませんか?」

私は首を振った。野球は若い頃の私の楽しみの一つであったが、最後にバットを握ってから十年が経っていた。大学では時々、医学棟近くの草の多い斜面で、他の学生とキャチボールをした。天候が良ければ、上野恩賜公園まで歩いて行き、ボールを打った。顔に当たる太陽、革製ミットの匂い、あの日々の単純な喜び。しかしながら、いったん病院研修が始まると、もはや野球をする時間はなかった。結婚して常勤になるまでに、私は本当に野球について考えたものだ。

「見ているだけにする」と私は言った。「長い間、野球をしていない」

「長いことしていないのは皆同じだ。教えてくれますか? ホームからピッチャーまでの距離を誰も覚えていません」

「そうだな、大リーグでは、六十フィート離れている……しかし、ここではそれ程でなくて良いだろう」

海老名は笑顔でしわくちゃになった。「やり方が分かっている。やりましょう、先生、試しにやってみませんか。チームの人数が足りていません。見様見真似でやっています」

私の両足は落ち着かなくなった。

「ちょっとした楽しみだ」と一塁手が言った。「ほら、このボールを見てくれ。どちみち、遠くまでは飛ばない」

彼はボールを私に投げ、私はキャッチした。それは驚くほど重かった。布の巻き付けは歪な球形になっており、重い紐の玉のようであった。ぼろぼろの布の端は死んだ皮膚のように剥がれていた。「中に石が入っている。できるだけ丸い石を見つけ、それから、炊事場の清掃用ぼろ布を裂き細長くして、石に巻き付けた。海老名の古いシャツも使った」。一塁手は薄笑いした。

「ほら、見て下さい」と海老名は言い、私からボールを取った。それを地面に向け投げ付けた。私はドスンと落ちると予想したが、一回、二回跳ねてから、一、二メートル先で地面に着いた。「完璧ではないが、まずまずの物です。そして、この一個があるだけで、二つ目を作る十分な材料すらない！　それに、バットを見て下さい……」。彼はキャッチャーの方を身振りで示すと、キャッチャーは駆け足でこちらに向かって来て、バットを差し出し、私が調べられるようにした。自然に切ったままの薄灰色の木片であったが、片方の端は細くなっていた。表面は軽く磨かれていたが、こぶだらけであった。

「それは木の枝でしたが、野菜園から引きずってきました」と海老名は言った。「大工の一人に、もっと良いものを作るよう頼んでいますが、適当な木が見つかっていません」

彼らが共に野球をしているのを見ると、ブルームでダイバーたちが、互いの真珠会社ごとにいつもくつろいでいたことを思い出した。私が日本人会の会合に行く道の途中で日本人街を通ったとき、彼らが路地にうずくまって談話したり、大通りの建物の入り口ポーチにより掛かって、互いにタバコを回したりするのを見かけた。ローバック・ホテルの窓を通して、手に手にグラスを持ち、赤ら顔をした彼らが目に入った。彼らは私の同国人ではあったが、身の処し方は異邦人に見えた。一人のダイバーであることは、決して一人でいることではなかった。

「打ってみませんか?」と海老名は強く勧めた。

「いやあ、私は上手くないから」

「何を言ってるのですか、先生。ただのボールですよ」とキャッチャーが言った。彼はまだバットを差し出したままであった。他の人の声が後押しした。

「ようし分かった。それじゃ。しかし、前もって言っときますが、私は何年もやっていません」

私がホームベースまで歩いて行き、打つ構えを見せると、拍手と声援が起った。海老名はピッチャーマウンドで集中した。「準備は?」

私はうなずいた。

ボールは予想よりゆっくりと私に向かって来た。それは幾分外角に外れており、私は手を伸ばして当てることも考えたが、当たりが弱くなるのを知っていたので、打つのを我慢した。結局、自制は好打者たる者の極意である。ボールは私の肩をゆっくり回って通り過ぎた。海老名が意図して遅いボールを投げたのだろうかと私は思った。しかし、二球目の投球に入ったとき、彼の顔は明らかに集中していた。ボールは強く、速く向かってきた。私は打つことを固く決めた。私は強く振ったが、タイミングが早すぎた。スイングの終わりでボールと接触したので、力が伝わらなかった。ボールは一回バウンドして、野手の掬い上げた手に収まった。彼が一塁へボールを投げたとき、私はベースから二、三歩走っただけであった。一塁手が腕を伸び広げたとき、私は笑った。私は直ぐにその場を離れた。

＊

七時に私は病院勤務を終え、構内へ帰る長い道を歩き始めた。最初に病院で仕事を始めたとき、太陽は私の右側に沈み、地平線はオレンジと赤に染まり、かすかにピンク色の雲が空に縞を成していた。私は歩調をゆっくり取り、私だけに仕立てられたと思える壮観を楽しんだ。二十九歳のとき、初めてブルームに船から下り立ち、空の広大さに圧倒された時のことが思い起こされた。雨季の間、一週また一週と暗い雲が低く立ち込めた時でも、私は、決してその大きさに慣れることはなかった。

しかし日が短くなり、そして今は、地平線の上にオレンジ色の薄い線だけが見えていた。空の残りはインク色であった。

時々、道路の向こう側の14Aの方を見ると、イタリア人たちがフェンスにもたれ掛かったり、中庭に立っているのが見えた。私が通り過ぎるとき、彼らは手を振り「医者！　医者！」とイタリア語で声を上げげた。しかし今夜はゲートに向かって歩いているので、誰も見えなかった。衛兵が私を収容所の中に入れた。私はシャワーを浴びたくて、うずうずしていた。私の勤務時間はとりわけ困難という訳ではなかったが、私は疲れていた。次々と週が、私に追い付いてきた。

ゲートから十歩と離れていない所まで来たとき、テントの最も近い列の後方から一人の人物が現れた。顔を見る前に、彼の横に揺れる足取りを認識した。

「やあ、先生」

「ジョニー、何か用かい？　映画の夜以来、会っていなかった。そして、今は急に私の護衛兵だ」

「俺はずっと、あんたと連絡を取ろうとしていた。俺を避けているのかと思い始めていた。ほら、ここでは出だしは良いスタートが切れなかったが、ちょっとした頼み事がある」

「頼み事?」

彼は深い息をした。「野球のことだ。俺たちもやりたい。豪州人も他の皆と同じようにやってみる価値はある」

「よく分からないな。自分たちのチームを作ってはどうかな?」

「既にやってみたとは思わないのか? 俺は、野球をやりたい他の六ブロックに当たってみたが、誰一人として俺たちのチームに加わる者も、対戦するチームもなかった。自治会長が俺たちを避けるように、何か言ったに違いない。そうだろう?」

私は首を振った。「ジョニー、またこれも違う」

「何だって? ここでは俺たちは、はみ出し者だ。それが分からないのか?」

混血児と豪州生まれは徒党を組んで、テントの中で他の人とは少し距離をおいて寝ていたり、離れたテーブルで食事したり、異なる雑用仕事をしたりしていた。彼らが収容所の敷地の外側で働くときでさえ、他の誰もが着るエビ茶色の制服を着用しなかった。彼らは衛兵や将校たちと談話して時間を過ごしたが、このことは収容所内での彼らの評判を良いものにはしなかった。もし彼らがはみ出し者ならば、彼ら自らが生み出した、はみ出し者であった。

「やって欲しいことは、全部のテントが参加する野球大会の開催を森会長に働きかけることだ。まず構内の異なるチームが互いに試合をして、勝ったチームが14Bの勝者と争う。森会長が聞く耳を持たなかったら、あんたは医者だ。彼は医者を尊敬している」

私は首を振った。「私は彼を説得できるか確信が持てない」と私は言った。映画の夜、ロック少佐とマッケンジー氏を遅らせた失敗のことを思い出していた。

「とにかく、やろう。さあ、何か実害でもあるのか?」

「ロック少佐のことを忘れている。彼が大会開催を承認しなければならない。最後の権限は彼が持っている」

「ロックは野球好きだろう。司令官は収容者の意気込み、スポーツ、あれやこれやについて言い続けている。野球大会は打って付けだ。それに、俺はマッカビンや他の将校にうまく話かけることができる。ここでは、奴らの頭の中は退屈している。大会は奴らに前向きな何かを与えるだろう」

私は躊躇した。私はジョニーの態度に違和感を感じたが、面白いアイデアではあった。しかし彼の味方だと見られたくなかった。風が木々を揺らすように噂は広まる。「やってみることはできる」と私は言った。「しかし、何も約束は出来ない。まず山田さんに掛け合うのが先決だ」

ジョニーは口をへの字に曲げた。「あの嫌な奴は駄目だ。奴がスタンにしたことは許せない」

その悪口に私は苛立った。「もし私の助けが欲しいのなら、山田さんについての嘘を広めるのを止めろ。彼は副会長で、立派な方だ。敬意を持って接しなければならない」

ジョニーの目が光った。「嘘だと?　どんな嘘だ?　山田はスタンを食堂から蹴り出して、鉄棒で殴った。いま、スタンは困窮して役に立たない。山田は悪党だ。そんな奴は尊敬に値しない」

「山田さんは決してスタンを殴ったりしない。もしあんたの仲間が、山田さんの評判を落とすためだけに、殴ったのは彼だと言ったとしても、私は驚いたりしない。態度を改めなければ、野球大会の手助けは出来ない」

ジョニーは私を睨み付けた。「これは何と、どうかしたのか?」

風が客人となり、薄いホコリの層を持ち上げ、そして私たちの間に吹き飛ばしてきた。私は手を口に当て咳をしたが、ジョニーは動かなかった。私をまっすぐに見る彼の眼に、私は苛立った。ようやく、再び彼が話かけてきたときは強い口調であった。

「何にしろ、ブルームでは俺はあんたが好きだった。ダイバーたちはそう思ってなかった。あんたは変わっていると思われていた。病院でダイバーたちに話しかけない流儀で、修道女に話をさせることは、全く傲慢だと思われていたんだ。キャプテン・マクダニエルスさえ、あんたが変わっていると思っていた。あの男がどんな言葉を使ったか? 冷淡、よそよそしい。あんたが前任の医師のように全部のパーティーに来ないのはなぜかとダン夫人が彼に尋ねたとき、彼がそう言うのを聞いた。しかし俺はあんたが、なかなかの野郎だと思っていた。あんたは物静かで、他人事に余計な口出しをしなかった。だが今、あんたは腰抜けだ。ここの他の日本人野郎と同じように」

＊

実家の廊下で、私は、長い黒髪の女性の後に続いていた。それは私の母で、銀色の帯は光輝いていた。それから、彼女は佳代子となり、鮮やかな鶴の模様の婚礼衣装を着ていた。黒い髪の幕に隠れた彼女の顔を見るのに力を込めた。廊下は私の前に伸びて、有り得ないほど広がっていた。その先にはドアがあり、私が働いていた実験室の保管室に繋がっていた。

「そこへ行くな」と私は叫んだ。「佳代、待て！」

しかし彼女には私の声が聞こえなかった。私は走って前に出ようとしたが、遠くて追い付けなかった。どうすることも出来ない、私は彼女がドアのノブに手を掛けるのを見ていた。そして、それから――。

「先生？　先生！　目は覚めていますか？」

私の肩を強く揺さぶる手があった。私は目をパチパチさせた。黒い人影が、キャンバス布地のテント屋根の下に居る私の上にのし掛かるように現れた。一瞬、それは佳代子だと思った、ほどけた束髪姿であった。

「山田さん、ですか？」。私は尋ねた。

山田の髪には、頭のてっぺんにもじゃもじゃの尖りがあった。「将校の一人が、先生を呼んでいます。病院で問題があるようです。今から、彼と一緒に行けますか？」

＊

私は身震いした。冷たい風が私の毛織りコートを突き刺した。マッカビン将校は歩きながら両手を反対側の脇の下に挿し、背中にライフルを担いでいた。

「この鈴木という男、自殺を図ったと思われる。ガラスで手首を切った」と彼は言った。

私は息をのんだ。「鈴木？　スタンレー鈴木ではないか？　スタン？」

「そうだ、その男だ。彼を知っているのか?」

「先日、彼は病院に治療を受けに来た」。私は呆然とした。診察したとき、彼は取り乱してはいたが、それ以上の不安な兆候はなかった。

「うーん。どこか悪くて?」

「彼は腕に傷を負っていた。軽症だった」

「うーん、ところで、今は出血で混乱している。洗い場区画で、彼のテントの誰かが見つけたので、私を探して、そして我々が彼を本部の病院まで運んだ」

どこか深い所から映像が浮かび上がってきた。濡れた衣服についた血液。

「彼の容態はどうか?」

「何とも言い難い。助かるだろうと思うが、確信は持てない」

「意識はあるか?」

「ある。しかし、少し意識を失うこともある。我々が彼を救い上げたとき、彼は止めてくれと我々に言った。司令官は憂慮している。何故ならば、一月以来、日系の自殺未遂が三件あったからだ。もうこれ以上発生すれば、当局が原因を問うだろう」

「三件?」

「自分の舌を噛み切った14Bのニューカレドニア人がいる。この収容所14Cのニューカレドニア人と今度の鈴木だ」

「この収容所のニューカレドニア人?」

「そうだ。未遂ではなく本当に死んだ男だ。覚えていないか？　彼は調理場からの殺鼠剤一包みを服毒した。翌日の朝、誰かが見つけた。これは二月に遡ると思う」

「それは私が到着する前に違いない」

私は自殺患者の処置の微細な差異には馴染みがなかった。日本では自殺は珍しいことではなかったが、自殺未遂が病院で手当されることは稀であった。それは通常、個人的な問題とされた。

「医療助手のパウエル中尉がスタンの看護をしている。アッシュトン医師が町に行って不在だからだ」とマッカビンは言った。「それで、あなたは医師でしたね。ブルームからの、そうでしたね？」。

彼はじっと私を見た。彼の片目は外側にぐらついていた。軍帽のひさしの下の額の上で、砂色の髪が三角形になっているのが見えた。彼は他の将校たちよりも若く見えたが、幾人かの将校は第一次世界大戦の古参兵であった。

「私は収容されるまで、ブルームの日本人病院で数年間働いていました」

「ブルームに日本人病院があったのか？　日本人だけのための？」

「日本人のためだけではない。もちろん他の人も治療した、マレー人やマニラの人、現地のアボリジニー、ときには英国人も」

「医者をはるばる日本からブルームに連れて来たのか？　えっ、きっと給料はよかったに違いない」

「正直に言うと、給料はそこそこに過ぎなかった。しかし私はまだ若く、経験も少ない。そして私は変化を求めていた」

彼はうなずいた。「今、私に関係付けられることがある」と彼は言った。「変化を求める。これが十八歳のとき、軍に入隊した理由だ。私はビクトリア州で育った。チャールトンと呼ばれる町だ。外に出て行くのを、世界を見るのを、そして国のために尽くすのを待ち切れなかった。私は二、三ヶ月間、エジプトに配属された。それが、この潰れた眼になった経緯だ」。彼はたるんだ自分の眼を指し、マフラーを傍に引っ張ると、鼻から頬骨にかけての赤紫色の傷跡が顕れた。

マッカビンは自分の負傷について語り、またカイロの病院の患者でいる間に見た恐ろしい負傷についても語り続けた。私は相槌を打ったが、何も言わなかった。私は出来るだけ早く病院に着きたかった。

風が凪いで、静けさが私たちの足音を増幅した。私たちの歩幅は調子を合わせられなかった。私の断続的な歩調に対し、彼の長く軽やかな足取りは、一定のペースを保っていた。あちこちに雑草が生え、露を含んでいたが、それが照明灯の光でガラスビーズのように輝いていた。まもなく、鳥籠ゲートに到着し、それから道路に沿って本部へと進んだ。

陸軍病院の内部で、ジョニーはスタンのベッドに寄り掛かっていたが、私を見て立ち上がった。私たちは目が釘付けになった。医療助手のパウエルが指をスタンの首に当て脈を取っていた。それから、彼は後ろに下がり、私が患者を診察できるようした。

スタンの眼は閉じていた。彼は右手首を胸に抱え、肘は前のケガのため、まだ包帯を巻いていた。シャツの前面は跳ね飛んだ血に染まっていた。

「スタン」と私は小声で言った。彼のまぶたは、震えるように開いた。彼は無表情な目で私を見つめてから、顔を背けた。

私は静かに彼の腕を上げ、血の付いたガーゼの詰め物を取り除いた。ガラスの破片が手首に突き刺さっていた。傷の一つの端の縁は血が固まり、皮膚とガラスの間に橋が掛かったようになっていた。もう一方の端は鮮血が噴き出ていた。私は急いでガーゼを当て直した。

「どう思いますか?」とパウエルは尋ねた。

もし私がブルームの病院にいたのであれば、直ちに外科手術の準備をした。しかし、収容所では確信が持てなかった。

「彼は末梢動脈を切断している。傷は深いが、血液の凝固が始まっている。もしガラスを取り除こうとしたら、多量の出血となる。ここで手術をするのは危険すぎると私は思う。バーメラの病院に行くべきだ。それまで傷を縛っておく」

ジョニーは不満そうに言った。「何がしかの医者だろう、あんたは……」

「何と言った、もう一度?」

「あんたがやれることの全部が、包帯を巻くことか? スタンはすぐに死ぬかもしれないのに、あんたがやりたいことは包帯を巻くだけなのか? あー、だが、忘れていた。こいつがここに居るのは、あんたのせいだ」

マッカビンは静かに病室の入り口近くに立っていたので、私は彼がそこに居るのをほとんど忘れかけていた。彼は私たちの方に向かって来た。「黙れ、ジョニー。お前の騒ぎはもう沢山だ」

「何? 本当か?」とジョニーは言った。「スタンは病院に行ってから変わった。食堂で起こったことについて、こいつは嘘をついてると医者が考えていると言った。それから後、こいつは誰とも話したがらなくなった。そして今夜、こいつが居なくなって、シャワー区画の床の上で手首を切っているのが見つかった」

病室の空気は重くなった。私は口を開け、そして閉じた。スタンを見ると、彼はまだ私に顔を背けたままであった。

マッカビンは時計に目をやった。「ケンカは止めにして、彼を町に連れて行くのはどうかな。私は本部からトラックを手配してくる。いいかな?」

私は提案を喜び、同意した。パウエル中尉と私はスタンの傷に包帯を巻いた。その間ずっと、近くにいるジョニーが、私に倒れ掛かった影のように気になっていた。何時間か後に――スタンをトラックに乗せ、収容所に戻ってきたずっと後で――私はベッドに横たわり、ジョニーが言ったことを思い出していた。

＊

やっと収容宿舎を建設する資材が届いたが、決して早過ぎることはなかった。この数週間で急に気温が下がった。夜、太陽が地平線に沈むと、私たちはキャンバス布地のテントを閉めて、体を丸めながら、消灯時間まで花札や将棋をして過ごした。朝には霜が、まるでクリスタルビーズのようにテントのロープに並んでいた。

大きな収容所を再編するには、十五棟の宿舎を建てる必要があった。何十人もの熟練した大工や船大工が集団の中にいたが、仕事を完了するには人手が不足していた。強壮な男は一日一シリングの賃金で働くことを要請された。賃金は売店の利益から支払われた。病院では、宿舎建設の事業に関わった塩原を失い、私は気の毒に思った。彼は気配りの行き届いた看護補助員であった。彼の代わりに、スマトラから来た林が病院で働くことに同意した。林は山田の友人で、私たちのテントに移ってきた。

林を訓練するのは、長い勤務の間中、私を忙しくさせたが、私がパンの硬い塊を切っている時や患者の皿を洗っている時にはいつでも、スタンを思っている自分がいた。手術は成功し、聞く所では、彼は病院で回復しつつあった。その知らせを聞いて私は安心し、そして、彼をバーメラに送った私の決断が正しかったと感じた。そこでは彼が手厚い治療を受けられることに疑いはなかった。しかし、スタンが自殺を企てたことに私が責任を負っているとの感情を振り払うことは出来なかった。彼の絶望の程度を誰も知ることは出来なかったと、私自身に言い聞かせようとすればするほど、その事件は私に重くのし掛かり続けた。助言を求める相手は誰もいなかった。収容所で親しい友人は原田であったが、私の相談に乗るには病気が重すぎた。

夜、ベッドに横たわり、心の中で色々な可能性を考えた。山田はスタンを傷付けた者で有り得るか？ それは馬鹿げている。私はもっとあり得るのは、次のようだと思った。彼の傷ついた精神状態において、スタンは山田を誤認した、あるいは、多分彼は故意に自分を傷つけて、何かしら山田がやったと自分に言い聞かせた。彼の最近の自傷行為はその可能性の証拠となる。私は山田にその話題を振って話すことは出来るが、そうすることは気まずかった。彼に間接的に尋ねることも有り得る。その時、翌日に執行役員会があることを思い出した。それは毎週水曜日に昼食の後、食堂で開かれた。私は、ごく最初の週には役員会のメンバーの顔ぶれや収容所の運営を知るために会議に出席したが、病院で働くようになってからは出席する時間がなかった。スタンの自殺未遂は、確実に話し合われるだろう。そのとき山田の反応を見れば、私の疑念は、上手く行けばこれを最後にきれいに片付く。

やっと私は眠りについた。私は海底で貝を探している夢を見た。砂と海藻の中の貝を手探りで捜しているとき、手袋をした私の手は不器用だった。私は綱を強く引っ張り、海面に揚げてもらう合図を出そうと思ったが、探すのを続行した。私は目の前の何かを探し続けた。白くぼんやりした光、しかし、いくら砂をかき分けても貝は見つからなかった。

＊

次の午後、私は食堂に足を踏み入れると、一瞬、暗い空間に目が見えなくなった。辺りは昼食の残物のカレーの香りが漂っていた。前方で、単調な話し声が聞こえた。私の目が薄暗がりに慣れてくると、広報部長の西野がホールの奥に座って、書類を片手に持ち読み上げていた。テーブルと椅子は彼の周りに列になるよう配置されており、約二十人の人々が集まっていた。

「……珊瑚海の豪州―米国海軍。井上司令官が率いる日本側は、連合国軍に対し空襲を始める前にツラギ島に侵攻し占領した」

ニューギニアに近い豪州北東部の海上での戦闘ニュースはその週の早くに回覧していたので、誰もが熱心に聞いていた。私は、毎週の役員会には出席していなかったので、気付かれずにそっと入ることを望んでいた。しかしドアから離れると、私の影が床に写った。突然、山田が頭を上げ私を見た。彼は森や星と一緒に、部屋の前方に座っていた。森は両手でテーブルを掴み、首を垂れて聞いていた。

書記の星はノートに書き付けていた。

「日本の総損失は空母一隻、駆逐艦一隻、軍艦三隻および更なる被害である。ある記事によると、日本は新たに軍艦を建造する設備が不足しており、あらゆる損失は二倍に相当する。土曜日の報告には、作戦の五日後、金曜日に戦闘は一時的に収束し、日本が後退したとある。日本軍は、まもなく更なる戦力で、豪州、ニューカレドニアまたはソロモン諸島を攻撃の目標として巻き返しを図ることが期待される」

西野が話を終え、ノートから目を上げると、シーンと静まり返った。私は日本敗北のニュースに驚いた。これまで日本は破竹の勢いで、フィリピン、シンガポール、ビルマおよびブルームで、次から次へと勝利していた。

「あなたは正しく翻訳して——日本後退——と確信できますか?」と森が尋ねた。

「はい、確信致します。その記事は、日本撃退されると書き始めています」

森は顔をしかめた。森は星に耳打ちした。

「さて、敵方は何隻の船を失ったのか? 何故そのことを話さないのか?」。山田は、席の前方に身を乗り出しながら尋ねた。

「どの記事を見ても、豪州や米国側の損害の具体的な数は書いてありません。敵方は比較的には軽い損害……最近の東京からの報道では、悪天候のため日本の勝利は阻まれたとありますが」

「それは嘘だ!」。第十一列の班長である老齢の今川が握り拳をテーブルに叩きつけた。「日本はジャワと同様、敵の艦隊を一掃した。ドイツ人がそれをラジオで聞いたとウチの仲間が言っていた。

日本は断じて後退しない。死ぬまで戦う」

西野は首をかがめた。彼はノートを手で探りながら、違った意味に解釈できないか読み直していた。森が声を上げた。「そうだ。豪州の新聞は嘘を書いているに違いない。信頼できない。私は、これらの翻訳文を娯楽用テント小屋の壁に貼ることを勧めない。混乱と苦痛を引き起こすだけだ」

西野は心配そうに見えた。「しかし皆は、日本軍がどこにいるかを聞くでしょう。水曜日の午後には、いつも壁新聞を見るのを待ち構える列ができます。私は何と言えばいいでしょうか?」

「こう言えばいい。敵は嘘を書いており読むに値しない。新聞は信頼できない。今週、翻訳を差し控えることに賛成の人は?」

部屋の三分の二が挙手した。西野は腰を下ろして、困惑した目でテーブルを見つめた。私は部屋の応答に驚かなかったが、彼に同情した。もし私だったら、問題のある記事を翻訳するのを避けたであろう。対立の危険を冒すより、慎重に真実の一部を示す方が良いものだ。

議論は宿舎建設の進捗状況に移った。事業の責任者は、既に工事に遅れが出ていると説明した。六月初旬までに、計画通りの全十五棟の完了は見込めない。長々とした次のような議論が続いた。冬をどのように乗り切るか、建設のスピードを上げるため作業人数の増員の可能性、誰が完成した宿舎に最初に入居するか、および移動の実施計画。

時間を取り過ぎたので、他の議題をカバーできるか心配になった。私は腕時計を見た。四十分経っていた。しかし、間もなく発言が減っていき、森が目を上げた。

「あまり時間はありませんが、何か他の議題はありますか?」と彼が尋ねた。

後方にいた第二列の班長、海野が挙手した。「収容所入所者の自殺未遂について、まだ話をしていません」

「あー、そうですね。混血児の鈴木」と森は言った。「この事件について、議事録に記載して下さい」

「この会議に、茨木先生が同席されております。その夜病院に居られたので、説明をお願います」。そのような場に置かれて、私はびっくりした。山田を含め、一同が私に注目した。その時、彼は笑いを浮かべ、目は好奇心に満ちていた。そのような山田を見て、どれほど彼が親切であるかを思い浮かべ、私は気楽になった。

「はい、喜んで。その深夜の一時か、二時頃、私は眠りから起こされました。ある将校に、重篤な患者がいるので、本部の病院に来るよう要請されました。その時アッシュトン医師は不在でした。行ってみると、鈴木は出血多量で弱り、意識不明に近い状態でした。彼は洗い場区画で、自分の手首をガラスで切ったのが発見されました。幸いにも、手首に刺さったガラスの破片が出血を止めていました。本部で手術をするのは危険性が高いと判断し、その将校は鈴木をバーメラ病院まで運び、そこで手術をしました」

「今はどんな状態か？　落ち着いているか？」。森は尋ねた。

「はい。安定していると信じます。しかし、アッシュトン医師と助手のパウエル中尉がよく知っています」

「先生のご意見では、これは自殺未遂と断定されますか？」

「私はそう信じます。その通りです……しかし、その週の前半に、彼はひどく傷ついた腕で病院に来ました。彼が言うには、この食堂で男の集団に殴られたと」。私は山田の面前で、殴打の疑意を持ち出す意図はなかったが、適当な情況を与えたようではあった。

私の眼は山田に飛んだ。彼の表情が変わったのを見て私は驚いた。彼は目を細めており、顔をしかめたように口をすぼめた。

「しかし、どのように、それと自殺未遂が関連付けられるのか?」。森は尋ねた。「殴った男たちが鈴木を殺そうとしたと考えられると先生は言っておられるのか?」。少し間が空いた。「先生、聞こえましたか?」

私は、彼から私の目を引かなければならなかった。「男たちは鈴木を殺そうとしたと私が思っているか? いや、それは全く違う。鈴木は自分で手首を切ったことを認めている。私はただ、殴られたことで彼が失望して、自殺を企てたのではなかろうかと疑っている。誰かが調査すべきでは?」

「もし彼が正式に訴えを出せば、そうなる。残念ながら、耳に入るあらゆる紛争を調べる方策がない。それに収容所の人数も増えており、困難さが増している。事を明瞭にするために、先生、病院で彼を見たとき、彼は失望していましたか?」

「後知恵ですが、軽い鬱の兆候はありましたが、危険を知らせるほどではなかったように思います。腕の治療に来たのであって、精神状態ではありません」

「しかし、あなたの言うことが正しいとして――傷付けられた腕の治療に来たとき、鈴木の心理状態がとりわけ正常であるとは気付かなかった――それと引き続く彼の自殺未遂の関連を引き出すのはほとんど不可能です。出来ますか？」

私は椅子を座り直した。彼の視線は、私の欠陥を露出させる光のように私に押し寄せて来た。

「えー、病院で彼を診たとき、彼は泣いていました」。私は静かに言った。

もし森が私の言うことを聞いたとしても、何も表に顕さなかっただろうが、彼はテーブル上の書類をまとめた。「お関わりいただき、有難うございました、先生。もし鈴木が苦情を申し立てれば、もっと詳細に調査しましょう。今は時間の超過となります。他の件に移ります」

会議は、六月二十七日の海軍記念日を記念する式典についての議論に移った。私がスタンの負傷を述べたとき、山田に起こった変化に消耗したので、私は時間の行路を見失った。彼はスタンの負傷に罪があるのか、あるいは、私があえてハーフに関心を持ったことに腹を立てているだけなのか？

森が議論すべき最後の議題を求めたとき、初めて私はジョニーの要求を思い出した。私は挙手した。

「野球に関わる提案があります。今、それについて議論する時間はありますか？」

「もし短時間なら。どういうことですか？」

「わずか二、三週間の練習で、三チームが出来上がっています。バタビアとマナドからのチーム、これには私もメンバーの一員となっております。スマトラとスラバヤからのチーム。それとニューカレドニア人と北部豪州のダイバーの合同チーム。収容所にはその他、参加に興味を示す者がいます。病院の看護補助員の話では、B構内にも野球チームが出来ています。私はこう考えました。収容所間の野球大会を始められるかもしれない。私たちの収容所の勝者と収容所Bの勝者が試合をする。こうして両方の収容所が交流できる」

「それはいい考えだ」との誰かのつぶやき声が聞こえた。

山田はうなずいた。

「あなたの情熱には感心しました。先生」と森は言った。「しかし、どのようにして、ロック少佐から収容所間の移動許可が得られますか？　彼は非常にリスクを嫌います。ご存じだと思いますが」

「はい。しかし、ディーン司令官はスポーツを――退屈に抗するものなら何でも――奨励していると聞きます。彼は、退屈は不満を導くと考えています」と私は言った。「14Ｂと共同して、直接、司令官に提案することも出来ます」

森は首を振った。「いいえ。司令官と直接交渉して、ロック少佐を怒らせる危険を冒したくない。彼は物事を困難にする可能性がある」

私は椅子に倒れ込んだ。わずかの間、誰も何も言わなかった。

「ともかく我々の構内で、野球大会を始めるべきでは」と山田が言った。「それから茨木先生、病院関係を通じて、14Ｂの関心のあるチームが独自に大会を開くように伝えたらいいのでは。うまくいけば、ロック少佐は大会に対する熱意を見て、両方の収容所間の試合を許可するのでは。そして、もしそうでなければ、我々だけの収容所内の大会になっても良いでしょう」

森はうなずいた。「それは妥当に思える。何かご意見または反対意見はありませんか」

私は周りの人の顔を伺った。

「それでは投票に移ります。賛成の方？」

部屋のほとんどの人が手を上げた。

「反対の方？」

空中に上がった手はなかった。

「よろしい。動議案は成立しました。茨木先生、あなたは、ここからそれを掴み取ることが出来ると思います」

私は山田を眺めながらうなずいた。彼は再び穏やかな善意を表した。逆戻りがあまりにも完璧だったので、先ほどの彼の表情は、私の眼がいたずらしていただけなのだろうかと思案した。

第九章　東京――一九三五年　節分

節分、暦上の冬の最後の日、佳代子と私は初めて待ち合わせをした。大きな寺や神社は大勢の群衆で混み合うので、私は北青山の古いお寺に参拝することを提案した。そこは数か月前、私が偶然足を踏み入れた魅力的なお寺で、劇的とも言えるような二重屋根が特色であった。境内はこぢんまりとしていたが、手入れが行き届いており、楠や欅の木々が多くあった。

私は早目に着き、入り口で佳代子を待った。母のこだわりで、私は着物に上から袴を着けた。非常に特別な機会のいでたちである。「香代子さんは一番の着物を着ていらっしゃるでしょうから、あなたも同じようにしなければ失礼になりますよ。その上、節分でしょう」と母は言った。

爪先の間に止めて履く草履や、歩く度に脚に絡み付く重い絹には慣れていなかったので、待つのは歩くのを止める機会となり嬉しく思った。

寒いが、晴れて明るい日であった。木々の葉の天蓋から日が差して、私の足元にまだら模様を投げ掛けた。寺院内のどこからか太鼓を叩く低い音が聞こえた。石畳の小道に沿って二、三人連れやもっと大人数の家族連れが歩いていた。鬼の邪気を祓う豆まきを楽しみにして、はしゃぐ子どもたちが、両親よりも先を走っていた。袴を着けた私は、場にそぐわない気がした。着物姿の若い男が何人かはいたが、私の世代でそのような正式な衣装を身に着けているのは私だけであった。人の目に映る私の印象に、私は気を揉んでいた。佳代子さんには、私が伝統主義派に見えるだろうか？　私は母の言い分を聞いた私自身を呪った。

ほどなくして、佳代子が私に向かって来た。近付くにつれ、はにかみながら彼女は微笑んだ。柔らかい桃色の着物、灰色の羽織を身にまとい、精巧な布製のかんざしを髪に飾っていた。私は安心して溜息をついた。彼女は私と同じくらい正式な装いであった。

「佳代子さん、お会いできて嬉しいです」と私は言いながら、堅苦しくお辞儀した。

彼女は挨拶の言葉をつぶやき、会釈した。しばらく、両者とも何も言葉を発しなかった。彼女は寺院の方を向いた。「参りましょうか？」

小道に沿って歩きながら、私は彼女の両親について尋ね、彼女は私の家族について問い掛けた。彼女は東京への列車の窓から雪が見えたと語った。二人の陸軍将校が通り過ぎた。彼らのカーキ色の上着の記章は彼らが大尉であることを示していたが、私は、近隣に陸軍の将校養成施設があることを思い出した。私たちは石の門を通過し、寺院の境内に入るとき、私たちの間に静寂が降りてきた。

「今年は豆まきをしましたか？」と私は尋ねた。

佳代子は笑った。「父は望みました。でも、父が鬼のように舞っている間に私が豆を投げるには、私は大人になり過ぎていると申しました。そう申したとき、父は幾分か悲しげな顔をしたように思えました。時々ですが、父は私が子どものままで居て欲しいと願っているように思えます。母もそうです。二人とも、私が既に二十二歳になっており、ほとんど結婚しても――ということを忘れています」。彼女の目は私の方に飛んできた。

私は佳代子が佐々木家の一人娘であることを思い出した。多分それが、彼らが私たちの家族をよく海岸への小旅行に招待し、佳代子が誰かと一緒に遊べる機会を作った理由かもしれなかった。彼女が家族のことを語ると、私は落ち着いた気分になった。彼女の琴の演奏は、彼女が生真面目な個性を持ちあわせていることを示唆したが、彼女はそれよりも、ずっと愛嬌があった。私には、おてんば娘の記憶が朧気に残っていた。彼女は浜辺に沿って、弟の信弘や私と一緒に走ったものである。妹の恵が走るのではなく、砂の上の母と一緒にいたいと思っていた時でもそうであった。

本堂の前まで来ると、そこには数十人もの人々が集まっていた。辺りは節分行事の音がしていた。一段高くなった回廊の一方では、太鼓叩きが大きな太鼓を調子よく叩き、他方では、赤と黒の衣裳と鬼の仮面を付けた演者が見せ物として踊りながら悶え苦しんでいた。本堂前の群衆は鬼に向かって豆を撒き、「鬼は外、福は内」と大声で叫んでいた。鬼のおどけた仕草や子どもたちが喜んで叫ぶのをしばらく楽しんでいたが、佳代子が退屈し始めているのに気付き、寺院の裏の小道をめぐることにした。

この寺院を特に提案したのは、この小道にその理由があった。約四メートルの幅で、様々な露店が繋がっており、私たちの最初の外出には最適な設定であった。会話をするには充分で、それいて気まずい沈黙を補ってくれる娯楽を提供した。私たちが露店を巡っていると、網焼きの食べ物の匂いがしてきた。鉄板の上で焼けた鯛焼き、炭火で焼かれている串刺しの肉やイカ。私は立ち止まって、イカの照り焼きを私に、佳代子には鯛焼きを買った。

私たちは子ども時代の思い出を話していたが、その時、二人の少女が私たちの前を通り過ぎた。彼女らを見た者は、誰もが振り向いた。彼女らは薄色の広いつばのフェルト帽と幅広いスラックスを身に着けていた。アメリカ映画のスターが好みそうなタイプの服装であった。一人の少女は髪をショートカットにしており、それは非常に短く、彼女の顔を模る尖った切り下げ前髪であった。何十人もの華やかな着物を身に着けた女性の中で、二人の現代少女は目立っていた。このタイプの西洋の衣装をまとった女性は、銀座などの流行を追う地区で見掛けられることはあったが、近年はそのような風潮は下火になっていた。寺院の裏の小道でそのような服装を見たことは、かつてなかった。深く考えることなく、私は言った。「あの女の子たちは、あのように我が物顔で振舞うほど愚かであってはいけない」

「あのようとはどの様な?」。佳代子の顔が私の方を向いた。彼女の目は好奇心に満ちていた。

「まあ、現代風というか、外国人女性の衣裳」

彼女の口元は微笑みを装った。「現代風で何か悪いことがありますか? 私自身もかつてはそのように装ったことがあります」

私は、どれほどか保守的なことを言ったに違いないと気付いて、蒼白となった。「いいえ、すみません。何も悪くありません。僕はただ思ったのです。この状況では……ともかく馬鹿なことを言いました。歩きませんか?」

「でも、節分ですね」。彼女は言った。「間違いなく、今日は一日中、好きなように着飾ってもいいと思います」

節分には、霊がこの世に近づき、世界は無秩序に陥れられ、役割が逆転するという風習があることを私は忘れていた。

女の子たちは、時々、男の格好をしたり、髪を大人の女性の髪型にすることがある。それでも、さっきの女の子たちが私を困惑させたことについて否定し切れないものがあった。私が言いたいことをまさに言おうとしたとき、私の後方で騒動が起こり、誰かのキャッという声が聞こえた。

私は振り向いて首を伸ばして見ると、四、五メートルほど離れた所に小さな人集りが出来ていた。何か争いが起こり、誰かが叫んでいるのが聞こえた。それから先程通り過ぎた二人の陸軍将校が、二人の現代風少女と向かい合っているのが見えた。将校の一人はショートヘアの少女の腕を掴んでいたが、軍帽が後ろにずれて、彼の怒った顔が露わになっていた。彼女の帽子はなくなっていた。多分、地面に落ちたか、ひったくられたかであろう。

「お前たちは異国のアバズレのような格好をしたいんだな、そうだろう?」。その将校は大声を出した。「そうなんだろう? 答えてみろ!」

少女の目は、恐怖で大きく開いていた。彼女は将校に掴まれて堅苦しく立っていたが、話すことも動くことも出来なかった。後ろにいた彼女の友人は、両手で口を覆い泣いていた。他の人たちは誰も静かにしていた。途切れ途切れに、肉の焼ける音や遠くの太鼓の音が、押し寄せる鼓動のように高まった。

「お前は、お前が崇める異国人のような猫かぶりか? 自分を日本人だと呼んで、それでこのような格好をしているなら、そうに違いない」。将校は少女の腕を揺さぶった。彼女はぶるぶる震えた。

私が止めようとする前に、佳代子は私を置いて先に行った。私は待つように呼び掛けたが、無駄であった。私は彼女の後ろ姿を見た。髪は鼈甲の櫛と絹の花で飾られていた。彼女は、物珍しさに立ち止まった人々の間を歩いて行った。私は彼女を追い掛けるしかなかった。ほとんど追い着きそうになったとき、彼女の声が聞こえた。

「あの子たちは、ただ若いだけ。悪気はないと思います。あの格好は節分用の衣裳に過ぎないはずよ」

将校はぐるりと向き直った。彼は佳代子をにらみつけ、その後、私をにらんだ。

「日本の若い女子は我々の最大の問題だ。心酔する異国人のように酒を飲み、タバコを噴かし、着飾る。海を越えて我々を愚弄する異国人と同じだ。あの娘どもは天皇陛下の恥だ。我が国の不名誉だ」

「その通りかもしれません」と佳代子は目を伏せながら、つぶやいた。

将校は佳代子を見回している間、何も言わなかった。それから静かに声を発した。「あなたは上品な若いご婦人です。あなたなら、これらの女子に物事の何かを、それに日本女性の礼儀作法を教えてやれるでしょう」。極上の着物をまとった佳代子と私の袴を見て、私たちは非常に礼儀正しい男女と思われたに違いない。

彼は少女たちを向いた。「今度、そのような不埒な格好をしているのを見つけたら、こんな親切では済まないぞ」。彼は少女の腕を離し、同僚に合図してゆっくり歩き去った。

将校たちが見えなくなると、佳代子は少女たちに囁いた。「早く家に帰りなさい。あの人たちが戻ってくる前に」

泣いていた少女がうなずいた。彼女は友人の腕を引っ張った。「さあ。あや子、帰りましょう」

まだぼおっとしていたが、ショートヘアの少女は身をかがめて落ちていた帽子を拾った。それはクシャクシャになり埃を被っていた。二人は立ち去った。

＊

寺院での騒動に対する佳代子の身のこなしは、私の印象に残った。引き続く次の数週間に、私たちの絆は強まった。私たちは喫茶店や公園で度々会い、自由にこれからの展望や夢を語った。彼女は、夫と妻が互いに秘密を持つことがよいとは信じなかった。そして子どもは、私が思ったのと同じく最低三人は欲しがった。出会うごとに、私は幸せな家庭を築けると確信した。私はよく、現代女性について会話したとき、彼女がどのように弁明したかを思い起こした。彼女は自信があり、なおかつ他人に気を遣った。

ある日曜日、佳代子と行った上野動物園から戻ると、廊下で母が私を呼び止めた。「あなたはまだ結婚していないわ。まだ結婚していない人たちが、互いに時間を使い過ぎるのは良くないことよ。人が噂し始めるわよ」と彼女は言った。「そしてその上、このまま続けると、結婚したとき話すことが何も残らないでしょ。私とあなたのお父さんは、婚約期間の一年間にたったの四回しか会わなかったのよ。だから結婚した最初の一年間はすべてが楽しくて、互いに新しいことが学べたわ」

三週間後、私は結婚を申し込んだ。母は非常に喜んだが、少し驚いた様子でもあった。私がそんなに早く結婚するとの考えを温めていたとは思っていなかったのだろう。私たちは、結婚式は秋の早い時期に佳代子の家で行う計画を立てた。その頃は、周りの山々が緑と金色に輝く紅葉で覆われるだろう。

結婚式の儀式は佳代子の家の近くの神社で行われたが、そこは佳代子が子どものとき、七五三の儀式をした神社であった。私たちは聖域の内部で、神官の前に跪いた。家族は両脇に座っていた。そこは金色の屏風で囲まれ、何もかもが明るい光で写し出された。私は大変緊張して、酒を注ぐとき両手が震えた。佳代子は手を私の手に添えて、震えを落ち着かせてくれた。彼女の綿帽子は、光を集めて、彼女の顔を炎のように形作った。

その後、私たちは佐々木家で来客に挨拶した。次々と大勢が到来して、人の列が玄関から溢れ出るまでとなった。賄い人は客人の間を縫うように進み、私が子どもの時には豪邸に見えていた家が、急に小さく思えた。

佐々木氏は一人娘、佳代子の多方面の才能や深い思いやりを讃えながら、感動的なスピーチをした。「佳代子は、ほとんど二十三年前、私共の人生に明るい光を灯してくれました。そして出会う人それぞれに対しても同じことをし続けてくれました」。彼は私についても大変親切に言及した。「私は茨木君を子どもの時から知っています。私の家族は一緒に時を過ごしました。海岸で砂の城を造るときも、医学の学位を目指すにも、彼はとことん誠実でした。彼と佳代子が結ばれたからには、二人は幸せな年月を重ねることでしょう」。母は得意満面だった。

思い出すことは、かくも沢山ある。全てが朧げに見えた。友人や同僚との果てしない酒の飲み交わし、祝儀袋を私に手渡そうとして、誰かがつまずいた時の皆の笑い。そして、言うまでもなく、私の美しい花嫁。彼女が神社の道を私の傍で歩いていたとき、私は彼女の顔を盗み見した。黒い線を引いたような彼女の眼の下で、赤い唇がわずかに震えていた。彼女は表面上の落ち着きとは裏腹に、深いところに脆さを持っていた。私は生きている限り、彼女を守ると誓った。

＊

実験室で一年近く働いた、ある日のこと、私は島田の勤務室に呼ばれた。私は呼び出されたことで緊張していたが、島田がにこやかに対応してくれたので、私の不安は和らいだ。「木村少佐と私は、我々の専門技術者の業績を評価した。君の仕事の質とこの部門に対する君の献身が見落とされることはあり得ない。集中して打ち込む限り、前途有望である」。彼は私に書簡を手渡した。

島田の勤務室を離れた後、それを読むと、最初の一年が終わらないうちにかなり増額した給与を受け取るようになることが分かった。何ヶ月か前から、私の内部で不満が膨らみ、誤った進路を選択したのではないかを恐れ、私は研究よりも実践に向いているのではなかろうかと迷い始めていた。しかし昇給と島田の賞賛は、私のやる気を呼び覚ました。平凡でも実験室の仕事は医学知識の促進に必要不可欠であると思い出させ、私は新たな決意を持って仕事に取り組んだ。

給料が上がったことと、佳代子の両親の援助もあって、私たちは世田谷に十二坪の小さな家を買った。その家は老齢の夫婦が住んでいたが、傷むままになっていた。台所の壁は煤で真っ黒になり、竹のよろい戸は蝶番が錆つき、畳は所々すり減っており、傷んだ繊維が足をチクチク刺した。しかし、家の土台はしっかりしており、静かな通りに面していた。また南向きだったので、朝から日没まで自然光が茶の間に差し込んだ。私たちが幸運だったのは、その家には風呂桶が付いていた。桧の桶板がカビで黒ずんでいたとしても、近くの銭湯に通う必要はなかった。近所の多くはそうしなければならなかった。これが、佳代子がこの家を気に入った主な理由でもあった。

私たちは新年早々新居に移り、すぐに補修を始めた。戸の寸法を測ったり、畳を注文したりした。新しいよろい戸を運び込み、止め金具を取り付け、風でバタンと開くのを止めた。新しい竹を縄で縛り、フェンスを取り替えた。台所から煤を、風呂桶からカビを、床からは汚れを擦り取った。佳代子は精力的に仕事をこなしたが、このようなことは、これまで琴を弾くときだけ彼女が見せたものだった。彼女は何でも自分たちでやることにこだわった。「私たちの最初の家です。私たち二人だけのものです。このやり方に誇りを持って臨みましょう」。彼女はこのようなことに感傷的であった。

私たちが家を改装し始め、春に向けて早いスタートを楽しめたのは幸運であった。軒下の氷が溶けると、佳代子と私は、我慢していた抑止力を落とし去った。結婚して最初の二、三ヶ月間、私たちは私の実家に住み、あまりにも私たち自身を意識した。母と弟の周りで、新夫と新婦の役割は前面に出た。台所で佳代子と母は食事の準備をしたが、佳代子が食べるのは最後であった。枕元で私たちは沈黙した。私たちは本当に言いたい言葉を言わなかった。しかし新居では、答えるのは互いだけであり、私たちは自然な状態になった。

ある朝、仕事に出かけるとき、茶の間で彼女は膝をつき、新雪と同じくらい白い和紙の巻物に取り囲まれていた。彼女は一枚のシートを切り取り、寸法を合わせ、裂けて黄色くなった障子紙を張り替えていた。

「今夜帰って来たら、貼るのを手伝うよ」と私は言った。一人でやるのは大変だと知っていたからである。

彼女は顔を上げた。一束の髪が束髪から外れ、片目の方を覆っていた。集中している唇は固く閉じられていた。彼女は小さくうなずいた。そのような彼女は美しかった。

列車の駅までは歩くと遠かったが、私は気にしなかった。木々には緑の芽が広がり、早桜が咲き、淡い花びらが風に揺れていた。私は、街方面に向かう二両編成の列車に乗ると、他の通勤客の肘や脚でごちゃ混ぜになった中に詰め込まれていた。実験室では、マウス検体の血液試料を調べてその日を過ごした。検査している病原菌は、島田から渡された文書に暗号名で記されているが、チフス菌の血清型と認識していた。腸チフスの影響を研究することは、既にワクチンが入手出来るのであるから馬鹿げていると私は思ったが、それよりも家では何を為すべきかを考えることに捉われ、このことに考えを巡らせなかった。

その夜、家に帰ると、家の乱雑を覚悟していたが、廊下の端の戸が白く輝いていた。暗がりでも、その戸の和紙が張り替えられているのが分かった。私はゆっくり戸を開け、茶の間に入って行った。台所につながる引戸も寝室への戸も、新しい紙で覆われていた。その日に為された作業の痕跡は、部屋の隅に置かれた山積みの和紙のみであった。台所から食欲をそそる匂いが漂ってきた。味噌、昆布、肉——ある種のシチュー。私は和紙と木の枠組みが接する縁に顔を近づけた。完璧な、白い真っ直ぐな線であった。

「これを自分だけでやったのか?」。私は、台所にいた佳代子に呼び掛けた。戸の枠に影が映った、私の妻のぼんやりした影である。その時、私の前に彼女が現れた。顔は台所の熱でピンク色にほてり、いつにも増して美しかった。彼女は湯気の立ち上がる豚汁の鍋を手に持っていた。その上には、刻んだネギが散りばめられていた。「もちろんよ。どうして? 私に出来るとは思わなかった?」

「うーん。僕はただ……」私は部屋を見回した。障子戸の新しい和紙が部屋全体を明るくしていた。足元の傷んだ畳は別だったが。「そうだ、僕はちょっとだけ驚いたのだと思う。あまり上手にできているから、誰かに手伝ってもらったのかと思った」

「あなたの妻を見くびらないでね」と彼女は、雌鳥がコッコッと鳴くように言い、私の前を通り過ぎ、食卓の方に向かった。私はふざけて彼女の腰に手をやった。

「やめてー、お鍋が!」。彼女は叫んだが、近くに引き寄せると、彼女は微笑んでいた。

＊

私たちは新しい畳を茶の間と寝室用に購入した。それらは家の玄関を塞ぐほどの大きな二つの山になって届けられた。私は弟か義父に頼んで、入れ替えを手伝ってもらおうと望んだが、佳代子は拒否した。「最初は私たちだけで——覚えている? 次の家では、助けてもらいましょう」

こうして、ある週末中、私たち二人は埃の煙を撒き散らしながら、古い畳を取り外した。佳代子は私の力とよく噛み合い、私たちはそれを外に運び出し、家の裏に山積みして日干しした。少額であっても、畳屋に古畳みが売れることを望んだ。床を掃除し、窓を開けて、部屋の風が入れ替わるようにした。二、三時間後、窓を閉め、再び掃除して新しい畳を一つひとつ部屋に運び込んだ。畳を配置するとき、私は佳代子の器用さに驚いた。彼女が指揮を取って、各隅に合うようしっかり嵌め込んだ。彼女は末端を平らにするために金属棒を使った。それは私が子どもの頃、私の家で畳職人がやっているのを見たが、まさに同じやり方であった。私は、佳代子がそのやり方をどこで習ったのだろうと不思議に思った。最後の畳を填め込んだ後、彼女は素足で縁を踏みつけ、両腕を広げたが、それはまるで舞妓が踊りを習っているかの如くであった。才気あふれる私の妻は、私を飽きさせることなく、頭を後ろに捻り、軽快な踊りを続けた。

＊

春の最初の二週間、島田教授は実験室に来て、私たちを指導することがほとんどなかった。それにより私たちが悩むことはなかった。私たちは全員、研究室に長く居て、独立して仕事ができるようになっており、自分の役割を楽しみながら遂行できる安心感があった。やっと島田が来たとき、彼は部屋を見渡したが、まるで何も見ていないかのようであった。彼は上着の脇を、両手でいじり回していた。

ある時、山本がビーカーを割った後、すぐに彼が実験室に入ってきた。山本は身をかがめ、ガラスの破片を掃除した。

「またビーカーを割った？　馬鹿な！　これらの用具を買うのに、どれだけ苦労するか分っているのか？　馬鹿、間抜け野郎！　これを自分の給料で払え」。島田は残りの私たちを見たが、彼の顔は怒りで曇っていた。「このことは諸君全員に適用される。今後、何を壊しても自分で支払うことになる。在庫目録を保管しておく。何を壊しても……」。彼は息をついた。彼の視線は顔から顔へと移った。それから彼は向きを変え、部屋を離れた。

私は山本の所へ行き、ちりとりと箒を彼の手から取り上げ、残りのゴミを片付けた。「気にすることはない。あの人は、何か気になることがあるに違いない」

「この頃、彼がどのくらいよく最上階に上がるか、気が付いているか？」。閉じた金属扉を見つめながら、野村が言った。「何か大きなことが起こりそうだ」

「人員整理かもしれませんね」と私は口に出した。

「もしかしたらそうかもしれません。僕は仕事を失いたくありません」

＊

その週の後半、私たちは会議に招集されたが、それは最上階の研修室で行われた。かわいそうにも山本は、自分がビーカーを割ったことに関してだと思い込んでいた。私はそうではないと彼を説得するのに全力を尽くしたが、最近の島田の奇妙な行動を考慮すると、私自身、確信が持てなかった。

部屋の前方に、色の濃い木製の机があった。重量感のある基部と斜縁は確実に欧州風であった。私たちはその机の周りを丸く囲むように集まったが、木村と島田は私たちに面するように向こう側にいた。私たちの背後には部屋の大きな空きがあり、手付かずの絨毯や積み重った折り畳み椅子の列が壁に沿って置いてあった。窓からは、厚い雲の塊が見えた。曇り空は薄暗い光を木村の顔の左側に投げ掛けていた。彼は私たちの前に立ち上がった。彼の制服の幅は彼の顔の横広がりを反復していた。彼の近くでは島田は小さく見えたが、実際は、二人の間では島田は背が高かった。島田が下を向くと、アゴの皮膚はこわばっていた。

これは単なる再編成ではない。もっと大きな何かであると私は悟った。島田は私たちを見ることさえしなかった。野村を一瞥してみると、彼も事の重大さを理解しているかのように、私の視線に応えた。

「諸君は、本日この場に集められたのはなぜかと思っているに違いない」と木村は言いながら、机の上に書類のフォルダを置いた。彼は両手を腰の後ろに回した。「この部門の誰にも影響する重大な知らせがある。来週から、主要な研究の重点が変わることになった。単に、生物工学の発展を図るのではなく、我々の注目は検体分析に移行していく。我々は、本部門の責任者、石井中佐ご自身によって先導される、新しい段階に突入していくのである。石井中佐は部門人員の精勤を鑑み、個人的にこの部門を選択され、新研究分野に着手するご所存である」

私は安堵した。ということは分類の再編成であり、それが全てであった。

「しかし我々の新しい責務には、新しい懸念が付きまとう。義務、忠誠心および慎重さ——思慮分別の問題である」。木村の目が私の目と合った。私は自分が何か間違いを犯したのだろうかと思った。「我々の第一番の優先順位は機密性である。我々が着手せんとする務めは、世界的に重要性がある。なぜなら、日本はこの類の研究を為す最初の国となるからである。諸君には、このことを常に胸に留めおくことを欲する」

「この私と島田教授のいずれも、諸君の忠誠心にいささかの疑念を抱いたことは、現時点までなかった。しかし新しい責務は諸君の一部に、ある種の、ここでは極度の緊張と呼んでおこう、を強いるやも知れぬ」。木村は机上のフォルダに手を伸ばし、そしてパシッと開けた。「これが、現在の契約書に置き換わる新しい機密合意書に署名しなければならぬ理由である。諸君は仕事内容を誰にも漏らしてはならない。配偶者、両親、友人、子ども、互いの同僚にさえも、内密にしなければならない。そうすることは部門全体を、さらに実に、陸軍全体を危険に晒すことになる。諸君の行動は、今上陛下および来るべき陛下にお仕えする皆々に及び得るのである。事の重要性を理解したか?」。彼は身を乗り出し、異議の微かな顕れを逃さず捜査するように、私たち一人ひとりを凝視した。

「はい、よく分かりました!」。私たちは応えた。私は弟の信弘のことを思った。彼は十八歳になったばかりであったが、戦場で天皇陛下にご奉仕することだけを望んでいた。私の思慮分別は彼のためになるだろう。

「よろしい。この合意の如何なる違反も、重大な結果を招くことになる。即時の免職だけでなく、医師免許の取り消しもあり得る。島田教授、何か付け加えることはないかね?」

島田は深い息を吐いた。握った両手を離し、眼を上げた。彼の声は柔らかであった。「木村少佐の申されたように、これは研究分野の開拓である。業務は挑戦的であるが、医科学全般への恩恵は明白である。諸君が本事業に傾注されんことを要請する。それ故、諸君全員が新しい合意書に署名することを強く勧める。何か質問は?」

「この企画事業について、もっと説明していただけませんか?」。太田が尋ねた。

「現時点では言えない。もし合意文書への署名を望まなければ、部門内のどこかで別の役割を見出すことができる」

部屋は静まった。私は誰も他の部署に異動したい者などいないと思った。それは確実に降職だろう。この奇妙な状況下においても、私は契約書に署名しないことを考慮さえしなかった。このような機会を私は待ち続け、この企画事業に選抜されたことは光栄であった。島田は私たちを見回したが、私たちの注視を受け止められないように思えた。私はなぜ彼がまだ悩んでいるのか不思議に思った。

「他に質問がなければ」、彼は続けた。「契約書を受け取り、本日退所するまでに、私の所に持ってくるか、あるいは他の案を伝えなさい。私は本日の残りの時間、部屋にいる」

第十章　ブルーム——一九三九年　天長節

ブルームに来てから、二回目の真珠貝（白蝶貝）採取シーズンが始まってまもなく、私は郵便封筒を受け取った。その中には柔らかな和紙に、格調高い草書体で書かれた招待状があった。私は「天皇誕生日を祝うために」金森会長の家の庭で開催される午餐会に招待された。インキの流れるような線が紙面を滑っていた。

「ここでも天長節を祝うのですか？」。私は翌日、原田が病院を訪ねて来たとき尋ねた。

「はいそうです。一大行事ですよ」と彼は言った。「日本人会で我々が主催しますが、町中のパーティーになります。そのことについて、まだ先生がご存じなかったのは驚きです。その日は、日本人は仕事を休みます。海にいる真珠ダイバーも一日休みを取ります」

それから二週間に渡り、ほとんど毎日、私は天長節について耳にした。私の患者の中には出席するパーティーについて語る者もいた。ウォーレス医師はその当日、日本人病院を休診にするかを知りたがっていた。斗南商会の梅田は、その日に合わせて病院に日本の国旗を飾るように強く働きかけた。私は日本人会本部を設営する原田と金森を援助し、賓客に挨拶することに同意した。

その記念日は、穏やかな四月の下旬に行われた。南からの風が、その年初めての涼しい季節の入れ替わりを運んで来た。その日の朝、私は日本人街を歩いていると、早朝の生活の始動を目撃した。路地裏でアー・ウォンは汚れた水の入った鍋を空にしている。タンの妻は、店のポーチの前を掃除しているが、彼女の一番幼い子どもは戸口にうずくまり、母親を見ている。日本人の店は全て閉まり、その玄関ポーチの柵や正面入り口には、誇らしげに日本国旗と英国旗が並んで飾られていた。

日本人会の本部は、私の最後の訪問以来、若返ったようにきれいになっていた。格子付きのポーチのペンキは塗り替えられ、入り口の生垣が刈り揃えられた。内部では、普段は会議室を満たしていた机と椅子はなくなり、替わりに、クロスを掛けた長いテーブルが壁側に置かれ、一隅には一連の席が設けられていた。床の中央は、私が見たこともないような絨毯で飾られていた。マントルピースの上の天皇陛下の御真影の横には、極楽鳥花を差した白い壺が配置されていた。私は金森や原田、その他数人と一緒になって、ガラス食器やレモネードの水差し、冷やした紅茶を準備した。

私は来客に挨拶するために、入り口に立った。ほとんどは日本人会の会員であった。ブルームの長期在住者で、地域社会で地位ある人たちとその家族であった。その妻や娘たちは、街では滅多に着物を着ることはなかったが、華美な着物と装飾品を身に着けて現れた。秋を思わせる赤や黄色の絹飾り布および錦糸でかがった帯。ブルームの何人かの白人も出席した――キャプテン・ケネディ、キャプテン・マクダニエルスなど真珠会社の事業主、レイノルズ判事、日本の名誉領事を務めているサム・メール。私は以前、真珠会社の事業主の開くパーティーに出席する栄誉に与ったことはあったが、多くの日本人会会員にとって、天長節はブルームのかなり高い地位にある人たちとの交流を提供する数少ない機会であると知った。金森会長は部屋の前方に進み、陛下の御真影と極楽鳥花の横に立った。

そして槍を型取った橙色と青の花弁がブルームの敵対的ともいえるような美しさを完璧に体現しているのを見て、私は心が打たれた。彼は最初に日本語で、それから英語で話した。指導者としての天皇の知恵と力がいかに遠く広く、その臣民はブルームのような場所にまで広がっていることについて話した。

「陛下の勇気と慈悲は我が国と大東亜の繁栄の源になっている」と金森は言ったが、この部分は英語では省略した。彼は、「日本と豪州の変わらぬ友好」を祈念して、出席者一同に乾杯を求めた。

メール氏も短いスピーチをしたが、ブルームの日本人社会の貢献と、それにより彼らが得た長年の敬意を強調した。

式典の集会は一、二時間続き、そして来賓はゆっくりと姿を消していき、他のパーティーに出る前に、日中の暑さを避けるのに帰宅した。驚いたことに、私は最後まで残っている人々の一人であった。そして時間はちょうど十分に残っていた。家に歩いて帰ってスーツを脱ぎ、風呂を浴び、白い綿シャツとズボンを身に着けて、金森家に出かけた。

金森会長は日本人病院近くの大きな家に住んでいた。それは真珠会社の事業主の平屋建ての家に似ており、傾斜したトタン屋根と木の壁があった。柵のないポーチが家を取り囲んでいた。私が到着した時には、日陰になり暑さから避難できる範囲内に、少なくとも十人の人々が椅子に座って歓談したり、くつろいだりしていた。私は金森夫人に挨拶した。彼女は長いスカートと絹のブラウスがよく似合っており、首元には真珠のブローチを付けていた。もうすでに、原田はアルコールで顔が紅潮しており、飲み物を私に手渡してくれた。ライムとジンのカクテルは私の喉を簡単に通り抜けた。

コパン人（チモール島出身者）の接待係が私たちの間を縫って、蟹のサンドイッチや冷えた海老、殻を剥いた牡蠣を乗せたトレーを運んだ。裏の庭に続く階段近くのテーブルには、刻んだマンゴーとパパイヤや詰め物をした鯖料理が積まれていた。私は料理の選択に驚いた。以前に金森家で食事をしたことが何回かあり、いつも夫人の伝統的な料理を楽しんでいた。彼女は、鰻丼、豚肉を添えた冷やし麺、卵と胡瓜など私が非常に懐かしく思う料理を出してくれていた。このパーティーには、式典に出席した白人は一人も来ていないのに、この機会に、金森家は西洋料理を提供したことを知った。実に、ポーチ上にいる客人たちは、ほとんど全て日本人であった（数人の中国人妻を除いて）、または少なくてもハーフの日本人であった。

ポーチ上の群衆は増えてきて、気が付いてみると、私はこれまでは、通り一遍の挨拶くらいしか交わしたことのない人々と会話していた。私は日本人の食品雑貨店の新しい店員の加藤とその妻に話し掛けたが、彼らは日本から到着したばかりであった。彼らにはもうすぐ最初の子どもができることを知った。

「ところで先生はいかがですか」と加藤の妻が尋ねた。「お子さんはいますか？」

「いいえ」と私は言った。「残念ながらいません」。そして今度だけは、そう認めても不快には感じなかった。

日差しが弱まって来ると、客人たちは、プルメリア（夾竹桃）の木の下で雑談しているうちに生温くなった飲み物を握ったまま、裏庭に広がり始めた。二人の幼い少女は地面にしゃがんで、何か虫のような物を調べていたが、浴衣の裾が膝に絡まっていた。爽やかな雲が空にたなびき、私はブルームにいることを幸運に思った。この時点までに、いつになく四、五杯の飲み物を飲んでいた。しかし、ふだん飲んだ時のような疲れを感じる代わりに、アルコールは心地よい温かみを身体に満たした。私は暫しの間、庭を眺めた。

ポーチに戻ってみると、多くの客人はいなくなっていた。妻と同伴でなかった男たちだけが残っていた。原田、年配のテンダーの南、彼はブルームで何人かの最優秀ダイバーたちを支えてきた、洗濯屋の主人たち、若いタクシー運転手のジョニー、彼とは日本人とマレー人のケンカの夜に会った。ジョニーは日本人をよく知っており、残った男たちと社交していた。金森夫人の姿は、どこにも見当たらなかった。私は機会を見計らって抜け出した。

私が家路に就いたとき、空はピンク色に染まっていた。セキレイが空を飛び回っていた。道の途中で、私は向きを変えて、カーナボン通りに入った。心地のよい状態で、急に喉の乾きを覚え、エリスの特製レモン水を飲みたくなった。それは私が到着した直後に、原田が紹介してくれたものだった。私の頭と同じぐらいの長さの大きなガラスコップの中で、レモンを混ぜた飲料に薄く削った氷の山が載っており、酸っぱさを和らげる程よい甘味があり、また氷の冷たさがピッタリ合っていた。ストローで吸い上げて飲むのは、ブルームの暑さから逃れる美味しい安らぎであった。

私はカーナボン通りをぶらぶら歩き、小石だらけのでこぼこの地面を注視していた。街灯がチラッと見えると、急に、サン・ピクチャーズ映画館の入り口の周りで、カップルやグループになった若い人たちばかりが話したり笑ったりしているのに気が付いた。私はエリスの店の開いたドアと黄色いライトを目指した。ウィリアム・エリス自身がカウンター内にいて、緑色の眼を輝かせながら私に微笑んだ。彼はいつもエリスと呼ばれていたが、清涼な飲み物だけでなく、彼の朗らかな性格によりブルームで大変好感を持たれていた。彼は町のほとんど誰でも名前で知っており、彼が「こんばんは、茨木先生、何にしましょうか」という声が聞こえた。彼の旋律のようなセイロン人訛りは、どんな孤独な思いでも撥ね退けた。彼がガラスコップを布で拭くと、長い褐色の指がコップの縁をなぞった。私は彼の背後のメニューをしばらく黙って見ていた。心は空白状態であった。その時誰かが私を呼んでいるのに気がついた。

「先生? 先生?」。ベルニス修道女が一メートルほどの近くに立っていた。彼女の顔は柔らかい光の中で赤く染まっていた。彼女は天使のように見えた。

「シスター、あなたがここに」

私は咄嗟に、そのような馬鹿げたことを言ったことを後悔したが、彼女は笑って両眼にシワを寄せた。「はい、私はここにいます。私はアグネス修道女と一緒に、レモン水を飲みに来ました。先生も同じですか?」

あー、レモン水、私が欲しかったもの。「そうです。私は金森家から帰宅の途中です……アグネス修道女、彼女はどこですか?」。私は周りを見渡した。その店の内部で、薄い綿シャツや花柄のドレスの中に、修道女の布の硬い白い衣装を探し出そうとした。

「彼女は先に帰りました。彼女はウォーレス医師の病院で夜勤です。私もちょうど帰ろうとしているところでした、先生を見るまでは。今日の休日はいかがでしたか?」

「天長節ですか? 素晴らしかった。ここでこんなに大きな行事だとは知りませんでした。式典には、少なくとも五十人の人々が参加しました。金森会長とメール氏が話をしました。その後、私は金森家のパーティーに行きました。食べ物が沢山ありました。私は加藤さんの奥さんに会いました。あなたは加藤さんを知っていますか？　斗南商会で働いている若い男です……何でしょう？　何か悪いことでも？」

ベルニス修道女は不思議そうに笑った。「いいえ、すみません」と彼女は言った。「先生がそんなに熱中しているのを拝見したことがなかったものですから」

戯言を言ったのに気付いて、私の顔に血液が集まった。アルコールで私の舌は滑ってしまった。多分、私の無念さを察知してか、彼女は私を安心させるのを急いだ。「いいえ、それでいいのです、本当に。今日、先生がそんなに楽しい時間を過ごされたのを聞いて私は嬉しく思います。もっと休みを沢山取るべきだと存じます。明らかに休息が必要です」

私は頷き、そして彼女が言うことは恐らく正しいだろうと言った。

「ともかく、私は帰らなければ」と彼女は言った。「私がどこにいるかセシリア修道女が心配しているでしょう」

「待ちなさい。私も一緒に歩いて行きます」

「しかし先生は何か注文していたのではありませんか？」

私はそのことを完全に忘れていた。私はエリスに目をやった。彼は眉を持ち上げて、微笑んだ。それが何でもないことを示した穏やかな表情であった。

「実のところ、私はそれほど喉が渇いていない。ここには脚の運動に来ただけです。こんなに素晴らしい夜です」

「あのー、その場合……」。彼女は首を傾け、ドアの方に歩いて行った。

外は星が見え始めていた。空にはアザを思わせるような地平線に漏れる紫色の赤み。毎晩のように、餌を求めるコウモリの乱飛して広がった群が、ローバック湾のマングローブ林から移動中であった。コウモリはとても低く飛んだので、その羽音が聞こえ、痛烈な匂いを感じた。

ベルニス修道女と私はカーナボン通りをぶらついて行き、サン・ピクチャーズ映画館の人混みを避けた。病院では、私たちは何時間も二人だけでいるのに、打ち解けて接するのはこれまでごく稀であった。

彼女が先に口を開いてくれてほっとした。

「日本で育って、このような場所に来てしまうことを考えられましたか?」

私は笑った。「いいえ、決して。豪州のことは中学生になるまで知りませんでした。当時は、伯母が住んでいる大阪さえも遠いと思いました。豪州の日本人病院? それは考えられなかった」。私は首を振った。

「私がパースにいた子どもの頃、母はキングス公園に連れて行ってくれました」と彼女は言った。「スワン川に浮かぶ船を見るのが大好きでした。そして何時も、それがアフリカへ航海するのだと夢見ていました。一度読んだ童話のせいです。何時か行ってみたいと思いました」。彼女が自分の母の思い出を分かち合ったことに私は心を動かされた。

私たちはローバック・ホテルの近くに来た。人のざわめきとタバコの苦い匂いが辺りに満ちていた。

真珠船乗組員の何人かがポーチにもたれかかっていた。乗組員は、年俸をシーズン初めに受け取る。金森によれば、二、三ヶ月で酒と博打で全て使い果たす者も多く、そのためこの時期の日本人街は活気があると言う。その罠にかかるのは、何時も若い男たちであり、特に日本人およびマレー人のダイバーであった。十二月に彼らは帰省するが、その時、懐には一銭も残っていなかった。

ベルニス修道女は、パースでの子ども時代を語り続けた。彼女の家の裏の低木林を歩き回り、夏には海岸で過ごした。話すのを邪魔するつもりではなく、私は彼女の上腕に触り、道路を渡るのを手引きし、ホテルの顧客たちが道路に溢れて来るのを避けた。彼女は話を止めた。なぜかと彼女を見ると、彼女の顔に表情はなかった。私が触った腕のその箇所を、彼女は右手で覆った。私たちはしばらくの間、黙って歩いた。

「見て」とベルニス修道女は、急に言って前方に歩いた。彼女は大きなバオバブの木の前に止まり、膨らんだ幹に手を当てたが、まるで木の鼓動を感じているかのようであった。彼女はツヤツヤした緑の葉のまばらな天蓋を見上げた。「まだ実が成っている」

私は木の下の彼女の傍に行き、彼女の視線と同じ方向を向いた。私の握り拳の大きさの褐色の実が幾つか、木の最上の枝からぶら下がっていた。

「雨季に、花が咲いているのを見たことはありますか?」とベルニス修道女は尋ねた。「先生は見ているに違いありません」

私は最初、見ていないと思った。青々とした緑の天蓋以外はほとんど何も思い出せなかった。しかしその時、何かを思い出した。「あー、実際に見ました、見たと思います。ある夕方、日本人会から歩いて帰っているとき、葉の間に白い物を見ました。それは鳥かと思っていました」

ベルニスは頷いた。「それは花です。最初は夜に開花します。まるで秘密があるかのようです。しかし花は長続きしません、たったの一日か二日です。花は美しく、全く素晴らしい香りを放ちます。いつもその時期になるとそれを探してしまいます。最初にブルームに来たとき、私はここに居続けられるか確信できませんでした。シスターの皆さんは親切でしたが、場所については何もかも違っていました。暑さ、湿気それと遠隔地であることに私は耐えられませんでした。しかし、ちょっと経ってから、ある夜外に出て歩いていると、この木に花が咲いているのを見つけました。神様が空から私を見守って下さっている、ブルームのような遠く離れた所でもそうだと気付かされたのです。それ故、私は留まることを決心しました」

私はにっこり笑った。私はこぶだらけの枝の隙間を通して、インク色の空の継ぎはぎを見上げた。ブルームに来てから初めて、重しが取れて、過去から解放されたと感じた。

第十一章　ラブデー収容所――一九四二年　万華鏡

収容所の病院で、私は看護補助員の部屋に立ち、備品収納庫の目録整理をしていた。アッシュトン医師の不在時に、第二の緊急事態が起こった場合の必需品を確かめておきたかった。私は目を上げた。背の高い人物が入り口を塞いでいた。

「マッカビン将校」と私は言った。「何か御用でも？」

「外に出て来てくれないか」。彼はドアから後ろに遠ざかり、玄関口を示した。

私の血は氷付いた。「スタン、スタン鈴木のことですね。何かあったのですね」。もしかしたら、バーメラ病院での手術の後、感染症を患い死んだのかも知れない。そのような事態は珍しくはない。私の取った行動は、彼の死に対して罪に問われるのだろうか。結局、彼が自殺を図る直前に彼を診察し、バーメラに送る決断をしたのはこの私だった。

マッカビンは首を振った。「違う、鈴木は元気だ。彼に関することではない。出て来てくれ、話すから」

私は暗い廊下を彼に付いて行った。私は夢の中にいるような気持ちであった。私は見たくないが、それでいて止めることの出来ない何かに向かっていた。外は午後の光で、景色が金メッキしたようであった。建物の色は、嵐の直後のブルームの家々のようであった。空は大きく開いていた。その空虚は抗い難かった。マッカビンは傾きかけた光を細目で見た。彼はカーキ色帽子を取り、胸に当てた。彼の表情は固かった。

「先日、あなた宛の電報が届きました。検閲官……彼らは、あなたに知らせるべきだと考えました。ロック少佐は認証し、あなたに知らせるよう私に要請しました。いずれにせよ、ご自身で読んで下さい」。彼は胸ポケットに手を伸ばし、黄色の紙片を取り出した。「お気の毒です」

私は紙切れを受け取り、広げて見た。青インクのタイプ文字であった。「弟信弘フィリピンにて死す。葬式木曜日。追報す。母より。」

私は読み返してみた。タイプされた英語の文字は母の書いたものらしくなかったので、当初は悪ふざけだと思った。誰かが私にイタズラしている。将校の一人、もしかするとマッカビン本人かも知れない？　誰かが赤鉛筆で、「弟信弘」と「葬式木曜日」の文字に下線を入れていた。そして電文の下に、「日付が近いので受取人に知らせる？」とあった。私は、その文章とスタンプが示す１９４２年5月15日の日付に目を凝らした。これは本当に違いないと知った。誰もこれほど残酷なイタズラをすることはできない。

私は頭を持ち上げた。マッカビンは何か言っていた。「お気の毒です。どのような思いか分かります。私はエジプトで多くの戦友を亡くしました。私の兄弟ではありません。それでもなお……あなたは……大丈夫ですか？」。彼の眼は私の顔を窺っていた。

「葬式。これには木曜日と書いてある。明日ですね？」。私の声が平板になっているのに気付いた。

「そう。明日です。電報は金曜日に来ました。もしあなたが望めば、電報を返信することが出来ます。赤十字が、年に二回打ってくれます」。私は彼に奇妙な顔をしたに違いなかった。と言うのは、次に彼が声を発したとき、柔らかい声になっていたからである。

「または、あなたは少し一人になる時間が必要かもしれません」

「はい。一人になりたいと思う」

彼は頷いた。「いい考えだ。気を休めましょう。病院の皆に、あなたは気分が優れないと言っておきます」

私は彼が言い終わらないうちに、歩き去ろうとした。どうやって私は私の構内に帰るゲートに辿り着いたか覚えていない。見える太陽の方角から西へ歩いていたが、次の瞬間、衛兵の後方に立っていた。彼がゲートを開けるカチャという金属音が聞こえた。

道に沿って行くと、直感的にテントや収容所の主な建物に向かっていた。バットでボールを打つ大きな音や叫び声が聞こえてきた。中庭で野球チームが練習している。もしそれが豪州チームであれば、私が通るとき、間違いなく私に声を掛けるであろう。私は道筋を変え、周辺フェンスの方に曲がった。ここは轍が浅く、道が不明瞭であった。風に吹かれ飛んで来た小石や落ち葉は、サラサラした土と混じり合っていた。

私の足は心が自覚する前に、目的地を知っていた。短い距離を歩いた後で、私は仏教の祠に向かって歩いていることに気付いた。それは収容所の奥にあり、炊事場や食堂から離れていた。もちろんのことだ。祠と庭園は、一人になるには完璧な場所であった。

私がほとんど庭園に近付いたとき、道の前方に見慣れた人影を見た。私はこわばった。執行役員会以来ずっと、山田と私の中の何かが変わってしまっていた。私たちは最早、食事の時、互いに隣に座ることはなく、寝る前にテントの中でゲームをすることもなくなった。彼がスタンを傷つけた証拠はなかったが、私は彼に用心深くなっており、それを彼は感じ取っていると思った。

「先生、今日は病院で働いていると思っていましたよ」。山田は自分の時計を見た。

「そうです。早く終わりました。これから祠に行くところです」

「祠ですか？」。彼は、私がまだ手の中に持っていた電報を見た。考えることもなく、私はそれを彼に渡した。彼が内容を読む間に、彼の顔が変化したのを見た私は、彼に渡したのを後悔した。信弘の死は、それが起こってからそれほど時間が経っていないので、隠しておくべき何かであった。

山田は紙切れを私に返した。彼は重々しい表情をしていた。「ご兄弟を亡くしたことは耐え難いことに違いありません。しかし誇りに思うべきです。陛下にお仕えし戦い死んだのです。一人の犠牲は千人もの命を救います。そのお陰で、お国は成長し繁栄するのです。その死を失ったものとせず、与えられた栄誉と考えませんか。彼の魂は自分の死を光栄に思っていることでしょう」

私はうなずき、彼の言葉に感謝を述べたが、彼から離れ祠に向かうと、虚しさを感じた。信弘の死についての山田の決まり文句は、私の嘆きを和らげることには全く役立たなかった。私の唯一人の弟は死んだ。それは私にとって、失ったこと以外の何ものでもなかった。

庭園で誰かが働いていたが、その背中は花床に覆い被さるように曲がっていた。花床は竹藪の隣にあった。私はそこを通り過ぎ、祠の前に止まった。そこは人には見えない場所であった。私は跪き祈った。若い頃の記憶が呼び起こされた。私は、幼い弟を背中におんぶして連れていた。最後に信弘に会ったのは六年前、家を離れ、軍の訓練を始めようとしていた頃であった。制服を身に着けた彼は、背が高く強そうに見えた。カーキ色の上着は胸回りに伸びていた。「自分を見ろ、大きくなったな」と私は言った。私は信弘が外地に配属されてからは、手紙を一通も送らなかった。今や、弟は死んだ。祠の前に跪き、彼の魂に祈りを捧げていたとき、何かが私を悩ませた。山田が口にした言葉が頭の中で、私の心に打ち付けられた鋳型のように何度も繰り返された。千人の命を救うために、我が身を捧げた。

＊

次の日、私は他の人が動き出す前に目を覚ました。ここに来た最初の朝のように、収容所周辺を散策することにした。太陽はまだ地平線の上には出ていなかったが、空は薄明るくなりかけていた。晩秋の晴れた日になるのが約束されていた。午後、私たちの構内は川まで遠足に出かける予定になっていた。これまでで最初の小旅行であった。前の週の人数調査の時、ロック少佐が発表した。「14Cの一貫した品行の良さの褒美として、司令官は、諸君の川への旅行を容認した」と彼は言った。興奮のざわめきが起こった。「ただし、諸君が先走る前に、知っておかねばならないことがある。その川は、ここから四キロメートルの道のりがある。老齢または虚弱な入所者は、この距離を歩けないかもしれない。我々は危険を冒すことは避けたい。それゆえ、疑いのある者は収容所に留まるよう勧める。第二点は、全ての入所者には、最善の行動を取ることが期待される。これは、諸君が一般市民の場に行くことを許される数少ない機会であるから、諸君の善良なる面を前面に出すことが絶対に必要である」。ロック少佐は私たちの顔を見回した。「本官は地域社会の多数の人々に、収容所14Cの日本人の品行を好意的に伝えている故、もし本官を失望させる事態が一つでも起これば、それは個人的に本官への酷い仕打ちとなろう。分かったか？」

昨夜、私は行かないことを申し出た。私はまだ信弘の死のショックから立ち直っていなかった。そして私の感情を人前に晒したくなかった。しかし、日の出の迫った収容所を回っているうちに、気持ちに変化が起こった。もし収容所に一人、何の気晴らしもなく残されたら、弟の葬式の日に、私の気持ちが暗転することを恐れた。いずれにせよ、山田と私のテントの二、三人が私の喪失を知っているだけであり、私は、彼らがそのことについて私に問い掛けたりしない良識を持ち合わせていることを望んだ。

その日の午後の集合時間、ゲートで私は収容者仲間の集団に加わった。それは見るべき光景であった。何百人もの男が、言わば赤い海を形成していた。というのは、私たち全員がエビ茶色の制服を着ていたからである。その制服は、収容所の外では着用が義務付けられていた。収容所の外で働くとき、私はその制服を着た同僚を何十回となく見てきたが、同じ服装をしているこんなにも大勢の男たちの中に立つと、私は一人の収容者のカーボンコピーではないかとの奇妙な感覚になった。私の不安は明らかに、私の周りの人たちに共有されていなかった。赤い制服は、大勢の男たちには娯楽の源であった。というのも、大柄な収容者たちは、全員に支給された標準的な小さなサイズの服を着るのに四苦八苦していたからである。男たちは笑いながら、愉快に、大柄な友人たちの露出した足首や腹を押したり突いたりした。

私は背後からの声を聞いた。「茨木先生、さあどうぞ。私たちはこちらです」。林は手招きして私に来るように言った。私は男たちの列に沿って彼に続いたが、私のグループの残りは二列に整列していた。「今日、先生が来られるか私たちは心配していました」

私は唇をすぼめた。私は、林が信弘の死を知っていると確信した。彼は山田とは良い友人関係にあり、また、私が電報を受け取ったとき、病院で働いていた。ただ、林は噂を広めたりする男ではない。彼を信頼できると感じた。「ぶらぶらしてもしょうがないと思いました。それに、あなたも病院から休みを取れたのですか？」

林は頷いた。最近、看護補助員は夜間勤務を止めた。というのは、これまでの十二時間勤務体制は、収容所での他の仕事もあって過重であることがはっきり示されたからだ。陸軍は、夜間に一名の医療助手を職務当番表に載せることに同意した。

私は、収容所から列になって行進する群衆に加わった。鳥籠ゲートに入り片側を出るとき、二人の兵士が名簿リストの名前に印を付けた。私たちは二列の長い行列になって、川に向かい行進を始めたが、十人ほどの騎乗の将校が同行した。これほど大勢の数で収容所を離れたことはなかった。私の周りの男たちについて、奇妙な状況は失われていなかった。彼らはまるで小学生の遠足のように雑談していた。そうは言っても、まもなく、何百人もの足の歩みは赤土を巻き上げ、話すのが困難になった。口と鼻を手で覆わざるを得なくなり、会話は途絶えた。

私たちが取った川への道筋は、これまで歩んだことのない道であった。日光に晒された草や緑の低い雑木林を通り、自生しているユーカリ類の木の艶かしい陰を通過した。かつてのある日、「あれはマリーの木と呼ばれる」と一人の将校が、野菜畑で働いている私に語ったことがあった。私はその畑から十メートル離れた所で、木を調べるためにゆっくり歩いた。私がブルームでよく見たユーカリとはどのように違うのかを正確に把握しようとしていた。「基盤の球茎根から全ての枝が伸びているのを見よ。それがマリーの木の特徴だ。なかには、一つの幹から始まる木もある、こっちの木のように」。将校は木立の中に立っているそのような一本の木を示した。「しかし山火事で打撃を受けると、多くの枝が根から生えて成長する、他の全ての木のように。たくましい木だ。干ばつ、山火事……ほとんど何に対しても耐えて生き残る」。将校の説明に耳を傾けながら、私は、環境に適応してより良い新しい形状を再生して生き延びる木の能力の巧妙さに感動した。

川に向けて歩きながら、マリーの木を眺め、再度、私は目立たないが高い資質に感服した。灰色がかった緑の葉が、風にそよいでいた。もっと視野を広げて見ると、風景の全ての要素、草や木々から小石混じりの土までが、他者に決して勝らないように骨を折っているように思えた。そしてそれは実に、非常に尊い資質であると心に留めた。

私たちが角を曲がると、遠くの方で何かきらめいた。草原に出ると、そこには麦色のイキツゲが茂っていた。その向こうに、川は太陽の光でキラキラ輝いていたが、大変広く静かなので湖に似ていた。幹に空洞のある枯れ木は、失われし人々のように、川の縁に出没していた。草原と水が出会う一つの場所で川の土手の縁が崩れ、土砂が溢れ出していた。深青色の空の下、川は壮大な舞台となっていた。

「ここの水を見ろ。こんなに青い！」と誰かが言った。「向こうには手漕ぎボートだ」

その男が指差した方を見ると、言ったことは正しかった。川の向こう側に二百メートルほど離れて小さな手漕ぎボートがあり、人が三人乗っていた。ボートの一端の人影は二人の女性に見え、その端正な姿は、日傘の淡いぼかしで映えていた。オールを漕いでいる大きめの人物は男性に違いなく、必死の漕ぎ方は、彼が急いで私たちから離れようとしていた。私たちは驚くべき光景だったに違いない。川の土手に広がった何百人もの赤い服の男たち。収容者でなく地元民であっても、そんなに大きな団体を見たとしたら十分に威圧的であっただろう。

騎乗の将校たちは、百メートル離れた二点に位置を取った。これが私たちが自由に歩き回れる場所の境目の印だ。将校たちは私たちを睨み付けた。彼らは水鏡のように無表情で、ライフル銃を背負っていた。

私のテントの他の人たちが、地面に毛布を広げ、食堂から持ち運んできたサンドイッチを包みから出していたとき、私は水際へとさまよい歩いた。川は私の前では穏やかに流れていたが、ずっと下流の湾曲部が狭くなった所では、水面が波立っていた。私は目を閉じると、ブルームに戻ったような気持ちになった。タウンビーチの岩だらけの岬に、よく立っていたものだ。私は真珠ダイバーの心境はどのようなものかを考えた。彼らは海底の世界で、挙げ句の果てには何時間でも一人で働かなければならなかった。静寂は彼らにとって安らぎだったのか、あるいは恐怖だったのか。

前年、ブルームで拘束されてすぐ、私は四人の真珠ダイバーの集団と一緒に留置所に強制収容された。これらのダイバーたちを何十回も見ており、また、病院で一度や二度は治療したが、彼らと付き合うことは稀であったので、留置所は初めて会話の機会を提供した。私たちは最後に拘束された者たちであったので、十二月三十一日になってもまだ、収容所に移送されるのを待っていた。将校たちは大変親切であり、大晦日の祝いに自分たちのビールを分けてくれた。私たち五人は監禁室の床に輪になって座り、ロウソクの灯りで語り合った。

私たちの話題は、日本からこのような離れた場所に自分たちを誘い込んだ仕事の話に替わった。四人は全員、和歌山の海沿いの小さな漁村の出身であった。

「それで、先生はどうしてですか?」と一人が尋ねた。「そんな立派な仕事を諦めて、ブルームで仕事を引き受けたのは、日本で何かあったのですか?」

私は当惑した。私の出発の理由が彼に分かる術はなかった。「立派な仕事と言えるようなものではありません。私はまだ未熟な医者に過ぎませんでした」と私は言った。「私が広い世界を見たいと強く願ったその時、ブルームの仕事が見つかったのです。病院を開業した時の良い経験になると思いました。そして、もちろん、今は潜水病の専門家です……そして酒に酔ったダイバーの傷口を縫合したり……」

「そしてケンカにも参加する!」。私の顔の打撲傷に関係して、誰かが言った。私は頬に手をやり、痛みをこらえ、私を襲った不意の一撃を思い出していた。

一人を除いて、私の周りの男たちは笑った。十八歳の若者は尋ねた。「潜水病って何ですか?」

「ダイバーが急に海面に浮き上がってきた時に起こる苦しい状態で、関節の痛み、頭痛、めまいを伴う」と私は言った。「途轍もなく痛い、それは浅野さんがよく知っているはずだ」

浅野は頷いた。彼はまだ四十代であったが、潜水病から来る合併症のため、数年前にダイバーを辞めた。今は時折、テンダーとして働いている。テンダーは空気送りやダイバーの安全を確保するのが仕事であり、ダイバーに信頼されていることが大事である。彼は慢性関節痛で何回か病院に来た。「私は不運でした。ダイバーになってから最初の月にそれを患ったのです」と浅野は言った。「私は二流の船で始めました。私が見習いダイバーになった船の責任ダイバーは横柄な人で、私に何も教えてくれませんでした。もし減圧のための時間を十分に掛けずに浮き上がったら何が起こるのかを、決して説明しなかったのです。残念にも、私はつらいやり方でその結果を知ることになりました。長い潜水の日の後、疲れ果て空腹だったので、段階的に上がって来ずに、海面に急いで上がりました。私は問題なくデッキに上がりましたが、ヘルメットを外すや否や、頭が割れたように痛み、視界が朦朧となり、気絶しました。我に返ると、十メートル下にいて真っ暗でした。その時は分らなかったのですが、何時間もそこに吊られたままで、既に夜になっていたのです。そこにそうやっておくのが、減圧の方法だったのです」

彼は腕を擦り、私の背後のどこかの点を見つめた。彼が再び語り始めたとき、それは実際に目の前にあるものではなく、何か過去の遠いもの見ているようであった。「海の下で目が覚めたとき、そこは今まで経験したことのない恐ろしい所だった。最初、私はどこにいるのか、果たして水中か、船上、陸地なのかも分からなかった。私は死んでいるのかとも思いました。しかし送風管があり、空気が濾されている音が聞こえた。そして匂いもしてきた。デッキの上で晩飯を作っており、魚と玉葱をフライにしている匂いが送風管を通して私に届いた。その匂いを嗅いだとき、私は生きていると知ったのです」

今、川のほとりの私のいる場所から、海の暗闇の中で目覚めた浅野を思い出した。生と死の認識の間の狭い隔たりについて考察した。そして、一つの生命が、他者より価値があるとなぜ評価できるのであろうかと。

私の後方で、笑い声が聞こえた。振り向くと、林と山田が重なって、小学生のように笑っていた。林のサンドイッチの中身が膝の上にこぼれて広がっていた。私は眉をひそめた。恐らく、その日は弟の葬式の日で、私は大変動揺していたので、彼らがそんなに楽しくしているのを見て、私の中の何かがかたくなになったのかもしれない。

＊

火曜日は私の病院の休みの日で、くつろいだり、自分の雑用を片付けておく良い機会であった。信弘の死に関して母に手紙を書き、それと、書記役の星に翻訳を手伝うことを申し出ていた。また、スタンが収容所に戻ってくる日でもあった。パウエル中尉から聞いて分かったことだが、彼は午前中に収容所の病院に移されるとのことである。「二、三週間すれば手首は完治するが、精神面の回復はもっと長く掛かるだろう」と彼は言った。「二人だけの話だが、彼は収容所に戻ることにかなり心を痛めている。私は彼が別の手首を切らないか心配だ。彼はそれほど動揺していた。司令部は彼に二、三の特別待遇を許した。プライバシー、本を少し、その類のことだ」。目の前の半分書きかけの手紙や翻訳する文書が散らばったままでベッドに座りながら、私はスタンのことを考えるのを止めることができなかった。私の時計の針が十一時半になったとき、書き物を脇に押しやり、収容所の病院に向かった。

林は病室の前に座っていた。彼の腕はテーブルの上に置かれ、肘で本を開いていた。彼の後方に、ベッドが二列になって長く奥に広がっていた。患者たちはそれぞれのベッドに寝たり座ったり、自分なりにふさわしい休み方をしていた。一人の男は毛布に包まってベッドの端で横向きに寝転び、床を見つめていた。他の患者は、まっすぐに座り、両手をひっくり返し、手掛かりを探すかのように点検していた。辺りの空気は爽やかであったが、彼のシャツははだけていた。誰も喋らず、ほとんど誰も動かなかった。その場面は一枚の写真のようであり、瞬間の不思議を保存していた。

林は顔を上げた。「先生、今日ご勤務とは知りませんでした」

「今日は違います。鈴木が戻ってきたと聞きました。彼に会いたいと思います」

「鈴木？　あの若い子のことですか？」。林は顔をしかめた。彼は部屋の奥側に首を傾けた。部屋の一隅に二枚のシートが天井から吊るされ、しわくちゃのシーツの影は身体の輪郭を描いていた。囲いが出来ていた。シートの縁の隙間からベッドが見え、

「先生が彼の友人とは存じませんでした」

「彼は二、三週間前に病院に来て、私が診察した。彼の様子を確かめてみたい、それだけです」

「えーと、彼を運んできた将校らは、彼には休息が必要で、邪魔を受けないようにと言いました。それで、彼らはあのシートを取り付けました。何かの理由で、鈴木は特別扱いされています。しかし構いません。すぐに済ましていただけるなら」

私は頷いた。「長くはならないつもりだ」

私は部屋の奥に進んだ。私が通過するのを見ている患者たちと目を合わさないようにした。そよ風が部屋に入ってきて垂れ下がったシートをあおったので、シートはわずかのタイミングのずれで、静かに前や後ろへと揺れた。それらが動くと、隙間になった空間の三角形が広がったり狭まったりして、ベッドの見え方が変化した。それはまるで万華鏡のようであり、ある瞬間は足を覆うシーツが見え、次は片腕、それから頬が一瞬見えたりした。

私は吊り下げシートの直前で止まった。シートは私の前で揺れ続けていたが、それはまるで夏の日の暖簾のようであった。わずかな動きはその中では壮大に見えたが、それ以外は静かな空間であった。その動きには、何か心地良いものがあった。上向きに、そして外向きに弱まっていき、決して止まることはなかった。それでいて嘘っぽく錯覚のようにも見え、そしてシートが私に触れるのを許せば、何かが変わり、その動きと生命力および時間による独自の規則と共に、その囲いの中に引き込まれてしまうだろうと感じた。

そよ風が収まった。その止み間に、初めて私は、疑いなくスタンに会うことができた。彼は仰向けに寝ており、顔は向こう側を向いていたが、彼のアゴのはっきりした線が際立つ角度であった。風の動きがなく、万華鏡の幻想も消えていた。今の動きのないシートに縁取られて、彼は生気が抜けたように見えた。窓から入る矩形の光が斜め方向から彼に当たり、あたかも彼が二つの異なる石から彫られた像であるかのように、彼の胴とアゴの部分を照らし出していた。

私の背後で患者の一人が咳をしたが、ちょっと耳障りに聞こえた。

私は見守っていたが、スタンは静かで動きがなく、胸の上がり下がりさえ認められなかった。私の不安は増していった。外見的に安定な患者が急死することは珍しくない。そして確かに、彼は収容所で亡くなる最初の患者ではなかった。私が来てから、ほとんどは老齢の収容者ではあるが、少なくても六人の死亡があった。これらの患者と彼らの死の悲惨な状況を思い起こし、後悔で身が震えた。スタンは私に心を開いたが、私は耳を傾けようとしなかった。私の鈍感さが彼を死に追いやることになったかもしれないと思うと、私は怖くなった。

私は手を上げてシートを脇に引き、中に入った。そのとき、わずかな動きがあり私は止まった。スタンのまぶたが、わずかに動いたのである。彼は私を横目で見ていた。それは夢想状態ではなく、正気の状態だった。彼の眼に湿った輝きはほとんどなかったが、彼の眼差しに、非難の感情はないように見えた。そのことに気付き、私は泣きそうになった。

＊

建設作業員が目に入るずっと前から、トントントンという金槌の音が聞こえていた。ブロードウェイを歩いて、収容所の中央にある交差点を通過した。左側のフェンスの向こうに、収容宿舎の木枠が目に入った。そのクロス梁は、大きな鯨のあばら骨のようにぶら下がっていた。作業員たちは、屋根や壁にへばり付き、打ち付けたり、研磨したり、長さを測ったりしていた。背後には、ほぼ完成した宿舎が立っていたが、その屋根と四方の壁はトタンで覆われていた。ただ窓には何もなく暗い穴のままになっており、虚ろな魂の眼と言ったところだった。

野球チームがゲート近くの広場で練習していた。近寄ってみると、ジョニーや他の豪州生まれのメンバーがいた。チャーリー、エルニー、ケン、十代の合の子マーティン、純血のアンディー牧野。私が認識できない他の三人も、ダイアモンドに散らばっていた。ジョニーはピッチャー・プレートにいた。私が敷地に入ると、彼は頭を上げ、タイムアウトの合図をした。彼が野球大会の件で私に会いに来て、山田のスタンへの襲撃について議論して以来、私たちは互いに会っていなかった。今、私は山田を激しく弁護したことを恥じており、ジョニーに対面することを懸念していたが、彼は微笑みながら私に近づいてきた。彼の黒い前髪は、輝く額にへばり付いていた。

「やあ、先生。ちょと時間はあるかい?」。彼は両手をズボンで拭った。「俺はちょうど先生に、野球大会を組織してくれたことでお礼を言おうと思っていた。あんたでしょう?」。ジョニーは首を左右に振った。その行動は、日本人街のホテルの外で待っていた若者、真珠船乗組員にタクシー・サービスを全力で売り込んでいた青年を思い出させた。

「あれはあなたの発案だ。私はそれを会議に掛けたに過ぎない。誰にも為になると思った」。私は他の選手たちに顔を向けた。「あなたたちはもうチームが出来たのか?」

「この通り出来ている。みんな野球に熱心だ。それに一緒にやりたいと言う二、三人の台湾人も見つけた。そしてヘイ収容所から来たばかりの豪州児もいる、これはなかなかイカしてる。あそこの痩せっぽち、デールだ」。長身で濃い肌色の人物が靴の爪先で地面を蹴り上げると、小さな砂煙が立った。「収容所全部が却下する、そう思うよ」

私は笑った。「あなたたちが『却下』の仲間を見つけたとは嬉しい限りだ」

ジョニーは髪の毛を額から手で払った。オレンジ色の砂の汚れが顔に残った。「あんたの兄弟のことは気の毒だったと言っておきたい。マッカビンが俺に言ってくれた。本当に辛いことだ。俺も二、三年前、女兄妹を亡くしたので、どんな気持ちかよく分かる」

私は頷いた。とりわけ山田の無神経な言葉のあとだったから。マッカビン将校が彼に明かしたことで私は慌てたが、ジョニーの親切な言葉は有り難かった。

私たちはしばらく沈黙した。それからジョニーの顔が明るくなった。「聞いたか？　俺はここを離れるかもしれない」

「えっ？」。私は平静を保とうとしたが、ジョニーの出発の有り得る理由に関して、鼓動は激しくなった。彼は解放されるのだろうか？　または、他の収容所に移されるのか？

「俺の上訴裁判がメルボルンで予定されていることが分かった。七月にそこに行くことになる。うまくしたらここから出られるかもしれない。俺が豪州生まれだから十分チャンスはあると弁護士は言った。そもそも俺はここに入れられるべきじゃなかったんだ」

私の心は沈んだ。ジョニーと私が和解できると思ったら、状況は彼を離していく。しかし私は微笑んで、彼の幸運を祈った。

「スタンがバーメラ病院から戻ってきたのを聞いているか？」。私は言った。「私は今日、収容所の病院で彼に会った。まだ非常に弱っているが、完全回復するはずだ」

「かわいそうな奴だ。あんなことを自分自身にするような状態になっていたに違いない」。ジョニーは首を振った。「ここに閉じ込められていると、そうなる。俺も上訴を控えてなければ、そのようになる可能性がある。来週、彼のところに行ってみるよ」

「彼も喜ぶと思う」

「ともかく、俺は練習に戻らなくてはいけない。バタビアのチームに勝つチャンスを掴むためには出来る限りの練習をする必要がある。あのチームは強いと聞いた。しかし有難うと言いたい。本当に俺たちを助けてくれた」。彼は手を差した。彼の掌はザラザラしていた。

私たちは別れたが、二、三歩行くと、彼が私を呼ぶ声が聞こえた。「ついでだけど、衛兵たちの何人かが、当直兵舎のテニスコートを俺たちが使えるようにしてくれた。そのうち一緒にやろう」

太陽は雲の切れ目から照っていた。私は目を細めた。建設作業員が構造物を所定の位置にはめ込んで、金槌を叩く音がトントントンと響いた。

「そうしよう」と私は言った。

＊

朝の光が病室の窓から差し込み、あらゆる物が新鮮に見えた。患者の多くは、まだ半分眠っていた。クシャクシャのシーツで皮膚が擦られて綺麗になっているように、光が錯覚させていた。部屋の片隅で、天井から吊り下げられたシートが提灯のように光を放っていた。私は、スタンの到着以来そうしてきたように、怯えながら囲いに近づいた。再び、彼は仰向けに寝ていたが、沈黙の応答をした。彼は仕切りの内側で、頭を窓向きに傾けていた。天蓋型のよろい戸が天辺の蝶番から外向きに開かれており、矩形の空が頸になって見えていた。

私はスタンを一、二秒間注視した。彼の胸の微かな動きを見るには、十分な長さの時間であった。

それから病室の入り口まで忍び足で戻った。林は戸口から私を見ていた。

「彼は起き上がったことがありますか？」と私は尋ねた。私がスタンを診察した時はいつでも、彼は窓の方を向いて、差し込んだ光を飲み込んでいるかのようであった。私の勤務時間の最後、夕方の遅い時間でも、彼はいつも同じ姿勢であった。顔を窓に向けて、まるで夜に咲く花であった。

「時々、彼が後ろに移動する音を聞いたようにも思いますが、はっきり言えません。パウエルに尋ねたら如何でしょう。もしかすると、彼は夜に起き上がるのかもしれません。彼は、記録映画で見た動物に似ているのかもしれません。何という言葉でしたか？　夜行性！」

私は、毎日スタンのベッドの横に来て、手首の包帯を替え始めた。傷の上にかさぶたが出来ていた。その端は、最初に来た時にはまだ湿っていたが、二、三日後には乾いていた。やっと、傷口の周りの皮膚が収縮し、黒いかさぶたは剥げ落ち始めた。しかしスタンの容態は同じままだった。彼は一日中窓を見つめ、動くこと、話すこと、食べることにさえ興味をほとんど示さなかった。私は会話で微妙な企てを試してみた。「具合はどうかな？」。私は尋ねた。時々彼は頷いたりしたが、ほとんどの場合、全く何も言わなかった。私は何か本でも手に入れるよう彼に申し出たが、彼は本を読む気がしないと言った。家族は彼の状態を知っているかと尋ねると、彼は肩をすくめた。何とか短時間でも会話に引き込むよう務めたが、私の話が終わるや否や、彼はいつも光を求めて窓に向きを戻した。

＊

次の週、私が昼食を食べていると、ジョニーは看護補助員の部屋の入り口に現れた。一瞬、林または他の看護補助員の一人が、患者の診察に私を呼んでいるのかと思った。そのとき、広い肩幅、肘まで捲ったシャツの袖、それと前腕に固まった汚れに気付いた。

「スタンは居るか?」。彼は尋ねた。「マッカビンは、今日俺の庭仕事の担当が終わったら、彼に会ってもいいと言った」

「彼は一般病棟のシートに囲まれた隅にいる。さあ、案内しよう」

私は彼を他の建物に繋がる廊下に通した。病室に入る前に、私は彼に向かって言った。

「中に入って会うことはできるが、警告として言っておかなければならない。彼はまだ良くない。心が病んでおり、滅多に話さない。しかし友人の訪問は、役に立つかもしれない」

私たちは幾つものベッドを通り過ぎて病室の端まで歩いて行き、吊り下がったシートを引き開けた。スタンは横になって、窓を見ていた。外は日が照っており、ベッドの周りのシートは光を反射していた。スタンのかよわい姿は、子どものような純粋さを帯びていた。

「哀れな野郎だ」とジョニーは言った。それから囲いの中に入り、ベッドの反対側に移動して、スタンと壁の間に入り込んだ。彼は寄り掛かった。「おい、スタン、俺だ、ジョニーだ。どんな具合だ?大丈夫か?」

ジョニーはもっと屈み込んで、スタンの顔を覗き込んだ。私は息を止めた。

「ジョニー」。スタンはつぶやいた。「前よりマシかな」

ジョニーは笑顔になった。「いいねえ、相棒。お前が大丈夫なのは分かっていたさ。チャーリー、エルニー、マーティン――仲間みんながお前のことを心配していた」。彼は声を落とし、ささやき声になった。「相棒、ここに居るのが辛いことは分かっている。俺たちが我慢しなけりゃならないこのクソ全部、俺たちはそれを乗り越える。気が付いたら、俺たちは家に帰ってるさ」

ジョニーは話し続けた。誰が一番速く便所掃除ができるか、競争したことを物語った。スタンの口の両端は笑顔になった。話を聞いていて、私は恥ずかしさを覚えた。医者としての私の過去の失敗が明白になった。スタンだけではなく、ブルームでのこと、そして日本での以前の経験において。ベルニス修道女や他の人たちに対して、人間味ある優しさを患者に与えることを任せきりにするのは間違っていた。私は沈黙を保つことで、我々を人間たらしめるまさにその資質を行使して来なかった。互いに理解し合う包容力をである。

＊

その日の午後、空は暗くなり風が強くなった。埃や他の小さな粒が空中に舞った。太陽の光は雲の切れ目から覗いたが、吹き上がった埃と混じり、外の世界は不透明になった。私は病室の窓を全部閉じた。風は更に強まり、病院の周りでヒューヒュー鳴る音が聞こえた。小石がトタンの壁に当たり、窓をカチンと鳴らした。風の強い日には症状が再発しやすいので、私は結核病棟の患者を一人ひとり見て回った。幸いにも、外の突風で症状が悪化した患者はいなかった。

気温が下がったので、私は看護補助員の部屋にコートを取りに行った。窓越しに覗くと、何かが私の眼を捉えた。病院の敷地、周辺フェンス近くに十メートル離れて、一人の人物が立っていた。それはスタンであった。自分の口と鼻に布を押し当て、フェンス越しに空を見つめていた。彼の周りを埃が舞い、風で彼のジャケットの端がめくれ、髪が動いていた。

私の背後で足音がした。

「あれは……？」。林が息を吐きながら言った。「あそこで彼は何をしているんだ？」

「私が行って連れて来る」

林は私の腕をつかんだ。「いいえ、放っておきましょう。初めて彼がベッドから離れたのです。自分で望んだことです。そのままにしてやりましょう」

「しかし、そこで病気になるかもしれない」

「今以上の重い病気にはなりません」

そして林と私は、次の二、三分間、スタンが一人で空を見上げているのを見守った。彼は、顔に当てた布の持ち手を替えた。ジャケットが風ではだけたので、彼は自分に引き寄せた。それ以外に動きはなく、顔は空に向かっていた。太陽が雲に隠れ、光は弱くなった。空は暗い褐色になった。ついに彼は向きを変え、よろよろと戻って来た。

＊

五月下旬、夜には寒さがしみるようになった頃、私たちの構内の収容者は、出来上がった収容宿舎に引っ越しを始めた。氷のような風は、衣服を通り抜けて肌を刺した。食堂内の夕食で、私たちの息は霧状になって広がった。毎朝、炊事場の外の雨どいの両側にツララがぶら下がった。水道の蛇口からの水は針で刺すように冷たく、両手を真っ赤にした。

まず、年長の収容者が収容宿舎に移動した。残った場所に入る順番は、クジ引きで決められた。私たちの列のテントは不運であった。私たちは最後に回された。不平を言う者もいたが、何もできなかった。私たちはテントの中で近くに寄り添い、余分の毛布に包まった。夜は震えで目が覚め、ブルームの心地よい夕方を夢見た。

夜間は寒さが厳しかったが、昼間は爽やかな日差しがあった。野球大会には最適の気候であり、今、進行中であった。私たちのチームは、第一ラウンドでノックアウトされた。スラバヤのゴム製造会社従業員のチームに負けた。決勝まで勝ち進もうと励んだ海老名は失望したが、私は安心した。練習している間、私は楽しんだが、大会の重圧や注目の的になることを楽しめなかった。

ジョニーのチームが最初の試合をする日、私は病院勤務があったが、試合の最終イニングに間に合った。その試合は熱烈に群衆を引き寄せていた。人々はフェンスに列をなし、互いにぎっしりと寄り集まったので、彼らは装甲板のように見えた。時折、声援があり、そして装甲板の割れ目が現れ、束の間だけ試合場を垣間見ることが出来た。

群衆の中に、私のテントで最高齢の永野を見つけた。彼は七十の半ばだが活発であり、高齢者には免除されている雑用仕事を進んで引き受けていた。彼は爪先立ちになり、前に並んだ頭を超えて見ようとしていた。

「どっちが勝ちそうですか?」と私は尋ねた。

「こっちだ」。ジョニーのチームを節くれだった指で差しながら彼は言った。「しかし、もうすぐ情勢は変わると思うよ、そう願っているね」

豪州チームは周辺フェンスの近くに立って、打撃するのを待っていた。ジョニーはフェンスに向かって、片足を曲げて立ち、タバコを吸っていた。マーティンとエルニーは身体を曲げ伸ばししていた。次のバッターがプレートに近づくと、つぶやき声が群衆を通して巡った。それはジョニーが私に指摘していた新入所者のデールであった。鼻が高く、開き目であり、ほとんど日本人の顔付きをしていないので、収容所で陰口の対象になっていた。「彼は日本人でさえない」と山田はある晩、一杯の酒を手にしながら断言した。「彼はインド人で、遠い親戚に日本人がいる」

彼の手足は長く、ぎこちなかったが、バッターボックスに立つと、彼の脚、胴体、腕は完璧なフォームを取った。バットは、彼の腕の完璧な優美さで軽そうに見えた。

初球は低めに速い球が来た。彼はたじろいだが、ピッチャーから目を離さなかった。二球目はもっと速い球で、私には見えなかった。デールはバットを振り、強打した音が聞こえた。ジョニーのチームは大きな音を立て拍手し喜んだので、群衆の不愉快の不協和音は覆い隠された。

「あのガキは天才だ、天才だ!」とチャーリーは叫び、彼の言葉は、試合場の空白を切り裂いた。

永野は舌打ちした。「何という恥晒しだ。あんなバカどもに負けるとは」

デールはホームベースに軽やかに走って来た。チームメートが彼の周りに集まり、彼の髪をクシャクシャにし、背中を叩いた。ジョニーは彼の手を掴み、高く突き上げた。彼はニヤニヤして、群衆を見渡した。私たちは目が合った。彼は広場の向こうから手を振り叫んだ。「見たかい?」。私は私を見ていた永野や他の連中に気を配っていたけれども、嬉しくて笑い返さずにはいられなかった。

第十二章　ブルーム――一九四〇年　木の栞

その年の終わりの月々は、大気が湿気で濃くなり、蒸し暑くなったので、水滴が空中にぶら下がっているように思えた。灰色の雲が空を覆い、海は鋼色に変わり、海面は波頭が泡立つようになった。

ブルームの住民は、いつもこの最後の数週間には町を離れた。金森は例年のように、家族と共に日本に里帰りした。原田だけは残って、日本人会の建物を湿気から守り、雨季の間に成長する草木が絡み付くのを防いだ。彼には日本に妻と成長した子どもがいると聞いたが、そのことについては一言も口にしなかった。彼は二十年以上も日本に帰っていなかった。その理由を知ったのは、彼を知ってほとんど一年経ってからだった。彼にはブルームに女がいた。現地人アボリジナルの女性でミニーといい、何年も連れ添っていた。大抵、彼女は日本人街の外れにある彼の家に住んでいたが、何ヶ月かは、彼女の仲間と北部に行った。私は、彼らの家に夕食に招待されたとき、彼女に一度会った。彼女は小柄で、原田と同じくらいの年齢であり、仏頂面であったが、綺麗な鼻をしていた。台所では、裸足で濃い色の脚を見せ、空気の精（シルフ）のように動き回った。

真珠会社の事業主（親方）の家族は涼しい気候を求めて南に向かい、多くの真珠船乗組員は船で帰省するか、シンガポールに旅して、漁期が再開するまで一時的な仕事を求めた。長期滞在者や、運良く真珠会社の親方の庭を手入れするために雇われた者だけが、ブルームに残った。空の鳥や虫の群れも数が減った。彼らでさえ、どこか他の場所に移動する分別を持っていた。

最初の年、私は誤って、雨季に町に留まるよう決心してしまった。日本での子ども時代を思い出し、ある種の見当違いの郷愁から、肌への慣れ親しんだ湿気を思いこがれた。しかし、果てしない蒸し暑い日々と急激な土砂降りの雨を、人っ子一人いない中で体験した後には、二度と同じことをしないと誓った。二年目の終わりには、最も暑い数週間、パース行きの船に乗りブルームを脱出した。私はパースのセントジョージズ・テラスにある下宿屋に滞在し、街の通りのあちこちを巡って過ごした。毎日「フリマントル・ドクター」の到来があることが嬉しかった。これは午後に吹く冷風に対する地元民の呼び名である。キングス公園の緑の高台からスワン川を見下ろし、ベルニス修道女が同じ風景を眺めながらアフリカを夢見ていたことを思い出した。

この年、もっと遠く、東部の州に行くことを計画した。二、三週間、メルボルンの家族の友人宅に滞在する手配をした。時間と予算が許せばシドニーへも足を伸ばし、よく耳にした港を見たいと思った。翌年には日本に戻ることもできたかもしれなかった。

私の不在時、病院は八週間閉鎖されることになるので、ベルニス修道女と私は、全ての物を片付け始めた。私たちはベッドを剥がし、家具を積み重ね、塵を払った収納庫に用具を収めた。

ある夕方、用具の在庫調べのために収納庫の前に立っていると、ブルームに最初に到着してから私が行った全てのことが思い起こされた。私は他国に移住してきて、一人の助手を訓練し、多かれ少なかれ地域住民の信頼を得た。大部分の人々は、真珠会社の親方たちさえ、私を名前で知っていた。私が日本を離れた時の状況を思い返してみると、よくぞここまで来れたものだと思った。

八時三十分、私の背後でドアの軋む音がした。ベルニス修道女の足音が聞こえた。

「おはようございます。先生」と彼女は言ったが、いつになく震えた声であった。

「おはよう、シスター」

ベルニス修道女はいつもクリスマスをジェラルトンの親戚と過ごした。ジェラルトンへは、南に船で二日であった。彼女は今度の土曜日に出発することになっていた。彼女の従兄弟が陸軍に入隊し、これから欧州の戦争に行くことになっていたので、今年は特別な集まりになるだろう。彼女がバッグの中を探している音が聞こえた。すぐ後で、彼女は私の横に並んだ。彼女は、私の前の収納庫の上に何かを置いた。小さな包み。白い紙に包装され、紐で結ばれていた。

「メリークリスマス」と彼女は言った。

私の心は沈んだ。「プレゼント？　そんな、いけません。知っておけば良かった……」

「待って下さい、実際、私は何も買っていません。これはほんの私の気持ちです、気に入っていただけるといいのですが。クリスマスは豪州の風習で、日本にはないと思いますので、私には何もしていただかなくて良いのです。実に、私のせいでクリスマスの贈り物をお買いになり始めたら、私は慌ててしまいます。これは直前になって考えた贈り物に過ぎません」

「ご親切恐れ入ります、シスター。どうもありがとう」

「お開けなさろうしないのですか？」

私たちの慣習には違いがあるのを思い出した。西洋人は送り主の面前でプレゼントを開けるのを好む。私は紐を解き、両手の上にプレセントを置いた。包み紙を取ると、色褪せた青い表紙の本が現れた。

「あー、ミドルマーチ」と私は言った。

「お読みになったことはありますか?」

「いいえ、まだです。しかし良い本だと聞いたことがあります」

「私の大好きな本です。この二、三年は読んでないのですが。本の中で、田舎町に来た若いお医者様が居て、それは私に、先生のことを思わせました。リッドゲート医師と先生が何か似ている訳ではありません」。彼女は急いで付け加えた。「ご旅行中に、お読みになりたくなるのではと思っただけです」

「ありがとう、シスター。船の上で読むのを楽しみにする。私の最初のクリスマス・プレゼントです。このことをいつも忘れないでおきます」

彼女は微笑んだ。私は東部州への旅行中に、お土産として何か買うことを決心した。これは、少なくとも日本の伝統である。

「ほとんど忘れるところでした。前からこれをお返ししようと思っていました」。彼女は収納庫の上にもう一冊の本を置いた。それは私の古い本、ロビンソン・クルーソーであった。ボロボロの服を纏い、あご髭を生やした男の物語であるが、表紙は破れており、各ページは時間経過でコニャック色に変色していた。「家に持ち帰り、返すのを忘れていました。お気に触らなければいいのですが」

「全然。楽しめましたか?」

「はい、楽しみました。実は……」。彼女は手で修道服の背を撫でた。「表紙の内側に木の薄片が入っているのに気がつきました。それは何か日本からの物ですか？」

私はしかめ面をして本を手に取った。表紙の内側、背近くに栞のような物が挟んであった。その栞は封緘紙（シール）の厚みの木の薄片で、親指の長さであった。その上には一七一八の数字と共に、「子ども」を意味する「子」の文字が書き込まれていた。それにはまだ黄色の糸の輪が残っていた。端の結び目は、ある一つの圧痕をその後のページに残していた。傷跡のような小さなへこみ。

私は本をパタンと閉じた。「あなたはどこでこれを見つけましたか」

「表紙の内側です、先ほど言ったように」

「そうだな。そこにあるべきではなかった。私はそこに挟むべきではなかった。間違いだ。あなたの眼に入るべきものではなかった」。私は待合室に行った。

私が机の引き出しに本と「木の栞」を入れていたとき、ベルニス修道女が入って来た。

「いいのか？」。私は本を仕舞った場所を見られて苛立ち、言葉がきつくなった。

彼女はたじろいだ。「すみません。私は先生を怒らせるつもりはありませんでした……大丈夫ですか？」

「私はちょっと……あなたには私の私生活に押し入って欲しくない。今、差し支えなければ、私は非常に忙しい」

彼女は何度もまばたきした。彼女の下唇は震えているように見えたと私は思ったが、はっきりとはしなかった。彼女はゆっくり頷き、それから何も言わずに部屋を離れた。

＊

次の朝、ベルニス修道女は病院に顔を見せなかった。彼女の欠勤は、まず私を立腹させた。些細な対立で姿を見せないことは、明らかに彼女は私が思ったほどの気概を持っていない。しかし時間が経っても、依然として来なかったので、非は私にあると思い始めた。彼女が無邪気に木の栞について尋ねたとき、私は過剰反応した。それが私にとってどれほど重要であるかを、彼女は知ることができなかった。

じめじめした午前中、患者は病院に来ては帰って行った。慢性関節炎で定期的に病院に通って来る老年のテンダーは、ベルニス修道女について尋ねた。「彼女は気分がすぐれない」と口を濁していた。彼は心配して、後で彼女にプレゼントを持って来ると言った。

時間が経つにつれ、私は私自身の嘘を信じ始め、彼女の体調についての心配が増してきた。もしかして彼女は本当に病気かもしれない。もしかしたら私の突然の感情の暴発が何かの引き金になったのか。

その日の午後、病院を早めに閉めて、修道院まで歩いた。格子柵のあるポーチに上がり、玄関口の真鍮製のベルを鳴らした。修道院長が現れると、ベルニス修道女と話したいと言った。

「ベルニス修道女はここには居ません。今朝、ジェラルトンに向け出発しました」

「ジェラルトン？　もう既に？　私は、彼女が二、三日後に出発するとしか思っていませんでした」。私の突然の激高が彼女に深く影響したに違いなかった。「いつ彼女は戻って来ますか？」

「いつとは言っていませんでした。何でも緊急の用事があると申していました。すみません、先生。先生にはお話しているものと存じておりました」。一人の看護婦を失う危険に狼狽していると私を勘違いして、彼女は続けて言った。「先生を補佐する誰か他の者を遣わすこともできます。アントニア修道女が良いかと」

「いいえ、その必要はありません。私は考えてもいなかった……とにかく、もしベルニス修道女が連絡してきたら、よろしくお伝えください」

＊

私の軽率な行動によりベルニス修道女が去ったとの考えを前にして、私は落ち込んだ。メルボルンへの長い旅行中、船のデッキから海を見つめながら、私は彼女を思う気持ちに支配された。もし彼女が戻って来なかったらどうなるか？　私は長い間、そのことを考え続けた。メルボルンに到着した後でさえ、トラムに乗ってフリンダース通りを行き、セントキルダ・ビーチを散策していても、彼女の突然の旅立ちは、私の心に残り続けていた。

「智和君、どうかしたのか？　この一週間ずっとあまり話をしない」。天野は私の叔父の友人であるが、彼は片手を額に当て、目を眩しい光から遮った。海は彼の背後でキラキラ輝いていた。天野夫妻は、快く私を家に迎え入れ、メルボルンの街を案内してくれた。私は彼らとの時間を楽しんだので、私の関心事がそんなにも露呈しているのかを知って狼狽した。

「ちょっと病院のことを考えていました。私がいない間、誰も困らなければいいのですが」。私はべルニス修道女との出来事を過去のものとすると誓い、滞在の残りのほとんどを上手く乗り切った。しかし忘れようとすればするほど、忘れることが出来なかった。シドニーを訪れる代わりに、二週間早くブルームに戻る決心をした。船が旋回し湾に入りながら、白濁した青い海と遠くのピンクがかった赤い砂を見て、私の心は高鳴った。初めてブルームは私の故郷だと気付いた。

病院は、戸棚の内部と壁の表面にカビのシミが付いていたが、それ以外は私が離れた時のままであった。私は病室の中央に立ち、周りを見回した。コイルバネの付いた覆いのない金属製ベッドは、部屋に何もないことを強調していた。天気が落ち着き次第、マットレスを天日に干そうと思った。

日本人街の店主から、ベルニス修道女がジェラルトンから戻っていると聞いて、私は安心した。

「先日、彼女はここを通り過ぎました」と彼は言った。

次の日、旅行中に購入した贈り物を持って、修道院に行った。黄色いワットルの花模様が描かれたティーカップと受け皿である。修道院の砂利道を歩くまでに、私のシャツは胸にピッタリとくっ付いてきた。私がベルを鳴らすと、ベルニス修道女本人がドアまで出て来た。彼女の顔には驚きが刻まれていた。

「先生！　少なくとも来週になってお帰りになると思っていました。お帰りになっていると知っていたら、病院に行きましたのに」。彼女は手を伸ばし、ベールの下の髪を押し込んだ。私は彼女に再会できて嬉しかった。

「私は早く帰って来た。長い間、病院を閉めていることを心配していた。しかし、それは私がここにいる理由ではない。これをあなたに渡したかった」。私は褐色の紙に包まれた贈り物の箱を差し出した。「メルボルン旅行からの物です。日本語でオミヤゲと言います」

彼女はその箱を非常に用心深く受け取り、それが何か奇妙な物であるかのように見つめた。「あー、プレゼント。ありがとうございます」

彼女はそれを自分の近くに持ったままで、開こうとはしなかった。彼女の見る目は、私から離れていた。彼女は私の視線に持ち堪えられないようだった。二人の間の沈黙が長くなった。

「ジェラルトンのご家族はどうでしたか？　修道院長は緊急の用事があったと言われました。皆さんがお元気だといいのですが」

「はい、ありがとうございます。一人の子どもが病気でしたが、最初に思ったほど重くはありませんでした」

「そして、従兄弟さんは？」

「ハリーは一月に離れました。まだ彼から連絡が来ていません」。彼女のよそよそしい応対は、私の叱責がまだ彼女の心に鮮明に残っていることを物語っていた。

「シスター、旅行に出る前に、私が病院で言ったこと……その積もりはなかった」

「何もおっしゃらなくていいのです。先生。今は全部過去のことです。起こったことは忘れて、前に進むのがいいと思います」。笑みが彼女の顔を明るくした。

私は安心して息を吐いた。私はこの問題を解決し、以前のように戻りたかった。

ベルニス修道女は、次の週、病院に復帰した。私たちは協力して壁のカビを擦り取り、マットレスを日干しした。患者のファイルを整理したとき、彼女は相変わらず軽快な動きで効率的であった。しかし、全てにわたる彼女の表面的な冷静さから、私は何かが変わったと感じ取った。彼女は私と談話を交わし、時折、紅茶を運んできてくれたが、彼女自身では決して土産のカップを使わなかった。そのことに私は心が痛んだ。しかし、今の彼女にはよそよそしさがあった。彼女は自分の一部を私に閉ざしていた。

第十三章　ラブデー収容所――一九四二年　スタンの手紙

スタンの容態は、ジョニーの訪問以来、日に日に良くなった。シートの囲いの中で、私が診察を続けていると、彼は座って読書をしているのをよく見かけるようになった。時々、彼は窓の外を眺めることもあったが、もはや以前のように、脅迫的に引き込まれることはなくなった。私を見ると微笑み、健康についての質問にも応じた。実際、手首の包帯を替えるとき、私たちは会話を始めた。私は彼の家族について尋ねた。彼の姉エミーはビクトリア州のタツラ収容所に収容された。彼らの父は何年も前に亡くなった。母は一人でシドニーの家に残されていた。

「母さんは僕とエミーが捕まって途方に暮れているんだ。僕らは母さんの全てなんだ。母さんの健康状態が良くない。悪い喘息だ。僕らが逮捕されたストレスで、悪化したように思う。母さんは毎日手紙を書いている、僕とエミー、僕らの友達、僕らの釈放を求めて公安局長に。僕らがいない間に、母さんに何か悪いことが起こらないか心配している。更に悪いことに、僕がここに来て前から気になっていた女の子が、とうとう僕のことを聞いてきたんだ。彼女は僕に手紙を書きたいと思っている。母さんがこの前の手紙に書いていていた」

「なぜそれが悪いのか？　その女の子から手紙をもらいたくないのか？」

彼はため息をついて前屈みになり、腕を持ち上げた。包帯が私の手から滑った。私は慌てて端をつかんだ。

「もちろん、しかし彼女は僕がまだＡＩＦ（豪州英帝国軍）にいると思っている。だから彼女は僕に手紙を書きたがっている。僕が他の勇敢な男たちのように、どこかで日本人との戦いに出かけると彼女は思っている。しかしそうではなく、日本人の一人として閉じ込められている。僕はここいることを彼女に知られたくない。ただ知られたくない」。彼の声は震えており、泣いているかもしれないと私は思った。私は彼の不運な境遇に同情した。まだそうはできないかもしれないが、その女の子に真実を告げることを望んだ。しかし私は何も助言できなかった。私自身、自分の置かれた境遇をうまく扱ってこれなかったのだ。

彼は頭を上げた。そして彼が落ち着きを取り戻しているのを見て安心した。「あなたはどうですか?」。彼は尋ねた。「奥さんはいますか?」

「すまない、もう一度?」。私はこわばった。

「奥さん。ここから手紙を書く特別な人」

「ああ、私は……いますよ。手紙は何通も書いたが、彼女に届いたか分からない。戦争で……」

私は背後のハサミに手を伸ばした。包帯の端を結ぼうとしたとき、指が重く感じられた。スタンはそれ以上何も言わなかったが、私は彼の視線をずっと感じていた。終わったとき、私は別れを告げて、そそくさと部屋を出た。

＊

その午後、私の巡回時に結核病棟に立ち寄った。原田は眠っており、彼の首元の窪みは、呼吸ごとに深くなっていた。日光は窓から差し込み、ベッドの隅に当たっていた。ブルームで彼と一緒に過ごした時間や彼のミニーへの関わりを思い返すと、私は後悔の念で一杯になった。彼は金森会長と共に日本に帰ることも出来たが、そうはせずに、彼女と一緒に留まった。一方で、私は日本から逃避して、妻との連絡を全て失った。私は佳代子の状況をあれこれ考えてみた。私は彼女に二通の手紙を送り、豪州で始まった新生活を知らせたが、一度も返事は来なかった。その後、私は諦め、私からの報せはもう決して望まれていないのだと思い込んだ。しかし、もしかしたら私はあまりにも早く書くのをやめてしまったのかもしれない。もしかしたら、彼女が知りたいことを私は書かなかったのかもしれない。原田ならどうしただろうと考えてみた。間違いなく、彼自身の恥を晒す危険を冒してでも、彼は彼女のために戦ったはずだ。名誉、義務、誇り――原田は好いた女のために、これら全てを犠牲にしたことだろう。

＊

次の朝、スタンを診察したとき、彼は再びベッドに座り本を読んでいた。手紙の山が、おそらく母親からだろう、枕の下に押し込まれていた。窓が開かれており、そよ風が吊り下げシートを揺すった。具合を尋ねたが、彼は返事をしなかった。彼はただ腕を伸ばしたので、包帯を替えることができた。

二人の間の隔たりが広がったことを察知したが、私はその縮め方を知らなかった。私は包帯をうまく扱えず、深く息をした。

「スタン、昨日、君が私の妻について尋ねたとき……」

彼の視線は急に私に向いた。

「それについては言い難いのだが、私たち夫婦は……離れ離れになっている。何年も妻から便りがない。日本で行き違いがあった。妻は自分の辛さを共有したくて私に助けを求めようとしたが、私は自分自身の問題を抱えていた。私は妻の側にいなかった。私は日本を離れる前に、もっと話をしておけば良かったと思う。それが私の最大の後悔だ。だから、君が好きな女の子に手紙を書いて、君の気持ちを彼女と共有して欲しいと思う」

彼はしばらくの間、無言であった。私たちはわずかに十センチ離れているに過ぎなかった。彼は私の顔を伺っているのを感じた。彼は背を向けて、自分のチェストの方に語り掛けた。「それはそれほど簡単なことではない。どのようにしてここから彼女に手紙を書けばいいんだろう?」

「君のお母さんに手紙を送ればいい。そうすれば転送してもらえる」

「そして、イサベルへの僕の甘い言葉を母が読んでしまう? 僕は嫌だ。それに、この手でどのように書けるのか?」。彼は包帯を巻いた手首を持ち上げた。緩くなった端の方は解けそうになっていた。

私は彼の腕を取り、ベッドの上に押し戻した。「もし君が望めば、私が書いてあげてもいい。彼女に言いたいことを私に語りなさい。そうすれば私が文字にする」

彼は唇を噛んで考え込んだ。「あなたは英語が書けますか？　上手ですかという意味で？」

私は笑った。「このごろは、日本語よりも英語の方が上手く書ける。完璧ではないが最善を尽くす」

彼はついに、私の提案に同意した。私は椅子を取って来るためにシートの向こうに歩いて行き、病棟の前に居た林を通り過ぎた。彼は私を訝しげに見て、私がスタンの囲いの中に椅子を引き入れるのをずっと目で追っていた。私はベッドの横に椅子を置いた。

「もうちょっと近くに寄って下さい。他の人には聞かれたくない」とスタンは言った。

私は椅子を動かして、ほとんどベッドに触れるまでにした。彼から紙の束とペン、下敷きにする本を受け取った。彼は私の方に近づき、ベッドの端に横向きになって寝た。私は彼を見て、始める合図を待った。

「親愛なるイサベル」、彼は囁き声で言った。

「ちょっとすまない。彼女の名前、綴りは？」

「I－S－A－B－E－L－L－E」

私は頷いた。

「あなたが間違いなく気付いているように、過去七年間の僕の気持ちは真剣でした。そして僕は信じています――いや、僕は信頼しています――」。彼は適切な言葉を見つけようともがいて、いったん休止した。

「僕は希望します？」

彼は微笑んだ。「そう。『希望します』――僕のあなたへの思いを嫌だと思っていないことを、僕は希望します。最近、僕の周りの状況は、二人の友情を育むのを僕に許してくれませんでした。この友情がいつの日か花開き、より深く、より長く続くものになっていくことを願っています」

彼について行くために、私は大わらわで走り書きした。後で清書しなければならないだろう。

「二、三ヶ月前、シドニーを離れたとき、僕は多かれ少なかれ困った状態にあり、そのため、あなたに手紙を書くことができませんでした。現時点であなたに会えないのは残念です。しかしながら、もしあなたが僕との関係を将来にわたって考えてくれるなら、これほど嬉しいことはありません」。彼は小休止した。「どう思いますか、これで良いですか?」

私は短い時間を取って、読み直してみた。彼は体を動かし、私の反応を待っていた。もし私が妻に書いていたとしたら、私はどう言うだろう? 私の感覚に忠実な何か。私たち二人の記憶、共有した二人の生活について語るだろう。

「ちょっと堅苦しいかな、多分。過去に何か彼女と一緒にしたことを思い出せないかな?」

彼はうなずき、下唇を吸い、眼を細め、記憶を呼び覚まそうとしていた。「長い間、彼女を知っている。実際、一緒に大きくなった。彼女は同じ通りに住んでいた。沢山の思い出がある。問題は適当なものを見つけることだ」

「一番幸せだったことを思い出しなさい。最初に心に浮かんだこと」

彼は考えた。「ある晩、僕がロキシー・ホテルにいたとき、彼女が会いに来た。彼女は十九歳だった。僕がＡＩＦに入るのを聞いて、彼女は僕の無事を祈っていた。僕は大喜びだった。僕たちは少しだけ話をした。彼女はタイピストの仕事と病気の母親の話をした。彼女は前回見た時よりもずっと綺麗になっていた。僕はその晩ずっと、彼女を見続けた。友人たちは、僕はバカをしたと言った。彼らは恐らく間違っていない」。彼は笑い、音を立てながら息を吐いた。

「その晩の最後に、僕は彼女に近づいて、誘い出したかったが勇気がなかった。次に僕が知ったのは、彼女が帰ろうとしていたことだった。彼女はドアの所にいて、友人は先に外に出ていたが、イサベルは立ち止まって、周りを見回した。僕は彼女が僕を見てくれるように祈り、そして彼女はそうしてくれた。彼女はちょっと頷き手を振った。僕は彼女に近づき、何か言うべきだったのにそうしなかった。それをいつも後悔している」

病院は静かだった。私は他の患者が聞いていなかったかを心配した。もし聞いていたとしても断片に過ぎないだろう。聞こえるのは語句の端々ぐらいだろうし、更に彼らには、知っている英単語が少ないという制約があった。

スタンの近くに座り、紙の束とペンを持った私は、東京の家での夜を思い起こした。妻と一緒になって、英語とドイツ語の医学用語を調べていた。

「潜水病」と言った彼女は、床の座布団の上に座り、私の重い教科書を胸の辺りに抱えていた。

「カイソンクランクハイト、ケイソン病」と私は言った。

＊

残っていた収容宿舎が六月下旬に完成し、私たちは間もなく引っ越した。収容所では幾つかの変化が起こった。それまでは、私の日常生活はテントの中の他の七人と同調していた。私たちはテントのリーダー山田の指示に従い、共に眠り、食事をし、雑用仕事をこなした。しかし収容宿舎での新しい生活は、五十人もの集団に膨れ上がっていた。テントと同じような窮屈な空間ではあったが、硬い壁と床は、冬の寒さを防いでくれた。病院と野球チームから来た何人かを知っていたが、他の多くの男たちは食堂で行き交ったり、人数調査で見かけたりするだけであった。私は新しい設定にくつろぐことができた。周りは私と同じような比較的孤立した者たちであった。山田は依然として私たちのリーダーであったが、以前よりずっと存在を意識しなくなった。食堂での着席も新しい収容宿舎の住人を反映して変わり、私はもはや山田と同じテーブルには座らなかった。

私は時間の大半を、海老名や野球チームから私の収容宿舎に入った数人と過ごすことが多くなった。夜には、私たちは消灯まで花札をしたり語り合ったりした。収容所内では、抑留者交換計画の噂が何ヶ月も広がっていた。最近の数週には、日豪間の抑留者交換の会談を取り上げた多くの記事を広報部会が翻訳した。互いの国が交換可能な捕虜の名簿を提出し、解放する名前の数が一致するまで交渉する。私たちの収容宿舎では、空になったミルク缶から作ったストーブでボイラーからの石炭を燃やして、足を温めた。そして解放されたら何をするか話した。スラバヤから来た荒田は、ラッパの音で起こされることなく、ぐっすり眠りたいと言った。「私は妻の横で目覚めたい」と海老名は言った。

この時までに、野球大会は終わりに近づいていた。ジョニーのチームの三人の台湾人は中等学校から野球をしており、非常に上手なことが分かった。ジョニーとチームの他の豪州人たちは台湾人の限られた英語力のため、最初そのことを知らなかった。ジョニーのチームは試合に次ぐ試合で勝利を収め、実際に最終戦の地位を獲得したが、このことは山田を含めた大勢を悔しがらせた。対戦相手は、ボルネオからのチームであった。全てが上手く行けば、勝利チームは14Bのチャンピオンと対戦することになる。

決勝戦の一週間前、ジョニーとマーティン西村、アンディー牧野はメルボルンの異邦人裁判所に行くために収容所を離れた。彼らはボルネオのチームとの対戦には間に合うよう帰ってくることになっていた。もし彼らの上訴が成功すれば、ちょうど相応しい歓送になるだろう。七月初旬の寒い朝、私はチームの残りのメンバーに混じって、ゲートで彼らを見送った。冷たい空気の中で、私たちの息は波のようにうねった。カササギフエガラスが鳴き、空を舞った。

「幸運を祈ってくれ」とジョニーが、にやけ顔で言った。「俺たちは、ここら近辺にはそう長くいないかもしれない」。彼らが鳥籠ゲートを出ていくのを見ていたが、ジョニーとマーティン、アンディーは裁判所に出向く一団の中で最年少であった。十人そこいらの他の男たちの大部分は六十代または七十代だ。彼らは英語が上手な老齢の物静かな入所者であったが、収容所の日々の運営にはあまり貢献していなかった。彼らは一人でいることが多く、元気があれば作業団の中で働いたが、夜は早くベッドに引きこもった。彼らの中には、豪州人と結婚し、豪州人の子どもを持つ者も居た。私は彼らを気の毒に思った。彼らは長い間豪州に住んできたので、他の多くの日本人との共通点がほとんどなかった。

ジョニー、マーティン、アンディーがいなくなり、私の友情の輪は縮まった。私は食堂でチャーリーやエルニー、デール、ケンをよく見かけ、挨拶するのに立ち止まったが、会話は流れなかった。

私は病院勤務が休みの日、石鹸とカミソリの刃を、またスタンのためにペンを買いに出かけた。売店に近づくと、林がオープンカウンターの広い面で、売店補助員に話し掛けているのに気付いた。驚いたことに、それは山田であった。山田は売店の在庫調べを管理しているが、めったに店に立つことはなく、時間は他のことに使った方がよいと言っていた。私が五、六メートル離れた所まで近づくと、山田は私に気がついた。彼は林に何か言うと、二人はこちらを向いて微笑んだ。しかし私が売店に着く前に、林は私に会釈して歩き去った。

「茨木先生、ちょうどあなたのことを話していました」と山田は言った。「林が言うには、先生はずっと忙しくしている。ご担当の病棟の患者だけでなく、あの連中の中の一人も診ておられるのですか？」

私は頷いた。「鈴木ですね」

「それは自殺未遂の豪州人ですね？　どんな具合ですか？」

「随分良くなっています」と私は丁寧に返答した。山田がスタンに関心を寄せたことに、私は内心イラついた。「彼の手首はほとんど治っています。しかし精神の方は未だに弱い状態です」

「いつ彼を収容所に迎えることができますか？」

私は躊躇した。スタンと私は、収容所に戻ることについて決して話し合っていなかった。その話題が上がって来ると、彼の調子が悪くなると感じていた。同時に、彼をどのくらい長く病院に止めておくかも思案していた。「まだです。多分もう二、三週間」

「そうなんですね？」。山田は頷いて、物思いをしているかのように遠くを見た。「彼にベッドを見付けなくてはいけない。私たちの収容宿舎に空きがあるかはっきり分からない……しかしその時が来れば、どうにかしないといけない。ところで、ご注文は?」

私は欲しい物を告げ、彼はそれらを取出した。支払いを済ませると、山田は握っている筆記板を示した。「私は在庫調べを続けるのが一番いい。野球大会が始まってから、タバコがほとんど売り切れた。皆がそれで賭け事をしている。日曜日の試合までに売り切れになる。試合の方は見に行かれますね?」

「実は、その日は病院の勤務があります。しかし試合の終わりまでには戻って来たい」。私はその試合全体を見逃したくはない。もしジョニー、アンディー、マーティンの上訴が成功すれば、恐らく、その決勝戦が彼らの試合を見られる最後の機会となるだろう。司令部が彼らの書類を認証し、解放することになるとしたら、彼らが収容所を離れるのには二週または三週間しか残されていなかった。

「決勝戦の日にお仕事ですか? あらまあ。誰かと交代勤務されては? とりわけ、野球大会は先生の発案でしたから。名案が何をもたらしたか――収容所全体の雰囲気がガラッと変わりました。ロック少佐は大変喜んでいる――彼は構内に新しいボールとバットさえ買ったのです。その上、豪州チームの先生の友人たちが試合に出ている、そうではないですか? 試合を見逃す訳にはいかないでしょう」

出来ることはやってみると私は言った。不安な思いで、ベッドの周りの持ち物や衣類の山を整理して、その日の残りを過ごした。

その夜、私の眠りはとぎれとぎれだった。ちょうど明け方前、ドアの横に誰かの影がチラッと見えた。目が慣れると、それは年老いた深谷であると分かった。彼は番兵のように静かに立って、床を見つめていた。夜間に私はたびたび目が覚めたとき、よく彼が便所に行こうとして足を引きずって歩くのが聞こえた。時には途中で立ち止まり、壁にもたれて休みを取っていた。しかし、彼は普段そんなところにそんなに長く立つことはなかった。私は何があったのかを知ろうと、彼のところに忍び寄った。

「見て下さい。赤い物がある」と彼は床を指しながら言った。

ドアの下から、埃のような物が広がっていた。夜の間に風が吹き込んだに違いなかった。私は近付いてじっと見た。それは庭園の土よりも細かく、収容所で私が慣れてきた暗い赤茶色の土よりも明るく輝いていた。暁前の光で、かすかに光っていた。

「どこから来たものか不思議だ。収容所の塵とは思えない」

深谷は私の声が聞こえないようであった。彼は床を見つめ続けていた。「扇の形をしていないか？芸術作品のようだ。実に美しい」と彼は言った。

その塵について考え、私もそれが実に美しいと感じられた。その対称性と絶妙な色合いは人間味を感じさせ、熊手で掻いた禅寺の庭によく似ていた。それらの庭と同じように、錆色の作品は人生のはかなさを思わせた。そして、たった一度の不運な風によって、すべてはどう変わってしまうのか。

第十四章　東京――一九三六年　神楽坂

実験室で働き始めて二年目のある午後早くのことである。野村と太田、それに私は満州から発送された貨物を受け取るために、遅くまで待機しているように言われていた。山本も加わりたいと申し出たが、島田はそれを拒否した。

「これは上級研究者のための任務だ」と彼は言った。「残りの者、外でトラックが到着するのを待ちなさい。私は実験室で待つことにする。木村少佐もここに来られるだろう。少佐は最初の輸送の到着を監督したいと思っている。到着したら我々二人に知らせなさい」

外は寒かったので、野村、太田、私の三人で分担を取り決めた。一人が外に立ち、トラックの到着を見張り、他の二人は内で待機する。三十分ごとに交代した。

真夜中ごろ、太田が応接室に駆け込んできた。「トラックが来たようだ」

野村と私は跳ね起きて、私は階下に急ぎ、島田に知らせた。戻って来て、入り口の外側に駐車している二台の軍用トラックに近付いた。ライフル銃を持った護衛兵が各トラックの後方に立っていた。

「荷下しを手伝いましょうか?」と私は尋ねた。

私の最も近くにいた護衛兵は高慢な態度で言った。「我々は、木村少佐の指図のみに従うよう命令を受けている。少佐でないのなら、荷物の木枠に触ることも許されない」

私は逃げるように中に戻った。まもなく木村と島田が到来し、彼らは陸軍の人員に積荷を地下に運び、保管室に入れるよう指示を出した。二台のトラックは、「割れ物注意」と表示された大きな木製の箱で一杯であった。野村、太田、私の三人は荷物の木枠を運ぶ男たちが階段を降り、保管室に運び込むのを助けた。いくつかの荷物は他よりはるかに重いようであった。荷物の内部から、微かなガラスの鳴る音が聞こえた。荷下しの間中、最後まで、野村と太田は彼ら特有の自制心を発揮した。彼らは顔色一つ変えなかった。彼らは中に何が入っているのかを既に知っているのだろうか——私が知らない話を聞かされていたのだろうか。

荷下ししていた男たちは、ほとんど話をせず切迫したように動いていた。トラックの横にいた将校たちは、小声で指示を出した。ここは住民居住区でもないのに、彼らがそうしたのはなぜだろうかと私は訝った。

四十分後、最後の積荷が下された。木村は書類に署名し、輸送の指揮を取っていた将校に丁寧にお辞儀した。私に高慢な態度で話をした男である。木村が内部に戻ったとき、島田は建物の入り口を旋錠した。「今だけだ」と彼は言った。

「付いて来い」と木村は言い、私たちは彼に従い地下に降りた。保管室はぎっしり詰まっていた。木村は床に置いてあった鉄のバールを拾い上げ、島田に渡した。「あなたが主役だ」と彼は言った。島田は荷物の箱に近付いて行った。そしてバールを蓋の下に当てがって、実際に蓋を箱に閉め付けていた釘を緩めた。彼は蓋を持ち上げ後ろに下がったので、木村は中を覗くことが出来た。私は身を乗り出した。様々な大きさのガラス製試料容器が詰まっていた。私の位置からは、金属の蓋が見え、いくつかは木札が紐で結ばれており、容器の中の黄色いホルマリンに気付いた。しかし木村はそれらに被さるように立ち、感激して両手を合わした。

「おお、ここに良いのがある」と彼は言った。彼は両手を伸ばし、大きな容器を取り出した。

その中には、切断された首が入っていた。ホルマリンの中で、肌肉の色はバター色であった。頭皮は剃り取られ、頭骨の頂部は部分的に切り取られており、脳が露出していた。こめかみから腔の縁まで数カ所の深い切開が施されていた。その男の両眼は、あたかも耐え難い圧迫に晒されたように固く閉じられていたが、口は開いており、紫がかった唇はゆるい「お」の形をしていた。彼は何かを言おうとしたかもしれなかったが、最期の言葉は死の瞬間に失われた。

やっと帰宅が許されたとき、私は建物から出て、人気のない通りを歩き、深く息を吸った。周りの空気がこれほど甘く感じることはなかった。野村と太田、私は門で別れるとき、互いに口を利かなかった。腕時計を見ると、一時三十分であった。最終列車は何時間も前に出ていた。私は仕事場の喫茶室で寝ることもできた。大規模な細菌培養を翌日行うことを島田が要求した時などには、そうしたものだ。しかし、今夜は、実験室からできるだけ遠くに離れたいと思った。私はコートをあちこち引っ張り、家への長い道を歩き始めた。冷たい風が顔をチクチク刺した。私はその夜に見たことを考えないようにした。帰宅したら、きれいに体を洗い、熱い湯桶に浸かることを考えるように自分を仕向けた。

路地裏で酔っ払いが体を丸めているのを除けば、ほとんど誰もいない。ある地点で、私は海軍の作業服を着た道路清掃員を見た。彼は屈み込んでゴミを掃き、竹籠に入れていた。私が通り過ぎるとき、彼は私を見上げた。片目は白濁していた。その淡く瞬きのない目は、私の魂を深く貫いた。寒気が身体中を走り、私は歩くペースを速めた。

私は家に着くまでに、凍えそうになり、疲れ果てていた。佳代子を起こさないよう、注意深く入り口の引戸を閉めた。茶の間の食卓の上に、食器類は置いていなかった。私の仕事が増えると、責務を果たすために毎晩遅く帰宅するようになっていた。最初のうちは、佳代子は私の夕食を食卓の上に残してくれていたが、その時間に、私は食べたいと思うことは滅多になく、朝までにご飯と揚げ魚は冷えて固くなり、おにぎり用にすることにさえ向かなくなっていた。彼女は簡単な食事だけ――冷たい味噌汁とおにぎりを残しておくことを始めた。今夜、初めて彼女は全く何も残さなかった。私は空腹ではなかったので問題はなかった。私はそのまま風呂場に行き、熱い空気のほとばしりを期待しながら引戸を開けた。しかし内部の空気は冷たかった。私の心は沈んだ。

私はゆっくり風呂桶の蓋を開けた。空っぽだった。私は手を中に入れてみた、私の目が錯覚していることを期待しながら。しかし、水はなかった。かまどに手を当ててみたが、冷た過ぎた。私は鉄の下扉を無理やり開けて、火を付けられるか調べて見たが、薪の燃え残りさえなかった。その日の夕方、佳代子は掃除をしたに違いなかった。

私は服を脱ぎ、低い腰掛けに座り、頭を両手で抱えた。水道の栓をひねり、バケツを冷水で満たし、それからそれを身体に掛けた。私は息を吸い込んだ。激痛が電流のように走った。石鹸を腕や足に擦りつけ、再びバケツを水で満たし、泡を洗い流した。私は再度、深い息をして身震いした。背後で、引戸が擦れる音がした。冷たい風が背中に当たった。

「何してるの？　凍えてしまうわ」

佳代子の声は甲高く細くて、子どもの声のようであった。私は振り向かなかった。私はまだ彼女に合わせる顔がなかった。気持ちを落ち着かせ、眠るにはもっと時間が必要であった。

「風呂桶。水が入ってない。僕は身体を洗う必要がある」。私は歯を食いしばり、私の心情を込めようとした。

「すみません。あなたがあまりに遅いから――前の週のように、一晩中、職場に留まるのかと思いました」

私は首を振った。彼女がここを離れて、私を一人にさせてくれることを願った。私は腰掛けに座ったまま石鹸をつかんだ。二人の間で沈黙が続いた。

「智和さん、大丈夫？」

私は彼女の表情を想像した。薄唇に、大きく心配そうな眼。

「大丈夫だ。どうか、僕を一人にしてくれ」

彼女が下がって行く音が聞こえ、戸を閉めたとき、再び冷たい風を感じた。私は膝を胸に抱いた。しばらくして私は身を乗り出し、再びバケツを満たした。

＊

太田は廊下で彼を見たと言った。濃い髭を生やし、徽章付き軍服を身に着けた男のことである。上級将校は度々私たちの研究施設を訪れるので、私はそのことをあまり気に掛けなかった。しかし二、三日後、応接室を通っていたとき、入り口に三人の男が立っているのを見た。真ん中にいた男、私と顔を合わせたが、長身で痩せ身であった。それはメガネのせいであるのか、または、入り口の光に照らされて影ができる様子のせいであったのか、私は彼の顔の角度が気になった。尖った眉毛と普通より小さい眼。私は、彼がこの機構の責任者である石井中佐であることに疑いを持たなかった。

石井四郎は傑出した微生物学者として知られ、人生を研究に捧げるために、有望な医者としての出世を断念した。彼と木村は共に京都帝国大学医学部で学び、今でも良い友人関係にあった。石井は数年前から、満州国で研究を始めた。そして木村が外地に赴くとき、訪問するのは石井だと私は疑っていた。

その日の午後、木村は実験室を訪れ、ある発表をした。「今週末、我々の部門の責任者である石井中佐が、最近の研究成果を講義する。中佐をお迎えすることが、いかに幸運であるかを指摘する必要はないと確信する。これは現代医科学の先駆者から学べる格別の機会となろう。また、中佐の洞察力は、我々が試料を精一杯分析するのを助けてくれるに違いない」

金曜日、私たちは二階の研修室に入った。私たちは最初に到着した研究者で、白衣を着ているため目立っていた。陸軍高官の小さな一団は話を止めて、こちらの方を見渡した。彼らの背後には窓が一列に並び、駅の周りの並木通りが目に入ってきた。東の方角には、私の所からは見えないが、広大な敷地の宮城（皇居）があった。私たちの立っていた場所からは、それがどのように映って見えるかを想像した。曲がりくねった濠で囲まれた、薄暗い立ち入りできない築山。

研修室の前面の壁には金箔の額縁に入った天皇陛下の御真影が掛かっており、優しい目は光に満ちていた。御真影を見ながら、忠誠を誓う私の心は膨らんだ。御真影の下には机がおいてあった。それは私が以前にここに来た時にも見た物であったが、表面は輝くように磨かれ、真鍮の取手は光っていた。部屋の残りの場所を満たす木製の椅子の列は多数の彫像のようであり、場違いな物ではなかった。

「どこに座ったらいいでしょうか?」。山本は小声で尋ねた。

「後ろの方が良いと思う」と野村は言った。「大勢の人が招待されている」

その週の間中、石井の講演は、喫茶室での議論の話題になった。野村は何年もの間、石井に会いたいと思っていた。それは、石井の元で研究したことのある大学院時代の同期生が、彼の素晴らしい才能をとうとうと語るのを聞いてからのことであった。「明らかに、中佐は夜二、三時間しか眠らない。いつも実験について考え、分析するのに忙しい」と野村は言っていた。太田が指摘したのは、石井が京都でわずか十年前に学位を得て、過去二年半前に少佐から中佐に進級したことであった。「進級がそれほど速いのは、天才だからに違いない」

私たちは後ろの列に席を取り、更に多くの陸軍の人員や研究者が、ぞろぞろ入って来るのを見ていた。私は応接室の写真で見た大勢の顔を見分けることができたが、名前は分からなかった。

「あれは杉山陸軍大臣ではないか?」と太田が言った。

幾つもの勲章で飾られた高襟の上着を着た男がドアの前に立ち、カーキ色の制服姿の二人が脇に控えていた。席が埋まるにつれて押し合いになった。二人の男が部屋に入って来たとき、注目は前方に集まった。私たちは全員起立した。その隙間から、木村と石井が見えた。二人は立ち止まり、壁に掲げられた天皇陛下の御真影に敬礼して、私たち聴衆に向き直り頭を下げた。

石井は木村より二、三歳だけ年下であったが、二人はこれ以上に異なることはあり得ないほど異なっていた。木村は背が低くがっちりしていた一方で、石井は長身で細身であった。木村の髪は、横側にきちんと分けられて、油が塗られ、櫛ですかれていた。彼の制服は、ズボンの裾のひだからボタンの輝きに至るまで整っていた。しかし石井の姿は型破りであった。彼は五センチくらいの長さの濃い波打った髪で、縁の太い眼鏡をかけていた。彼の制服の一番上のボタンは外されていた。それは本物の間違いなのか、意図的な怠慢の意思表示なのか分からなかった。

木村は咳払いした。「お集まりの大方の皆様には、石井中佐のご紹介は必要ないことと存じます。陸軍軍医学校の免疫学教室主任でありましたが、最近、満州国の関東軍防疫給水部長に昇進されました。浄水およびB型脳炎の分野のご研究は文字通り何千何万もの日本の人命を救って参りました。本日、大東亜において着手されておりますご研究を皆様にご披露されます」。木村は間を取って、部屋全体を見渡した。「本日、皆様には、各分野でご研究の先導者および革新者としてお越しいただいておりますが、ご講演に関しましてはその機密性にご留意をお願い申し上げます」。木村の厳しい口調は、私の思慮分別について問われた彼との面接を思い起こさせた。「お待たせしました、石井中佐のご講演です」

石井は歩み出て、にっこり笑った。「ご紹介有難う、木村少佐。満州国における私の研究について、既にご存知の方も多いとは存じますが、この分野に不案内な方々のために、簡単に要点を述べておきます」。彼の鼻にかかった大声は、聴衆の関心を集めた。彼は首をわずかに後ろに反らして話したので、高い鼻の下から聴衆を見下ろす形になった。「昭和八年の冬、中国北部で、何千人もの日本の軍勢がコレラに罹り、また中国―ソ連国境で広まった流行性出血熱で死亡し、更に何千人以上が凍傷で死ぬか手足を失った。この三つの苦難は、我々の戦線拡大に大きな打撃を与えた。それ故、私は陸軍軍医学校の支援を得ながら、凍傷の治療、コレラおよび流行性出血熱に対するワクチンの開発を始めた。防疫研究室の設立以来四年を経て腺ペストを含む研究に、その重点を拡張した」

「最近、満州の北東部ハルビン市から三十キロメートルに新しい施設を完成させた。それはこの種のものとしては初めてのものである。敷地面積は五千五百平米以上あり、感染症研究および予防のための施設である。従事者のための宿舎の他に、娯楽用映画館、水泳プール、バー、食堂、もちろん、世界で最も進んだ設備を備えた実験室がある。この施設の真の目的は、製材工場という偽装により地元社会には秘密にされている。我々はここでのテスト被験対象を丸太と呼び始めている。冗談で始めたが、『マルタ』は便利な隠語であることが分かった。それ故、この用語を今後も使い続ける」

「まだ研究の初期段階ではあるが、マルタを使った実験は大成功を収めた。例として、流行性出血熱を挙げる。ウイルスに感染したネズミから集めたダニを擦り潰し、生理食塩水に混入し、一群のマルタに接種した。十九日後、この一群のほとんどは病気の軽い徴候を示した。それらの血液サンプルを採取し、他の感染していないマルタの一群に接種した。今度は、わずか十二日後に、感染の徴候が現れた。その後これらのマルタは解剖され、臓器を擦り潰し、食塩水に混入し、新しいマルタの一群に接種した。この過程を連続的に繰り返すことによって、二、三ヶ月の間に、病原体を単離することに成功した。このやり方で研究を遂行し、前代未聞の知見を得た。その報告は既に陸軍に届いており、今後の人命の損失は最小限に抑えられる」

「凍傷予防と治療については、同様に成果が得られている。何週間も、被験マルタを繰り返し冷風と冷水に曝露した。濡れた木綿の包帯は、より頻繁に壊疽（えそ）を生じさせた。凍傷の最も良い治療法は摂氏三十八度の温かい湯桶に浸けるのが効果的であることを突き止めた」。彼は助手の方を向いた。「これから回覧する写真で確かめてもらいたい」

私は既に検体容器を見ていたので、何を覚悟するか知っていると思った。写真の束は最初に私に届いた。私は白黒の画像にざっと目を通した。膨れ上がった指、水ぶくれの爪先、真っ黒になった顔、縮んで皺ができ、骨が露わになった異様な腐敗肉。最後の写真は、幼児のふっくらした手の指先が全部真っ黒になったものを写していた。

＊

その夕刻、実験記録ノートに書き込みし、使用した器具を洗浄した後、通常より早めに仕事を切り上げる決心をしていた。午後から痛みがひどくなり、こめかみが痛んだ。山本はどこにも見当たらず、石井の講演以降、島田を見掛けなかった。野村と太田は依然と顕微鏡に身をかがめており、彼らの上着は、天井からの電灯の光で赤く光っていた。彼らには何も言わずに、私は部屋を抜け出した。私が廊下を歩いていると、島田の部屋から笑い声が聞こえて来た。幾つかの声が重なり、交錯していた。早退するのを気付かれないようにと望みながら、私は足を止めたが、足が床を擦った。

「そこにいるのは誰だ?」。島田が大きな声で言った。

「私です、茨木」

「茨木？　こっちに来なさい」

私は戸口に立った。狭い部屋に島田、木村、石井中佐および山本が、寄せ集めた椅子や腰掛けを並べてたところに座っていた。ほとんど空になったウイスキー瓶が島田の机の上にあった。午後の間中ずっと、彼らは飲み続けていたに違いない。彼らは全員赤ら顔をしていた。特に、山本は机にもたれこみ、首を垂らしていた。彼は私を見て微笑み、猫のようにまばたきした。私は山本が上司に混じって歓談しているのを見て驚いたが、同時に、彼が木村の親戚であり、日頃彼らが付き合っているのを思い出した。山本の隣に座っていた木村は眠っているようで、膝上の空のコップを大事に持っていた。石井は最も酔っていない状態であった。彼は長い足を前に伸ばして、私を平静に見つめた。

「ちょっと早めの引き上げではないか？」。島田は腕時計を見た。

私は既に実験着を着替えていたので、帰宅を意図していることを否定できなかった。「すみません、先生。帰宅しても良いかを聞くために、先生を探していたところでした。私はひどい頭痛がします。明日は早く出勤して挽回します」

島田は立ち上がった。「頭痛？　兵隊は命懸けで、君は頭痛か？」

私はまばたきした。彼の表現は辛辣であった。少しして、しかし彼は笑い出し、他の人も続いた。「彼を困らせるのは止めにして、酒を飲ませよう」。石井は瓶に手を伸ばした。「いや、いい考えがある。外に出よう。車でちょっと行った所に、良い場所を知っている。車を拝借できるか？」

木村は顔をしかめ、目を閉じたままにしていた。「いいえ、また芸者の夜ですか。もうたくさんです」。まるで彼の舌が膨らんだように、彼の言葉はくぐもっていた。

「分かった。それでは、我々は私の車を使う」。石井は立ち上がった。「あなたの従兄弟さんはどうしますか、木村さん？　彼は気持ちが悪そうに見える」

山本は頭を持ち上げ、目を開いたままにしておくのに苦労していた。

「私の従兄弟はだめだ……」。木村はつぶやいた。

「茨木が彼の面倒を見ます」と島田が言った。「山本と茨木は良い友人です。時々彼らは仕事の後、一緒に外出します。そうだったな？」

私は躊躇した。どのように応答するか考えようとしていた。あたかも、無言の異議において、片目の背後で撃たれる痛みを感じた――相当激しい痛みなので、私は両目を閉じなければならなかった。家で暗闇の中、横になっている私の傍の佳代子を思い描いた。しかし私は招待を断れないことを知っていた。私が目を開けたとき、島田は立ち上がっており、机の上を片付け、小脇にコートを抱えていた。木村でさえ、不愛想な顔をしながら、椅子から立ち上がっていた。

石井は両手をたたき、明るい表情で私の方を向いた。「これで決定だ。君も一緒だ」

お茶屋は神楽坂にあった。私は一度だけ、昼間に来たことがあった地域である。主要な大通りを曲がると、通りは狭くなり、網目状に交差する路地に入った。多くの道は二人が行き交うのがやっとの広さであった。東京の他の地域のごみごみした路地とは違っていた。神楽坂の路地は玉石で舗装され、綺麗に清掃されていた。料理屋やお茶屋の戸口の外側には提灯が吊り下げられ、柔らかい光を放っていた。私たちは車を降り、狭い通路を進んだ。表戸が開くと、人の声のざわめきや音曲が通りに漏れ出してきた。私には関わりがないとの感覚に固く握られた。私はまずまずの富裕層の出身だったが、これは場違いだという気がした。

石井ははっきりとした表示のない木戸の前で立ち止まった。彼は木戸をコツンと叩き、そしてすかさずもう一度叩いた。「アヤちゃん、私だ、石井四郎。何人か連れがいる」

木の仕切りが開いた。白塗りの顔がチラッと見えた。向こう側の若い女性が何か言ったが、声がおとなし過ぎて私には聞き取れなかった。それから表戸が開き、中に入った。玄関口は大変暗く、最初は何も見えなかったが、前方のどこからか、三味線の早い響きに合わせて女性が唄っているのが聞こえた。よく耳にする曲で、その高く陽気な声は、この上なく優雅な世界を思い起こさせた。その瞬間、私の頭痛は治まったが、しかし佳代子が琴を弾いているのを思い浮かべ、罪悪感で再び痛みが戻った。私の目が慣れると、廊下が長方形の広間に繋がっていることを知った。その広間の全面は、金色の襖で囲まれていた。三味線の曲は、一つの襖の向こう側から聞こえていた。

入口で返事をした若い女性は私たちのコートを受け取った。彼女は十四歳を超えていないように見えた。彼女の顔は白く厚塗りし、ピンクの頬紅、下唇は深紅色の半円形であった。

細身の年増の女が私たちに近付いて来た。動きが滑らかであったので、廊下を滑っているように見えた。彼女は藍染の着物を着て、簡素な金色の髪飾りを束髪に付けていた。「石井中佐様、よくお越し下さいました。お部屋をご用意させていただきます。五名で宜しかったでしょうか?」

石井は頷いた。「今夜、モモタロウとエリコは出番かな?」

「はい、二人とも出ております。ただあいにく、モモタロウは他のご贔屓のお相手をしております。

他の子、テルハを来させることができます。大変可愛らしい……」

「違う子が良かったら、頼んでいたよ。モモタロウを遣しなさい。ここに来たいか、とにかく訊いてみてくれ。来られないのなら、我々は河岸を変えてもいい」

一瞬、女主人の笑顔が曇ったが、彼女は深々と頭を下げ、「かしこまりました。石井先生。モモタロウのお座敷が終わり次第、部屋に来させます。どうぞこちらにおいで下さい」

金色襖の部屋を過ぎ、右や左に進むと、笑い声や会話の音が、通過列車の轟音のように強まったり弱まったりした。唄と三味線の音は、後ろの壁に近づくにつれて、大きくはっきり聞こえるようになった。私たちは曲の出所に連れていかれるのだろうかと思ったが、誰もいない部屋に案内された。畳表の匂いが私たちを歓迎した。部屋の中央に、漆塗りの長いテーブルが構えていた。石井と木村は一つの側に座り、その向かい側に、島田、山本、私が座った。

石井は酒とウイスキーを注文した。「これでいいだろう。そして女の子を寄越すように、急いで!」

仲居さんが襖戸を引いて閉めるとすぐに、石井は顔をしかめた。「ここのサービスは酷い。何もかも遅すぎる。年寄りの女将の対応の仕方を見たか? あれだけここで金を使ってきたのに? 他の店に行くべきだった。まあ、しかし、ここには最高に可愛い女の子がいる。ここは若いうちから女の子を使い始める」

野村と太田は、私が石井と木村に飲み会に連れていってもらったと知ったら、苦い思いをするだろう。もし彼らがこの飲み会に参加すれば、疑いなく、特に太田は石井に取り入る機会にするはずだ。しかし私は臆病で、そんなことはできない。真実は語り、石井は私をぞっとさせた。彼は若い研究員の粗探しをして、最悪の仕事をさせるとの悪評があった。木村でさえ、石井よりも僅かに年上で、一時はより高い階級であったが、今夜一緒に外出させられた。この夜が早く終わり、恥をかかされることなく帰宅できるようにと、私は願っていた。

襖戸が開かれ、白塗りの陶器のような顔が現れた。

「エリコ!」。石井はテーブルを叩き、近くに寄って来るよう合図した。

エリコは額が畳に接するまで低くお辞儀をした。彼女は頭を上げると、にっこり笑った。彼女は非常に美しかった。両目は均一で完璧な形をしていた。深紅色に彩られた唇はあごの深いくぼみで際立っていた。彼女の鼻は細くて高く、東洋人の女性としては珍しかった。彼女の姿は全て完璧に均整がとれていた。

彼女は石井の隣に座る前に、木村と島田を名前で呼んで挨拶し、山本と私には自己紹介した。彼女の着物は、畳に擦れてサラサラと音を立てた。

「長いことお越しではなかったですね。石井先生。ずっと満州においでだったのですか」。彼女は見掛けより年上に見られるように、幾分ハスキーな声で話した。

「二回の短期帰国を除いてはそうだ。新しい事業は結構骨が折れる」

「こちらにいらっしゃるとき、お越しいただけなかったのですね」。エリコは口を尖らせた。

「今度、満州を訪ねて来ればいい。構内にエリコのためのアパートを進ぜよう。そこには映画館もある」。彼はエリコの着物の袖をぐっと引っ張った。

彼女はふざけた調子で彼の手を振り払った。「もしできることなら。でもそれは決まりに反しています。そうしたいのですが、もし先生とご一緒に逃げ出せば、置屋から追放されます」

酒とウイスキーを持って仲居が現れ、エリコは酒を皆に注いだ。彼女は盃を私に手渡した。

石井は私の方に寄り掛かって、話し掛けてきた。「君は木村さんの従兄弟より、沢山飲んでくれ。彼は一杯のウイスキーで既に眠りかけている」。彼はテーブルの下から山本をつついた。山本は揺れながら真っ直ぐになり、詫びを小声で言った。

石井は盃を持ち上げた。「天皇陛下、乾杯!」

私たちは盃をカチンと鳴らし、酒を飲んだ。それは胸を温めたが、こめかみの痛みは高まった。私はたじろいだ。テーブル越しに石井は私を見ていた。私の頬に熱が集まった。私は手を伸ばし彼の盃を満たそうとしたとき、手が震えないように注意した。酒を注いでいる間、彼は何も言わなかった。それから彼は盃を持ち上げ、飲み干した。

「一体どのようにして君は、私の研究室の席をつかんだのかね? 君の名前や顔を知らなかった」

私が説明する前に、島田が発言した。「茨木の父親は東京病院の外科医でした。茨木修一郎」

察するに、木村さんとの繋がりか?」

「東京病院の外科医? そうなのか?」。石井は冷静に私を見つめた。

「はい、その通りです」と私は言った。

「まさに最高の方でした」と木村は言った。「私は病院研修のとき、茨木先生の元で働きました」

私は父の抜群の名声を承知していたが、木村がそれを確認してくれて、自尊心が高まった。

石井はタバコを取り出し、エリコはライターを着物の内側から出してきて火を点けた。彼は背にもたれ、タバコを深く吸い込んだが、依然として、そうしながらも私を見ていた。彼は天井に向け、頭を傾け、羽毛のような灰色の煙の柱を吐き出した。それは観客に見せるのにふさわしいくらい大げさな身振りであった。部屋は静まり返った。

「私も若い頃、外科医になりたいと思っていた。それは崇高な職業に思えた。しかし実際に、一人の外科医に何ができるか？　患者一人ひとりの痛みを治すだけである。しかし医科学は……あー。科学者なら世界の痛みを治すことができる。それを知ったとき、私は人生を医学研究に捧げることを決心した。私の指導教官は、こう言われた。『偉大な医者はその国を治療し、優れた医者は民衆を治療し、劣った医者は病気を治療する』。偉大な医者は偉大な軍事司令官のように、時には少数の命は何千もの命を救うために犠牲にならなくてはならないことを知っている。この戦争が終わったとき、偉大なる医者は記憶に残るだろう。質問は、どのタイプの医者になりたいか、茨木君？」

それは応答を要求される質問ではなかったが、私たちがずっと飲み続ける向こう数時間掛けて、石井が私をテストしていることを意識した。木村と山本は相当酔いがまわり、眠っていた。島田、石井、エリコは話を続けていたが、私は更に無口になった。十一時頃、芸者のモモタロウが現れた。彼女も若い色白美人で、石井を見ると茶目っ気たっぷりに笑った。

「おー、来たか！」。石井は声を上げた。「それにしても悪い子だ。私を待たせて」。エリコが立ち上がると、モモタロウは石井の横に座り、彼に愛嬌を振って酒を注いだり、甘い声で話かけたりした。それから間もなく、彼らは一緒に廊下の方に消えた。私はこの機にそこを離れた。

我が家の玄関の戸を開けると、だし汁を煮る香りがした。腹の虫が鳴いた。通常なら佳代子の料理を喜んで食べるのだが、アルコールで気分が悪く、頭痛もあり長い一日を過ごした。私はまっすぐに風呂場に行って、身体をきれいに洗うこと以外は頭になかった。私は、佳代子が炬燵に座って私を待っており、食卓には食器が二人分用意されているのを見てびっくりした。

「僕を待っていてくれたのか？　しかし今はもう真夜中だよ」

「この一週間ずっと、ほとんどあなたに会ってなかったから、あなたと一緒に過ごしたい。来て食べましょう」

彼女は台所に行き、食事を用意した。温かい風呂が手招きしていたが、彼女が費やした頑張りの後で、佳代子を拒むことはできないと私はよく承知していた。私は上着を脱ぎ、台所と茶の間に跨る敷居に立ち、タバコを吸った。私は頭の中から、今日見てきた映像を消し去ろうとした。腐れかかった肉片。真っ黒な手足。佳代子の足音が聞こえ、食卓の上に鍋を並べる音がした。醤油と味醂の匂いがした。「僕の好物を作ったのか？」

ブリと大根は金色に蒸してあった。生姜の小片と三つ葉の緑が上に散りばめられていた。ほうれん草のお浸しと大根下ろしは金箔の付いた漆椀に入っていた。このお碗は結婚式のお祝いに頂いた物だった。吐き気をもよおしながらも、口から涎が出てきた。「何事かな、このめでたい席は？」

「後で理由を言いましょう」

私は少し心配だったが、佳代子の幸せそうな雰囲気は、何か良いことのようだった。私たちの結婚から最初の一年に渡り、妻の時折の不可解な行動を受け入れてきた。たびたび彼女は自分の殻に閉じこもった。本を読む、琴の稽古をする、または一人で散歩に出掛けるなどで何時間も私を避けた。しかし今夜の彼女は陽気であった。

「座りましょう」と彼女は言った。「夕食が出来ましたよ」

やっと私の心は何もなくなった。窓を通して、隣の家の黄色い光が見えた。それは私たちが安全通行するのを助けてくれる信号灯のようであった。隣の窓の向こうで影が動いた。暗い姿が、分離し融合する影。週末には時々、近所の年老いたご夫婦を見ることがあった。よく彼らは一緒に買い物に出かけ、道の窪みを互いに教え合っていた。そして私は何十年か先には、佳代子と私も似たようにお互いを頼るようになるのだろうかと思った。

お椀の盆を持った佳代子が私の脇をかすめて通った。「今、タバコですか? あらまあ。夕食が出来たと言ったばかりですよ」

彼女は台所に二、三回行き来して、更にお椀、香辛料、食器類を持ってきた。

「誰か他のお客さんでも夕食に来るのか?」。私は尋ねた。「六人家族分くらいの量がある」

「いいえ、私たち二人だけですよ」と佳代子は恥ずかしそうに言った。「こっちに来て座りましょう」

私は食卓の広い側の座布団の上にゆっくり座り、炬燵の空洞の中に足を突っ込んだ。炭暖房は足を暖めた。「いただきます」と私は言い、お茶碗を取りご飯を口に入れた。食欲が戻った。

「いただきます」と佳代子は静かに言った。

煮物は美味しかった。魚と大根、味醂の風味が絶妙で、甘みとコクがあった。彼女は時間をかけて料理したに違いなかった。

「まもなく、この食卓にもう一人の席を作らなくてはなりません」。佳代子は汁椀を口に近づけながら話した。

「どういう意味？」

「今日、お医者さんに診てもらいました。智和さん、私、妊娠しました。子どもが出来ます」。彼女の目は輝いていた。

私は箸を置いた。背骨がゾクゾクした。色々な思いで心がいっぱいになった。しばらくの間、私は彼女を見つめていたに違いない。彼女が尋ねた。「あなた、何か悪いことでも？　嬉しいと思わないの？」

「嬉しい、もちろん僕は……僕はびっくりした、それだけだ。体調に変化があることに気付かなかった」

「私はこの三週間、体調がおかしいと疑っていました。遅れていたし、気分も悪かった。今日、先生が確認しました」

「なぜもっと早く、何か言ってくれなかったんだ？」

「はっきりするまでは言いたくなかった。あなたは最近、仕事がきついし。あなたを煩わせたくなかったの」

私は食卓を挟んで手を伸ばし、彼女の手に触れた。「僕はとても幸だ。赤ん坊、子宝に恵まれる」

「すでに母は知っています。先週母に会ったとき、何か察して、今日、私をお医者に連れて行ってくれました」

「これは一大ニュースだ。僕の母にも伝えなきゃいけない。また、おばあちゃんになる。それに妹が聞いたら喜ぶだろう。子どもたちの新しい遊び相手ができるから」
私は微笑んだ。しかし赤ん坊のことを考えたとき、水疱ができた皮膚や幼児の黒い指の画像が蘇った。

＊

二ヶ月後、実験室で二回目の検体送付を受けることを知った。今回は山本も、野村や太田、私の後に控えることを許された。今度の貨物量は多いので、二人の看護婦が陸軍軍医学校から送られて来ると聞かされた。応接室で、彼女らは私たちと一緒に立って配送されるのを待った。彼女らはただ若く、二十歳そこそこで、真夜中を超えて働くには若すぎ、そもそもこのような仕事に関わるには、はるかに若すぎた。彼女らは何と言われたのだろうかと思案した。山本は彼女らと会話を弾ませようと、どこで勉強したのかを尋ねようとしたが、「はい」と答えるだけで、ほとんど彼と視線を合わせることはなかった。彼女らが無口なのは、私たちの仕事の性質を知ってのことだと察した。この研究室に関わることによって、私は傷付けられたと感じた。

トラックが到着し積荷の木枠が地下室に運ばれた。島田はそれらをバールで開け、私たちは検体を保管室に動かし始めた。それらのほとんどは小さな容器に、手や足、頭、心臓、他の臓器が入っていたが、一つの木枠は、大きな金属製の容器一個だけであり、その中にホルマリンと全身標本が複数入っていた。その一つは壊疽に罹った皮膚をしていた。もう一つは滑らかで、胸の空洞を除いて病気の形跡はなかった。胸は解剖され切開されていた。女性の死体もあった。彼女は両腕を伸ばしており、何かにしがみつこうとしていたかの如くであった。

看護婦の一人が前に進み出て、実験室の隣の保管室にあるコンクリート製ホルマリンのタンクに死体を移すのを手伝おうとした。しかし、内部を覗くと、彼女は口を手で押さえて、逃げ出した。それは奇妙ながらも上品な行為であった。彼女は、死者の機嫌を損ねないよう、自分の行動に留意しているようだった。最初、彼女が後退りしたのは悪臭だと私は思った。しかし私が容器を覗いたとき、彼女の非常な驚きの原因がはっきりした。大きな死体に混じって、二歳ぐらいの幼児の死体があった。脚は胴体の下に曲げられていた。皮膚は黒く変色し、水泡で覆われていた。私は幼児の顔を見ることができなかった。というのは、彼は捻じ曲げられており、額は膝の上に置かれ、両腕はそれらの周りに包まれていたからである。彼が死んだとき、この姿勢で座っていたように見えた。

誰の動きも止まった。

「私には出来ない」と先ほどの看護婦が小声で言った。彼女の目は、涙で満ちていた。幼児に触れようとする者は誰もいなかった。何秒か経過した。誰も動かなかった。

「私がやります」。私は手を伸ばし、出来るだけゆっくりと幼児を拾い上げた。番号札が首に掛かっていた。彼は空洞のように軽かった。

全ての木枠の荷下ろしを終えてから、私は帰宅した。私が風呂場に向かい、その日を「洗い去った」のは、真夜中を過ぎていた。

風呂場から戻る途中の廊下で、佳代子は私を驚かした。全ての明かりは消えていたが、彼女は台所に繋がる引戸の横に立っていた。暗闇の中の彼女の顔、しかし月の柔らかな光が、彼女の腰回りにこぼれていた。

「佳代子」と私は言った。私は彼女にほとんどぶつかるところであった。彼女は手を腹部に当て、寝巻きをしっかり握っていた。彼女がお手洗いに行く途中だと思い、私は彼女が通れるように脇に寄った。彼女は動かなかった。

「なぜあなたが仕事の後、身体を洗うのか分かってるわ」と彼女は言った。「なぜそんなに強くゴシゴシ洗うの?」

私の血がどっと押し寄せて来た。どのようにして彼女が知ったのか? ホルマリンの匂い? 私の衣服が血で汚れていたのか?

「あなたがやっていること、私、知ってるわ」。彼女は続けた。「私が気付かないと思っても、私は気付いている」

私の目が薄明かりに慣れて来ると、佳代子の顔が暗がりから現れてきた。彼女の視線は厳しいだろう、あるいは私を全然見ることができないだろう。その夜の看護婦のようにと予測していたが、両目は丸く、哀れみに満ちていた。彼女の肌と同じくらい柔らかであった。私の妻、私の大切な人。彼女は知っていて、なおかつ、私を嫌わない。彼女は慈しみを持って、私を依然見ていた。それが分かって私の心は乱れた。私は安堵のあまり、めまいを感じた。

「佳代子……」。私は手を伸ばし、彼女の腕をつかんだ。優しい彼女を引き寄せるために。私は彼女を抱き、彼女が全ては大丈夫と言ってくれるのを聞きたかった。彼女が私の苦痛の重荷をかつぐのを手伝うことを望んだ。しかし、彼女に触れる前に、彼女は再び口を開いた。

「私は怒ってはないわ。仕事のために、せざるを得ないのは分かっている。あんな所に行って、ああいう女性と――」。彼女は顔をしかめた。「――だけど、そんなには出来ないわ。赤ちゃんが出来てからはだめ。いいことじゃない。私にも、赤ちゃんのためにも」

私がまさに話そうとしていた言葉は、私の喉に詰まった。何秒か前に感じていた安心感は消えてしまった。空腹が私の腹を蝕んだ。苦しみを共有できる瀬戸際にいたのに、突然、その慰めにありつくことが運び去られてしまった。全ての希望は、私から叩き出された。

私の顔は絶望を示していたに違いない、なぜなら佳代子は穏やかに話を続けた。「あなたの仕事がいかに重要かは分かるわ。赤ちゃんが産まれたら、私はもっと……もっと家族らしくなりたい。あなたは最近、うわの空になっている。私が話しかけても、まるでそこにはいないように感じる。いつもあなたは仕事をしているか、遅くまで外で同僚や芸者と社交している。私は心配で、夜よく眠れない。子どもが出来たら、もっと家にいて欲しい。そうできる?」

私は頷いた。私は話そうとしたが、言葉が出て来なかった。私は喉の奥で音を立てた。

「智和さん、大丈夫?」。彼女は私の手を取り、もう片方の手は私の頬に当て、湿りを拭った。私は自分の仕事について話すことを切望していた。しかし出来なかった。私は木村と島田に約束していた。それに、佳代子は私をどう思うだろう? 彼女が私を許せなかったら何が起こるか? 沈黙のままでいる方が良く、木村が言ったように、家族には決して漏らしてはならなかった。

「何が悪いの? 問題ないわ。あなたは悪いことは何もしていない。辛かったことは知っている」。彼女は体を近づけ、私の腕の下に自分の腕を滑り込ませた。彼女は頭を私の胸に置いた。私は浴衣を通して、その温かみを感じた。私に押し付けられた彼女のお腹の温かみ、内部で動いている私たちの子ども。

＊

石井の支援を得て、木村は新年に陸軍軍医学校で、教官、学生および何人かの陸軍の要職人物に向けて解剖の実演をする計画を立てた。彼は実演により、この研究室が石井の指令の元で運営されていることを目立たせ、更なる財政支援を確実にすることを望んでいた。

島田はその講義を担当することになった。私たちの同僚仲間の誰もが、果たすべき重要な役割を担ったが、島田は私に解剖の補佐を依頼してきた。「野村と太田は分析においては君より上手だが、君の外科技能は卓越している」とある午後、彼の居室で言った。「ひょっとすると、これは君の血統かもしれない。当日、君の助けを願いたい」

私は大変誇りに思い、私を選択した島田に感謝した。しかし実験室に戻っているとき、胃が重くなった。私には他の任務が与えられたのではなかろうか、私が佳代子と過ごす時間をもっと欲しがってる時に、私に更なる任務が与えられたのだ。しかし、島田が私を選んだことを佳代子が知れば、どれほど誇りに感じるだろうかと思い直し、私は自分自身を慰めた。

駅からの帰宅の道で、雪が降っていた。今期、初めての雪だった。仕事を早めに切り上げようとしたのだが、家に着いたのは九時になってからであった。入り口の戸を開けると、玄関に見慣れない二足の履物があった。私がうっかり忘れていた、夕食のお客があったのだろうかと思った。ざわめきが廊下の向こうから聞こえた。

「智和さん」。佳代子の金切り声がした。そっと廊下を歩いて来たのは、白髪まじりの太った女性であった。彼女の目尻と口元にはシワが寄っていた。彼女はどこかで見たことがあった。私は佳代子の親戚ではなかろうかと思った。

「茨木先生、私は台東と申します。近所に住んでおります。奥さんの具合が悪く、心配です。奥さんの声がお風呂場から聞こえたものですから、来てみました。ウチの主人が近くのお医者さんを呼びました」

私は風呂場に急いだ。私は足がすくんだ。医師が戸口で屈み込んでいた。私の声を聞き、彼は立ち上がった。佳代子は隅で体を丸めていた。彼女は木の腰掛けの上に座っていた。彼女の髪は濡れ、顔の周りに絡み付いていた。肩には毛布が掛けられていた。毛布の下には、湿った寝巻きの布が、彼女の肌にくっついていた。下半身に血が滲んでいた。

胸が締め付けられた。「佳代子、大丈夫か?」。私は彼女の横にかがんだ。

彼女は私をにらんだ。「あなたどこにいたの?」

私は凍りつき、息が出来なかった。

「あなたどこにいたの?」。彼女は強い調子で繰り返した。

「すまない、仕事だった。何も知らなくて……」

私は医師を見た。彼は私より二、三歳年上に過ぎず、髪は、こめかみがまだらに灰色になっていた。家の中は暖かかったが、彼はまだ上着を着たままで、袖をまくっていることに気が付いた。彼に上着を脱ぐように勧めた人は誰もいなかったのだろう。彼は同情して、私を見つめた。彼は私に衝撃を与えたが、それは、このような仕事をするために生まれてきたような男だったからである。病気や弱っている人を手当する、そのような印象を与えた。私はこのような男であったためしがなかった。

「お気の毒ですが、お腹の子は失われました」と彼は言った。

私は頷いた。喉にシコリができた。私は悲しみでいっぱいになったが、最大の関心事は佳代子であった。彼女は壁に向かってうなだれていた。彼女は無表情であった。

「家内の具合は?」。私は尋ねた。

「奥さんは弱っています。まだ多量に出血しています。しかし、大丈夫でしょう。回復には情緒不安が最も困難です。最初の時は、いつも大変なものです」。彼は大変穏やかにそう言ったので、過去にも似たような経験をしているに違いないと、私は思った。

「家内はどのくらいの時間、このような状態でいますか?」

「私は一時間前にここに来たばかりです。台東さんはもっと長く奥さんといました。台東さんのご主人が私を連れに来ました。私は、ここから二、三の通りを挟んだ所に住んでいます」

彼は、その日がまだ落ちないうちに家族の元に帰宅するような男なのだろうと、私は想像した。治療した患者の話を共有し、彼の妻は称賛してニコニコするのだろう。突然、私は彼の子どもについて尋ねたくなったが、その気持ちを抑えた。

「家内をベッドに寝かせてもいいですか?」

「奥さんは、終わるまでそのままでいたいと言ってます。いかようにも、心地良くしてあげて下さい。寒くない限りですが。あなたも医師ですね?」

私は頷いた。「しかし、今は研究に携わっています」

「どこで?」

「東京大学に付属した新しい部門です。微生物学の研究です」。その医師に嘘を言うのは良くないと感じた。とりわけ、こんなに親切に佳代子を治療してくれたのだから。

「では、奥さんは先生にお任せして良いと確信します。私はあまり立ち入りたくありません……」。

彼は上着の袖を元に戻して、帰り支度をした。

「だめです!」と佳代子が叫んだ。「先生、いて下さい。どうかそのままいて下さい」。彼女の目は大きく広がっていた。

「佳代子、もう相当遅い時間だ」と私は言った。「先生もご家族のところに帰らないといけない」

「そうよ、それが良い夫のすることだから。妻が妊娠しているとき、外で飲み歩いたりしないわ」

私は佳代子がこんなに腹を立て、誰かに恥をかかせようと望むのを見たことがなかった。とりわけ、初対面の人の前で。彼女は別人のように振る舞った。

医師は神経質に笑った。「もちろん私はここに残れますよ、茨木の奥さん。問題ありません」

重い空気が私から吸い出されたように感じた。顎が震えていた。私は瞬きして、涙を振り払おうとした。佳代子の拒絶は、子どもの喪失よりも辛かった。私ははっきりと理解した、そして、それと同じぐらい大きな悲しみが私を襲った。私は気持ちを整理するために、ちょっとだけその場所を離れた。台東夫人は廊下で、すぐ近くに立っていた。彼女は微笑んだ。苦境を彼女に見られた私はきまりが悪く、元に引き返そうとすると、彼女は私の手を引っ張った。彼女の顔は優しさに溢れていた。「辛いことです。私には分かります。でも、奥さんも長い間このままではありません。時間は全ての傷を癒します、先生もお分かりになります」

＊

佳代子の母は、彼女を世話するために湘南台から出掛けてきた。次の日、義母は手にスーツケースを持って到着した。髪は乱れ、化粧していない顔は馴染みのないものだった。私は居間で布団に寝て、寝室は彼女らに任せた。私はそっと家を歩き回った。小声の会話が私の周りに流れていた。時々、泣き声が聞こえた。私は周辺をうろつき、音を立てないように気をつけた。

私は一日休みを取り、翌日から仕事に復帰した。実験室の明るい光の元で顕微鏡の前に座るのが、どれほどほっとするものかに私は驚いた。

島田は哀悼の言葉を掛けてくれ、そして、彼と妻が、似たような境遇で子どもを二人亡くしたことを話した。「心配は要らない。将来、奥さんは健康な子を産むだろう。君も分かることだろう」と彼は言った。「今、一人の人間が大きな苦痛を受けた後、いかに生きていけるかを思案する。そして、何年か後に振り返ってみて、本当の意味で理解するのだ」

その夕刻、島田は私が早く帰れるようにしてくれたので、私は佳代子と一緒にいることができた。私が帰宅したとき、玄関の灯は消えていた。茶の間には、食卓の上に一人分の準備がされていた。寝室の引戸が開き、義母が現れ、背後の仕切りを注意しながら締めた。「よくお帰りになりました。

夕食をご用意しました。今召し上がりますか?」

彼女は台所へ行き、盆皿を運んで来た。食卓の上に、お椀をいくつか並べた。「佳代子と私は、先に頂きました」と彼女は言った。

「佳代子の具合は?」

義母は首をかしげ、眉をひそめた。「佳代子はまだ苦しんでいます。今日は寝床から起き上がろうとしませんでした。多分、明日には」

「佳代子に会えますか」

義母は口を少しだけ開けて、息を吸った。「今はいけません……」

私は寝室の方に歩み始めた。

「待って下さい。娘はあなたに会いたいとは思っていません」。義母の顔は苦悩に満ちていた。「娘はまだ動揺しています」

「一体どういう意味ですか?」

「私にはよく分からないのですが……あの晩あなたが早く帰宅しなかったことで、娘は傷ついています」

私の顔はほてった。佳代子が私たち二人の関係を、自分の母親に打ち明けたことに私は激怒した。

「しかし何が起こっているかを、どうやって知ることが出来たでしょうか? 僕には何が出来たでしょうか?」

「その夜だけのことではありません。他の夜全部についてです。夫には、ただ食卓に食べ物を並べるためのお金を儲ける以上のことが求められます。娘はあなたを必要としていたのに、あなたは娘のためにそこにいなかった」

私は義母の顔を見つめた。彼女の引き寄せられた眉。老けて垂れた頬。私の家に上がり込んで来て、私を知っているかのようにふるまうこの女の醜さ。彼女は、毎日私がすべきこと、私が守るべき秘密を全く何も知らない。佳代子も然り。私が国に捧げてきた犠牲、彼女のような普通の人々を救うための犠牲について、彼女は理解していなかった。私の内部でグラグラとためらっていた重しが、遂に落ち去った。私の顔に血が集まった。

私は何か非常に馬鹿げたことを言った。それを、薄い紙の壁を通して妻に聞こえるほど大声で言った。「大変よく分かりました。もしそれが佳代子の気持ちであれば、今夜は邪魔しません。僕は二度と邪魔しない」。私は部屋を出て、そして家を離れた。その戸は私の背後で、おののき震えていた。

前日に降った灰色の雪でぬかるんだ道を通りながら、私は近所を歩いた。私は川まで行き、黒い塊が泡立ちながら昔からの教えを囁くのを聞いた。

胸の中に新鮮な空気を吸い、何時間か後に家に帰り、何と馬鹿なことをしたものかと思い知った。しかし寝室は暗かった。いずれにせよ、既に、傷付いていた。

＊

佳代子は足元に手荷物を置いて、廊下に立っていた。滑らかで淡白い、それでいて生命力に溢れた彼女の肌の膨らみは、毎日私に付き纏っていたイメージを、私から離した。私の目の前、私たちの家の玄関口に立っている佳代子は、私の人生における唯一の絆だった。

「母が待っているから」と彼女は言った。声は震えていた。彼女は屈んで手荷物を取ると、彼女の顔は暗闇に消えた。バッグの鼈甲の取っ手がカチッと鳴った。

「佳代子、行かないで欲しい」

「どうかお願い、智和さん。決まったことよ。私は両親の元に帰りたい。ほんの少しの間だけでも」

「先日言ったことは許してくれ。意味はなかった。何日も君に会っていなかったので、イライラしていたのだ。君のことを心配していた。どうか、僕にチャンスをくれないか」

「あなたにチャンスですって?」。佳代子の顔は歪んでいた。「どうしてそれが言えるの? 昨年中ずっと、あなたは私に冷たかった。飲みに出歩いて、仕事で帰りが遅かった。あなたと通じ合おうとしても、あなたは無視した。家にいる時でさえ、私を近づけようとしなかった。あなたを喜ばせようとしても無駄でした。子どもを産めば変わると思ったけれど……」。声が途切れた。彼女は口に手を当て、泣き出した。その瞬間、私の心は壊れ始めた。

「私が何をしたから、私を愛してくれなくなったのか分からない」と彼女は言った。「赤ん坊のせい? だからなの?」。私は彼女を抱きしめたくてたまらず、再び彼女に近づいた。「違う、違う、もちろんそうじゃない。赤ん坊のせいじゃない。それはあなたには関係のないことよ」

「他の女の人? それじゃ何? それは私のせいでしょう? 正直に言って、お願い」

「いや、他の女がいる訳はない。決していない。僕は行かないといけない時だけ、飲みに出る。君のせいではない。僕の仕事のせいだ。僕がしなければならないこと……僕を置いて行かないでくれ、佳代子。僕には君が必要だ。どうか……」。私は彼女に触れたい、私の指紋の下に刻み込まれている彼女の柔らかさを感じたい、との衝動に駆られた。彼女の清らかな香りを吸い込みたかった。私は手を差し出した。

「だめ、触らないで。もう遅いの。私は決心したの。両親の所に帰ります。ごめんなさい、智和さん。私は行かないと」

彼女は身体をかがめて、最後の持ち物を取り上げた。彼女は靴を履き、外に出た。一瞬の間、彼女の残像が玄関に残った。降った雪に映る黒い影。

戸が閉まり、私は暗闇に包まれた。

＊

佳代子が家を出てからの何週間か、まるで夢の中のように生活が過ぎていった。食事をし、仕事に出たが、その詳細は素通りして行った。何もかもが重苦しく、長く尾を引いた。前進しようとしたが、流れは私に向かって渦を巻き、私は更に下流へと流された。

私は正月休みを一人で過ごした。母はしきりに、新年のご挨拶に佳代子の両親の家を訪ねるよう勧めた。私たち夫婦の仲違いについて、母には何も話していなかった。もしそれを言葉にしなければ、それは本当ではないように思えると私は仮想した。私はまた、佳代子が間もなく帰って来ることを期待した。真夜中に、私は地元の神社に一人で出掛けた。着物を着た子どもたちが鳥居を駆け抜けると、砂利の小道に下駄の音が響いた。神社の境内で、親たちが子どもを抱き上げて、鈴を鳴らし、幸運を祈願していた。新年を祝う言葉に、私は目を背けた。

二、三日、雪は降り続き、辺り一面は白く雪に覆われた。私は屋内に止まり、知り合いとは誰一人として会ったり、話したりすることはなかった。不思議な時間であった。音は覆われ、時間はゆっくり進んだ。私の感覚は鈍くなり、あたかもベールを被せられているようであった。

次の週、私は混雑した街方面へ向かう列車に乗って、仕事に戻った。列車が橋を越すとき、川が凍っていることに気付いた。川面は静かになっていた。しかし氷の溝の暗闇は、その下部に川の流れがあることを思わせた。表面下の水の流れは、解放を求めていた。

実験室では、私は一人でいようとした。他の同僚が正月休みについて話しているとき、私は顕微鏡に向かい仕事を続けた。昼休みを遅く取って、喫茶室で一人になった。一日の終わりには、以前とは違って、山本を待つことなく実験室を離れた。同僚らは、私の行動がおかしいと思ったに違いない。多分彼らは、妻の流産が重荷になったということにした。いずれにせよ、私を訝ることよりも、もっと差し迫った関心事があった。解剖の実演が次の週に行われる。大勢の高級将校が招待され、準備するべきことが多かった。それから数日は、あっという間に過ぎた。私は島田と共に、解剖手順を試演し、私の技が彼を満足させても、私の気持ちは他の所にあった。

解剖の実演は、陸軍軍医学校の旧館で行われた。そこは、私たちの研究所の角を曲がったところにあるレンガ造りの低い建物であった。その日の午前中、近くの通りに並ぶ落葉樹の枝はほとんど裸になり、道路に落ち葉が散らばっていた。常緑樹の松葉のほのかな匂いが漂っていた。

私たちは極寒の一階の会議室に準備を整えた。島田の要請で、私は実験室の保管室から解剖台を運び込み、用具の長いリストを作成した。野村、太田および山本は、手押し車で検体の詰まった木枠を運ぶのに、実験室と会議室を行ったり来たした。

島田は椅子と実演台との間を歩き、器具を調べ、台の位置を調整し、後退りして、再度それを動かした。「この中は非常に寒い。ここは場所が悪いかもしれない」と彼はつぶやいた。「準備は良いか？」と私に二回以上尋ねた。

午後になって、招待客が到着し始めた。木村少佐はドア近くに立って気を付けの姿勢を取り、部屋に入って来る高級将校に敬礼した。陸軍軍医学校校長である小泉親彦中将が禿頭を光らせながら到着した。彼は立ち止まって、部屋を隈なく見回した。私たちの目が合った。私は何かに捉えられ、得体の知れない感覚に陥った。

更なる軍医学校の人員、軍人および数人の部外者が到着し、席の列は満たされた。私は緊張が高まるのを恐れて、観衆を注視しないようにし、その代わり、器具を並べ替えることに専念した。

三時に、木村はドアを閉め、観衆に向け挨拶した。「本日、皆様方は防疫研究室によって為された生物兵器開発の最近の進展紹介のために招待されました。特別賓客と致しまして佐藤大佐および小川中佐をお迎えしました。石井中佐は、本日のこの席には出席できない旨の連絡を受けております。石井中佐は満州国において必須の試行実験の監督を行っております。本日、防疫研究室内の業務責任者でありまず島田教授が、腺ペストの生物兵器としての有効性を実証いたします。島田先生どうぞお願いします」

島田は咳払いした。彼の喉仏は、彼が不安に思う時によく上下に動いた。「ご紹介有難うございます。最近まで、我々の研究は、合成形態ペスト菌の発生に焦点を当てていました。しかし外地での試験結果の到来で、今や、実験材料のヒトの病気の拡散を異なる投薬法や感染法を通して分析し、比較することが可能となりました」

彼は野村、太田および山本に合図を送った。彼らは検体の手押し車から毛布を取り外し、下の金属製容器を開けた。太田および山本は検体標本に手を伸ばして持ち上げ、それから、ズシンと柔らかい音を立てて、解剖台の上に載せた。死体は中年の男だった。首、両腕および両手の肉は腫れ上がり黒色であった。ホルマリン溶液から出た他の部位の肌は、ぞっとするほど青白かった。

「この検体標本はペスト菌二十ミリグラムを接種され、二日以内に死亡した。末梢部である鼻、手足の指の壊死、それと上腕の斑状出血にご注目あれ」。島田は両腕の出血傷を指し示した。「股間と首に見られる横痃（グリグリ）は、病気の進行した状態を示している。茨木君、鼠蹊部（股間）リンパ節の上を切り、横痃を取り出しなさい」

私はメスを取り、股間のグリグリに被さった皮膚を薄く切り、注意してそれを剥ぎ取り、膨れ上がったグリグリおよび大腿部の皮膚神経組織を露出させた。数回の素早いメスさばきで、私は横痃を切り離し、解剖台の上に置いた。それは二、三センチの大きさであった。

「ほとんどの伝染病の犠牲者は、接種から四日または五日後まで、このような症候を示さない。この検体標本の節は、一日でこの大きさの八十パーセントまで膨れ上がった。今度は、腹部の小斑点に焦点を当てて見ると、同様の病症の進行を見ることが出来る。茨木君、えーと……？」。島田は躊躇した。「実のところ、野村君、幼児を取り出しなさい。その方が良い例だ」

野村が容器に手を入れ、死体を取り出しているのを見ていると、私の呼吸は外科用マスクの内部で熱くなった。彼はそれを私の前の解剖台の上、男の死体の足下に置いた。それは積荷木枠の中から私が取り出した幼児であった。彼の目は、この世には閉ざされていた。頭は以前と同様に曲がっていた。手足の指は膨れ上がり、灰色であったが、先端は黒化が進行していた。それらは蝋のような光沢があった。突き出た腹部は、小さな星状の黒点で覆われていた。

「腹腔を開けるために、正中切開しなさい」

島田が言う言葉は聞こえたが、あたかも、水中にいる私に届くかの如くであった。私は凍りついた。私の手指の関節は真っ白だった。

「茨木？ 切開を始めよ、さあどうぞ」

私は幼児を見つめるだけで、動けなかった。私は観衆が苛立っているのが分かった。部屋の後方で、誰かが咳をした。

「一体どうしたのか？」。島田は私の耳の近くで叱責した。「検体を切開せよ、今」

私は寒風が吹くのを感じた。それは、誰かが私の背後にまわり、私の手からメスを取った時であった。それは山本であった。「はい、私がやりましょう」と彼は言った。

一回の素早い動きで、幼児の白線に沿って切り、腹膜を切開し、下部の臓器を露出させた。腹腔から腸が漏れ出てきたとき、私はたじろぎ、突如、茫然となった。山本は後ろに下がった。

私は目を上げて、私の前にいる観衆を見た。彼らは大変近くに居たので、軍服の真鍮ボタンの輝きまで見えた。木村少佐と校長は最前列に座っていた。彼ら二人は、私を睨んでいた。

＊

次の日、私が仕事場に到着するとすぐに、木村少佐の執務室に呼ばれた。ドアを叩いたとき、私の心臓は胸の中でドスン、ドスンと音を立てていた。

「はいどうぞ」と彼は言った。

「御用でしょうか」

彼は、机の上で開いていた書類フォルダから目を上げた。「おー、茨木君、椅子に掛け給え」。彼は椅子を身振りで示した。私は彼の部屋を何度も訪ねて来たが、最初の面接の時を除き、椅子を勧められたことはなかった。腹の底に恐怖を感じた。私の体の重さを受け止めると、椅子は溜め息のような音を立てた。木村の机の背後の壁には額入りの証書が列をなして並び、勲章や木村が蒐集した陶磁器の入った陳列棚が私の左側にあり、背後には、記憶をたどると、ドイツ語、英語およびフランス語の革製本で満たされた本棚があった。木村の机はきちんとしていた。ガラス灯、メモ帳、フォルダ、証印用のインクパッドと二本のペンが付いたデスクスタンドが全部であり、広い机の表面を飾っていた。

彼はパチンとフォルダを閉めた。「なぜここに呼ばれたかを君は理解しているものと思うが?」。彼は私を見つめたが、視線は平静だった。

「はい、よく理解しております。昨日の解剖実演について……」

「その通りだ」。彼は机の上で両手を組み合わせて握っていた。「君はどのくらい私のために働いて来たかね、茨木君?　一年?　二年?」

「ほとんど二年になります」と私は言った。

「その間、君には文句の付けようがなかった。君は時間励行で几帳面である。よく働き、莫大な潜在能力を持っている。島田教授は、何度も君の功績に私の目を止めさせてくれた。石井中佐でさえ、君を認めている。今週までは、彼の元で訓練するため満州に向かう候補者として君の名前を挙げようとしていた」

私はめまいを覚えた。

「しかしながら、昨日、単純な操作の実行を拒否したことにより、君の異なる側面が見えた。君の行動は我々の組織には好ましくないと映り、私個人としても、かなりの困惑を被った。もし山本が君の仕事に踏み込んでいかなかったら、公衆の面前で大恥になるところだった」

「許して下さい。私は私自身を見失っていました。妻が患って――」

「喋ろと言ったか?」。木村の目は怒りで燃え上がっていた。「上司が話しているとき喋るのはバカだけだ」

私はうなだれた。木村が話を続ける前に、間があった。

「私は最近の君の無分別な行動が、単発的な出来事なのか、それとも再び、あのような不服従の態度を示すのかを見極めようとした。我々は、危険を冒すことができない研究の決定的な節目に来ている。そして、君、茨木君が危険因子なのだ。先ほど、島田は君の家庭の問題を話してくれた。仕事が君の家庭に重圧を掛けていることは理解した。我々の家族は苦しんでいる。我々皆苦しんでいる。しかし、御国の兵士は陛下のために戦う。家族を捨て、自分の個人的考えを捨てて。自分の感情は置き去りにする。そして君もそうあらねばならない」

彼は机上のフォルダを開けた。封印した封筒を取り、手に握った。「ここに、君の解雇の条件に関する書簡がある。次の三ヶ月間の給与が全額支払われる。状況からして、これが私のできる精一杯だ」

私はポカンとした。私の身体の中の空気が叩き出されたように感じた。仕事を失えば何も無くなる。誰が私を雇ってくれるのだろう。しかしこれは名誉の問題でもある。免職は来るべき何年にも渡り、私に影響する。

「どうか……」。私はささやくように小声で言った。

「何か言いたいことがあるのか?」

「どうかお願いです。もう一度チャンスを貰えないでしょうか。決して、二度としません。誓います。私にはいつも思慮分別があるつもりです。あの一度だけ……」

木村は溜め息をついた。「私の立場に立ってみてくれ。我々の全部門は機密性に信頼をおいている。弱点が一つでもあれば、暴露される。我々の名誉に関わっている。今だけではなく、これから先もだ。もし君が真に名誉ある人間であれば、口を慎み、決して防疫研究室について公言しないことを知っている。秘密は墓場まで持って行け。ハッキリしたかね? それを疎かにすると、君や君の家族――我々皆に大きな恥がもたらされることになる。君の父上のことを考えてもみたまえ。父上は息子に最高の望みだけを託したと私は確信する。君はまだ若い。時間が経てば別の仕事も見つかる。まだ大きな事を成し遂げられる」

彼は封筒を私に押し付けた。「数年後には、日本が大東亜を統治しているだろう。その時、我々の苦労が報われる。そのような時が来るという確信を持て。これで全てだ、有難う、茨木君。速やかに、ここから出て行ってくれると有難い」

＊

仕事がなく、佳代子も居ないと、街に留まる必要がなくなった。世田谷の家を離れ、実家に戻った。庭の雑草が高く伸び、茎の先端についた穂が塀に擦れていた。母も変わっていた。口元が和らぎ、髪は白髪が増えた。私が家に戻り母と住むのを失望するだろうとの思いに反して、母は私が戻って来たことを喜んでいる様子だった。弟の信弘は長野での軍事訓練に出ていた。恵は週に二回、子どもたちを連れて訪ねてきた。三歳の姪の華子は、私を見る度に、私の膝の上に乗った。恵は「おじさん」という言葉を教えようとしたが、華子は何とか「じじ」と言えた。新しく生まれた甥の和雄は、ほとんどの場合、母親に抱かれて泣いているか眠っているかであった。私が華子と遊んでいる間に、恵は台所に和雄を連れて行った。妹が母に何か囁いているのが聞こえた。それは私についてだろうと思ったが、私は最早、気に掛けなかった。私の人生は、人の噂になるものとなった。

私は佳代子の両親の家に電話をかけた。

「娘は田舎で次第に回復している」と彼女の父は言ったが、冷たい声であった。「家内が一緒に付いている。いつ戻って来るか分からない」

こうして日々が過ぎていった。家の中において、一日の異なる時間で、光が微妙に変化していくことを思い出した。私が食べた焼きおにぎりの匂い。時間はあらゆる底意を中に引き込んで崩壊するように見えた。日々は這うように過ぎ去り、一挙に消え去った。季節は暖かくなっていき、茂った青葉を運んで来た。母と恵はひっきりなしに公園やお祭りを見に出掛けたが、私は長く、暑い夏を室内で過ごし、外出する気力はなかった。

秋の初め、大阪の伯母が訪ねて来た。土産は、亀型の饅頭と米のクラッカー、あられであったが、袋から取り出すと、私の手の中で小さくて光沢があった。夫は海運業に従事しており、豪州の病院の仕事の話を聞いたと伯母は語った。もし私が興味を持てば、問い合せをしてくれるとのことであった。

「豪州、一体それはどこ?」。母は眉をひそめた。「あなたが気に掛けるほどではないのでは」

「お願いしてみるだけでも」と私は言った。

その後程なく、知らせが届いた。何千キロも離れた豪州北西部のブルームでの仕事だった。小さな病院の院長としての大変立派な職だったが、給料は並であった。二年契約で、延長が可能であった。

「行っちゃ駄目よ」と母は言った。「少し辛抱すれば、すぐにここで仕事は見つかる」

しかし、解雇の汚点は、日本での私の名誉を傷つけた。私は友人や元同僚に合わせる顔がなく、私の状況を話すにはまだ早過ぎた。佳代子の沈黙は私に覆い被さり、それを私は認めなかったが、ずっと気にかかり続けていた。失敗を受け入れるよりも、逃避したかった。苦しみから解放され、新たなスタートを切りたかった。豪州への思いは、日を追うごとに募っていった。

第十五章　ブルーム——一九四一年　小さな光の真珠

朝早く目が覚めると、背中は汗びっしょりだった。ベッドはポーチに移していたが、湿気からは逃れられなかった。淡い色の蚊帳の薄織の向こうに見える空はまだ暗かった。虫が私の周りに音を立てて飛び回ったが、それは昔ながらの心の揺らぎのようであった。遠くの方から一羽の鳥が、朝の目覚まし声を出し始めた。私は日が昇って暑くなる前に、散歩することにした。

雨季の始まりに、人の大移動はほとんど完了し、通りは静かであった。金森会長は二ヶ月前に家族と一緒に離れた。いつも通り、原田だけが残った。私は彼とミニーと共に、ブルームで新年を祝おうと計画した。というのは、メルボルンの友人がその年の早くに帰国したからであった。雨季の始まりが遅かったので、少数の真珠船はまだ海に出ていた。それ故、私は病院を更に二週間開いておくことにした。

埃まみれの道路を歩きながら、小石か小枝のどちらを踏むかで、微妙な違いが生じる自分の足音を聞いた。空気は鼻と口を満たし、金属の味わいがした。

病院では、外からの熱を防ぐために、窓のカーテンを引き、ドアを閉めた。私は待合室に座り、カーテンの下から覗く光の元で、患者の診療記録を整理していた。ベルニス修道女は、暗がりに制約されることなく、病室を動きまわっていた。彼女は器具を収納庫に、消耗品を箱に戻していた。ドアが軋んで開く音がした。ガラスが音を立てた。彼女は週末に、ジェラルトンに行くことになっていた。「こんにちは？」。くぐもった声が、入り口から聞こえた。それは洗濯屋アン・ポックの小僧の一人だった。ベルニス修道女が対応しに行った。私は彼らの声の響きを聞いた。

数分後、彼女は戸口に現れた。「先生？」

私は顔を上げた。暗闇の中であったが、彼女の悲嘆が見えた。彼女は眉を曇らせた。喉につかえがあった。私は口論でもあったのだろうかと訝った。

「今、大変辛いニュースを聞きました。レン・キンが言うには、今朝早く、日本軍がハワイを爆撃したそうです。米国海軍艦隊は明らかに、数隻の船が沈められました。それは全部ラジオ放送からだと彼は言いました」

私は部屋の隅に行き、ラジオのスイッチを入れた。ベルニス修道女は私の側に立ち、放送を聞いた。

「……速報です。本日未明、ホノルル時間午前七時五十五分、日本は、ハワイ南西海岸の真珠湾にある米国海軍基地に奇襲攻撃を仕掛けました。少なくても二隻の戦艦が沈没し、数隻の他の船が被害を受け、何百機もの米国航空機が破壊されました。ホノルルの国営放送は、四十分間を隔て二波に渡り、百機以上の日本の飛行機がこの攻撃に参加したと報じました。甚大な米国側の人的損害が予想されます。ルーズベルト大統領は、この攻撃を非難しました」

キャスターはいったん中断し、それから放送内容を繰り返した。私はそれを二回聞いた後、ボリュームを下げた。私は虚しさを感じた。何ヶ月もの間、私は日本が第二次世界大戦に参入することを恐れていた。それが重大な問題を引き起こすことを知っていたから。しかし、起こってしまったからには、何も感じないことを私は知った。恐れも、後悔も、悲しみさえも感じないことを。

ベルニス修道女は私を見つめた。「これが何を意味するか分かっていないのですか？　今、私たちと日本との戦争が始まりました。先生はここに留まってはなりません。安全ではありません。多分、私の沈黙をショックからだと誤解したのだろう、彼女は話し続けた。「彼らは押しかけて来ます。投獄されてしまいます。ずっと前に、ここを離れておくべきでした」。彼女は苦悶の表情を浮かべていた。その時、私は彼女に対してとても優しい気持ちになった。「私を心配してくれてありがとう、シスター、しかしあなたが悩むことはありません。私はこの結果を覚悟していました」

「それはどういうことですか？」

「金森会長たちが日本に帰るとき、合流することを誘われましたが、私は残ることにしました。ここに残り、逃れ難い成り行きに立ち向かうことが、医者として、また、この共同体の一員としての私の責務であると感じたのです」

彼女は喉から手を降ろした。『逃れ難い成り行き？』。まさか、そんなこと。刑務所に入れられてしまうか、もっと酷い目に。投獄されてしまえば、意味がありません」。彼女の頬は紅潮していた。

彼女の動揺を見て、私は会話を打ち切ろうとした。「私は自分で選んだのです、シスター。善かれ悪しかれ、今更どうしようもない。私はここブルームに留まらなければならない。あなたの祝福を受けながら、そうすることができればと願っています」

何秒間か、彼女は私を見つめた。そして頭を上げ、息をした。彼女の口元は引きつっていた。「分かりました。先生。お望み通りに。持ち物をまとめ始められるのはいかがですか？　そして病院閉鎖の手配をする必要があります。いったん先生が不在になれば、代わりは誰も居ないでしょう」

彼女は部屋から歩いて出た。それからすぐに、医薬品収納庫で彼女がガラガラと音を立てているのが聞こえた。私は待合室のドアから、彼女が袋や箱を動かし、中身を収納庫の上に空けるのを見た。勢いのある動きにつられ、彼女の頭は揺れ動いた。私に気付いたはずだったが、彼女は顔を上げなかった。

その日はその後、私たちはほとんど言葉を交わさなかった。三時に、彼女は早く帰っても良いか私に尋ねた。「もうすぐ嵐が来そうです。天気が悪くなる前に帰った方がいいと思います」

これまで、彼女が早く帰るのを頼んできたことは決してなかった。私がブルームに残ることを決めたことで、彼女を失望させたことは自覚していた。しかし他に何が出来ただろうか？　今さら逃げても仕方がない。私は敵性異邦人である。彼女はそれを受け入れなければならなかった。

「もちろんです」と私は言った。「ここがずっと静かであったことは知っての通りです。そして他にすることがあっても、これからの数日、あなたはここに来なくて大丈夫です。私が何とかします」

彼女の顔に暗闇がさしたが、何も言わずに戸棚の方に戻った。

その日彼女が帰る前、私たち二人の間を正したいと思い、無力な努力をした。「ご援助いただき有難う。シスター。そして、私の身を心配してくれていることにも。あなたがしてくれた全てを、わたしは永遠に感謝します。私がどんな形であれ、あなたを傷つけるようなことがなければ良かったのですが」

彼女は何か言いたそうにしていたが、代わりに、こっくりと頷き、ドアを開け外に歩み出た。ブルームでの四回目の夏だったが、状況がいかに速く変わったかに驚かされた。ポーチを掃除していると、空気は大変どんよりし、私に宿っているように思えたが、すぐ後には、冷たい一陣の風が吹いてゴミを巻き上げ、木々はそよいだ。雨が屋根を叩き付けるように降り出した。サイクロンの始まりではないことを祈りながら、私は全ての雨戸を急いで閉めた。

私がベッドに引きこもった時も、嵐はまだ荒れ狂っていた。夜通し、私は嵐の音に悩まされた。雷は窓を揺らし、風は外でヒューヒュー唸った。雨の叩き付ける音は、私の夢の中に砲撃の形で入り込んだ。

ドアを叩く音を聞いたとき、私は風が雨戸を揺らしていると思った。しかし同じはっきりわかる叩き方で音が再び聞こえた。私は起き出して、ドアまで行った。ドアを開けると、ベルニス修道女がポーチに立っていた。傘もレインコートもなかったので、彼女はびしょ濡れであった。彼女のベールは後ろにズレており、濡れた髪の絡まりが露わになっていた。身なりは乱れた状態になっていたが、彼女は別人のように、ずっと若い娘のように見えた。見かけたことはあるがほとんど繋がりのない人、真珠会社の事業主の娘で、年の大半はパースの学校で過ごし、休暇の間だけブルームに戻ってくるような人のように見えた。

「シスター、どうしましたか？　誰か病気ですか？」。修道女の一人が病気に違いないと思い、医者の持ち物を取ろうと、ドアから離れようとした。しかし、彼女は答えることなく、私の向こうの廊下をちらっと見て、廊下へ足を踏み入れた。私は彼女に座るよう勧めたが、彼女は立ったままであった。

彼女は息を切らしており、目を見開いていた。彼女がこれほど動揺しているのを見たことがなかった。

「お騒がせしてすみません。こんなに遅くに来てしまいました。私のことを奇妙だとお思いになっているに違いありません。しかし、今日、先生が言われたことを考えずにはいられませんでした。日本との戦争が勃発すると予想されて、それを知っていながらなおかつここに残るということが正しいとは思えません。もし日本に帰っていたら、より安全で、幸せではなかったのでしょうか？」

私は驚いた。トタン屋根の雨の響きは大きくなり、私の耳は轟音で満たされた。私は音が大きくなって、耳が聞こえなくなってくれればと思った。私はベルニス修道女を見つめた。彼女の額に水玉が連なり、両眼に滴り落ちた。彼女の視線は断固としていた。彼女は、何らかの返答なしではここを離れないと決心しているように見えた。彼女に語ることができるとの考えが私に湧いた。実験室についてでなければ、少なくとも、佳代子と私の間に起こったことならば。ありのままに聞いてもらえる人がいるとしたら、それはベルニスであった。しかし、どのように私の痛みを言葉に出来るだろうか？

「私は日本に戻りたくなかった。まだ」。私は、ついに口を開いた。「私の家族、私が日本を離れる前に、色々たくさんのことが起こった。あなたに理解することは難しい」

「なぜ？　私が若いから？　私が修道女だから？」。彼女の鋭い声に、私はぎくっとした。

彼女は私を睨みつけた。私は瞬きした。私の心は沈み、機会は失われたことを悟った。私は過去を話せない。佳代子が一番いて欲しかったとき、私はそこにいなかった。私はベルニスに語ることは出来ない、彼女がこんなに苦しんでいる時に――それは無理だ。

「いやいや。そんなことではない。日本で何かが起こった。それを口にするのは難しい……」

私はベルニスの背後のドア枠を見つめた。今、私たち二人は戸口に立っているが、これは佳代子が去って行った日に、佳代子と私がいたのと同じ配置であることに気付いた。私は無理に目をそらした。壁はバター色に塗られていた。雨はその襲撃を続けていたが、ベルニス修道女と私の間隔は広がったように見えた。

ようやく、彼女は再び口を開いた。不思議な声であった。「ここ何年間、一緒に働いてきましたが、いまだに私はあなたが分かりません。主はご存じです。いかに私が知ろうと試みたかを。しかしあなたがご自身を示そうとなさったらすぐに、ほとんど同時に、それを隠してしまわれます。毎日お目に掛かりましたが、それでも、ほんの些細なことも分かりませんでした。もしかすると、私は気にすべきではなかったのです。でも、気に掛かります」

私の中に不安が込み上げてきた。壁に寄りかからなければならないほど強い感情。

「以前、私がジェラルトンに、早めに帰った時のことを覚えていますか？　私が本の中からあのような物を見つけた後、私への対処のせいで私が離れて行ったとお思いでしょう。私はうろたえていました。私を叱ったことに私は腹を立てていました。しかし、それは私が離れた理由ではありません。私が離れたのは、何かに気付いたからです。私の中にある気持ちが強くなっていくのを。長い間、私はその気持ちを抑えてきました。しかし、あの『木の栞』にあまりにも強く反応なさったとき、突然、全てが理解出来たのです。私は嫉妬していました。日本の奥さん、あなたが一度も語ったことのない方に嫉妬していたのです。多分、私はこう考えました。あなたはいつも秘密主義なのか、または何か他の理由があるのだと。そのせいで、私は恥ずかしくなりました。このような思いを持つ私に、なぜ神様は負担をお掛けになったのか考えました。神様は私の信仰をお試しになっているのかもしれない？　私は本当に諦めることを、あなたのせいで全部捨ててしまうことを考えました。もちろん、愚かな考えです。あなたは決して……」。彼女は突然苦痛を感じたかのようにたじろいで、それから目をつむった。「つまり、それが何も生み出さないことを、私は知っています。何かが生まれると望んだことは決してありません。それでも私は思わずにはいられないのです」

彼女は首を振った。水滴が床に落ちて、小さな光の真珠になった。雨が窓や屋根に激しく打ち当たったが、内部の全ては静かであった。彼女は目を閉じたまま、戸口に立っていた。私は凍り付いた。私の胸の激しい鼓動を除いては。彼女は私が何か話すのを待っていると感じたが、私はその言葉を口にすることができなかった。やっと彼女は目を開けてくれた。

「シスター、今は随分遅い。そのようなことについて語るには遅過ぎる。朝になってから話し合おう。天気は穏やかになって、私たちの気持ちもすっきりしている」

彼女はそっぽを向いた。天井の明かりは彼女の目尻に映った。

「嵐が通り過ぎるまで、ここに居なさい」と私は言った。「あなたにベッドを用意する。外に出るのは危険過ぎる」

彼女は私の言うことを聞いていないように見えた。彼女は向きを変え、出入り口に向かった。

「ベルニス、待ちなさい」

立ち止まることなく、彼女はドアを出た。

＊

ベルニス修道女は病院に戻ってこなかった。数日間、私は彼女が来るのを待っていた。病院のドアが音を軋ませ、ブラインドのリングが金属の棒の上を滑るように動いて音を立て、そして待合室への出入り口を占拠した白色の衣装の彼女を見る。しかし彼女は決して来なかった。私は嘘を言いたくない。彼女が去って私は悲しかった。長椅子を拭き、最後の医学書を箱に詰めるとき思ったのはベルニスのことであった。私はジェラルトンの叔母の家族を訪ねている彼女を想像した。彼女の周りの姪や甥と抱き合い、この前会った後の出来事を物語っている。疑いなく、彼女の失望は彼らに会うことで消散し、私たちの儀式ばらない別れは、すぐに彼女の心から遠くなっていく。

彼女がいないと、私の世界はしぼんだ。私は毎日、病院を開き続けたが、することは残っていなかった。日本人街を通ると、日本人の経営する店は全て閉まっていた。洗濯屋潮崎、ヤットサン麺店、斗南商会商店、そこでは米、味噌、その他の食料品を購入したものだった。病院では、カルテを調べて過ごした。既に逮捕が始まっており、非常に少数の人しかいなかったが、私は患者が来た時に備えて、ドアを半開きにしておいた。

ある日、呼び声が聞こえた。「こんにちは?」の声が薄暗い病院内に入り込んだ。ドアを開けると、アン・ポックが後退りした。彼は驚いて、日焼けした顔にシワが寄っていた。「まだここにいたのですか?　どうしてまだ捕まってないんだ?」

私は、なぜか分からないと言った。アン・ポックは逮捕された町の人々の全てを話した——潮崎家、鳥丸家、村松家、堤とその妻、鐘ヶ江兄弟、ジョウ岩田、ジョニー・チャン——私が逮捕されないのは私の職業の為なのだろうかと思い始めた。ブルームの唯一の他の内科医、ウォーレス医師は健康状態が良くなかった。もし彼の健康状態が悪化して仕事ができなくなれば、この町には医者がいなくなる。もし、このまま私が捕われなければどうなるのか。多分、私はカウィー警部の監視下でブルームに残るのだろうか。警部は噂によると、ブルームの多数の日本人に対する懸念に備えて、パースから派遣されて来た。居住者はどうしても必要な時には診察を受けに来るだろうが、暇な時は私の噂話をして過ごすだろう。唯一の恩恵は、ベルニス修道女と関係を修復する機会が得られることである。私は正しいことをしてきたと確信する。彼女にはこれから先の全生涯があり、私への馬鹿げた心酔のために、それを放棄する点は微塵もない。しかし私は、彼女の感情に寄り添うようにしなければと思った。彼女には人に優しく助言し、会話を通して人々を慰める才能があるが、もし私に彼女の才能が有りさえすれば、あんなことにはならなかっただろう。

　その夜、私は原田の家に行った。かわいそうにも原田は、年のせいで身体がすっかり縮んでいた。家の中で足を引きずって歩くとき、彼の背骨は竹がしなるように曲がった。彼は第一次世界大戦前の真珠景気の間にダイバーとしてやって来て、長い滞在中に、大勢のダイバーの去来を、そして真珠産業が引き潮のように衰退するのを見てきた。金森会長が十月に日本に帰国すると決めたとき、彼は原田にも一緒に帰国することを強く勧めた。「いま帰国しなければ、二度と帰れないかもしれない」と彼は言った。しかし原田は拒否した。「今、ミニーと共にいるここが私の故郷だ。何が起ころうと私はここにいる」

しかしその夜、私が訪れると、彼の眉には疑念が浮かんでいた。私はテーブルで彼とミニーと共に座り、お茶を飲んだ。

「トリクセン号の乗組員について聞きましたか?」と彼は私に尋ねた。「今期、陸揚げが遅かったが、昨日、桟橋でカウィー警部と部下に逮捕されました」。彼の声は小声になっていた。「私は道路で彼らを見ました。背中の衣類以外は何も持たずに、刑務所に連れて行かれました。誰もが立ち止まって、彼らが通り過ぎるのを見ていました。彼らの顔付きからして――誰も何が起こっているのか分かってなかったようです」。彼は取り憑かれたような目をして、首を振った。「次は私らだな」。ミニーの目が光り、それから彼女は立ち上がり、部屋を離れた。

原田は身を乗り出してきた。「あいつはひどく怒っているのです。チャンスがあったとき、私が帰らなかったと思っているのです」。しばらく彼は何も言わなかった。ジャケットのボタンに指を触れた。「私たちは正しいことをしましたね? 帰らずにここに残った?」。彼のまじめな表情は、私の励ましを求めていた。しかし、私は「分からない」と言った。

何か恐ろしいことが起こりそうであった。時は新次元に突入した――必ずしもゆっくりとは言えないが、すべてを鋭敏に感じられる状態。私は金属のような鋭い匂いを感じた。シャツの下に汗が一滴一滴落ちるのを感じた。夜明けや夕暮れ時に移り変わる光は、物が見えるようにするよりもむしろ、隠すようにしていることに気付いた。

*

私が病院にいるとき、彼らは来た。曇り空はどんよりした真昼の熱の中に、薄暗い光を投げ掛けていた。待合室に座っていると、男たちの低い不快な声が空気をかき乱した。その呟き声が大きくなるにつれ、私は恐怖で身動きが取れなくなった。玄関ドアの下の影の動きを感じた。ドアを四回叩く音がした。私はピクッと反応すると、突然、椅子の磁力から解放された。私は床を横切り、乱暴にドアを開けた。

カウィー警部はにっこり笑ったが、口角だけは上を向いていた。彼の背後には、テイラー巡査が立っていた。彼は六ヶ月前にローニィ巡査と交替したのだが、それはローニィが妊娠した妻と一緒にパースに異動した時であった。彼は私をまっすぐに見つめたが、彼の眼は青白い玉のようであった。彼の鼻の周りの皮膚は日に焼けていた。

カウィー警部は咳払いした。「茨木先生、おはようございます。先週の日本の参戦を鑑み、オーストラリア政府は全ての日本国民を直ちに収容する勅令を発しました」

私は手を上げて理解したことを示した。「ちょっと、私の持ち物を取りたい」

彼らは私に付いて中に入って来た。カウィー警部は帽子を取り、額に光る汗を拭った。私が待合室で持ち物の最後の荷造りをしている間、テイラー巡査は病院を検分していた。背後に足音を聞き、振り向くと、テイラー巡査がまばたきもせず私を見下ろしていた。彼は鼻をならして、目をそらした。私はスーツケースを閉じ、鍵を掛けてから玄関口まで運んだ。

「手荷物は一つまで——他の者たちと同じ、分かったか?」。テイラー巡査は私の背後まで来て言った。

「今回はこれでも良いのではないか、巡査殿」とカウィー警部が言った。「医者は特別だ。誰かを治療する時、道具は必要だ」

「それでは、これはどうしますか?」。テイラー巡査は手錠を差し出した。

カウィー警部の顔が動揺した。「だめだ、だめだ。必要ない。結局のところ、医者であるだけだ」。

テイラー巡査はアゴを突き出した。

私は手荷物を病院の外の地面に置いた。ドアに鍵を掛けるために振り向き、もう一度最後に中を見回した。私が最初に到来した時は、いかに何もなかったかを思い出した。今は、マットレスは外され、器具は片付けられていても、時間と共に蓄積された人の接触による温かみは部屋に充填していた。流しの上の棚のカップと受け皿の各種取り合わせ。ベルニス修道女の縫った花柄のカーテン。気管支炎で一週間入院した、年老いた日本人の患者によって描かれた彼女の横顔の墨絵。それに喜んだベルニス修道女が壁にピン留めしたものだ。毎日私が病院に行くと、描かれた彼女は遠くを見つめていた。永遠に気高く、永遠に穏やかに。私はドアを閉め、鍵を回した。

私たちは警察署に向け出発したが、歩いて十分の道のりだった。私たちはぎこちない行列を作り、カウィー警部が私のカバンの一つを持って先頭に立った。テイラー巡査と私は彼に続いた。私は両手に一つずつスーツケースを持ち、テイラー巡査は私の横に着け、片手で私の上腕をつかみ、もう一方の手で四つ目の荷物を運んだ。私がどんなに早く歩いても、彼は離されないと決めていた。

次の通りに差し掛かる前に、私は振り返った。病院の壁から白いペンキが剥げ落ち、日光に晒された木材が露わになっていた。亜鉛メッキした屋根の異なる色をした金属のパッチワークに気付いた。

不思議な気持ちが湧いてきた。私は頬の内側を噛んで、無理やり目をそらした。

私は今、終わったのだ。

まるで栄光の瞬間が短いことを知っているかのように、午前の遅い太陽は残忍に輝いていた。泥の水たまりや道端のパンダナス椰子の葉に光が反射していた。私は、毎日見ていた道の目印を見分けるのに苦労した。ナピア・テラスのカーブに沿って生えている上品なホウオウボクの木は、子どもたちがはしごのように登っていた。ウェルド通りを示すおんぼろ看板。私はそれらを記憶に留めようとしたが、どんなに努力しても、後になって、正しく思い出せないことを知っていた。記憶の中で濾過され、時間によって歪んでしまうだろう。

「本日、あなたの友人である原田を拘束した。留置所では、何人かの他の者と一緒にいる」とカウィー警部は言った。

「彼は大丈夫だろうか?」。この一、二年、身体が弱くなっている。風邪を引いただけなのに、ひどい感染症になってしまった。

「彼は少し病弱だが、元気に見える。彼はあなたのことを尋ねた」

前方に日本人街の建物群が立っていた。通りに突き出た深いポーチのある金属製の家がずらりと並んでいた。仕立て屋T・ウェン、洗濯屋アン・ポック、斗南商会商店などの看板は孔雀が見栄を張るように掲示されていた。初めて日本人街を目にしたとき、その寂れた状態にショックを受けた。荒廃した建物、錆び付いた看板、全盛期を過ぎたうらびれた路地。ここが私の新天地? 私はそう思った。しかし、何週間か経ち、何ヶ月が経つうちに、季節によって変化する人の営みに、日本人街の躍動を感じた。

私は、八月や九月の土曜日の夕方に病院を閉めるのが何よりも好きであった。その季節は五時三十分になってもまだ明るく、暑過ぎる、または蒸し暑いことはなく、低めの屋根の日本人街に向かってナピア・テラスをぶらぶら歩き、空が銀色に変わる時、あたりを見渡した。最初の年は、私を知っている人は少なく、邪魔されることなく歩き、賭博場のポーチの上で男たちがタバコを吸っているのを見たり、矢野夫人が宿泊所の二階でシーツをはがしたり、裏道で石蹴り遊びをしていた子どもたちの足が泥で汚れていたのを見た。

しかし私が拘束された日、破壊と再生、人間と自然の間の戦いは、それをどう呼ぶかは別にして、大詰めを迎えていた。少数の人々が大通りを歩いていたが、日本人とその経済活動はなく、町はかつての影そのものに過ぎなかった。錆び付いた看板、壊れた柵、食堂や商店の朽ちたカーテン、これらの要素は、かつて町の生命力を表していたが、栄光ある過去の遺構と成り果てた。その時私は、ブルームは決して元通りには戻れないと悟った。

私たちが日本人街の境に着いたとき、人々は立ち止まって私たちを眺めた。太陽は明るく雲一つない空に、輝き続けた。オン氏は自分の店の前に立ち、私たちを見ていた。ふと、きまりが悪く、私は頭を下げた。テイラー巡査は私を見てニヤニヤ笑った。誰かが私の名前を呼ぶので顔を上げて見ると、それはビリーであった。私が最初に来た年、日本人ダイバーとのケンカになったマレー人であった。彼は矢野夫人の宿泊所のベランダで、洗濯カゴの上に身を乗り出していた。彼は手を振り、私には分からない言葉で何か叫んだ。私は頷き、微笑みながら、テイラー巡査が私の腕を掴んでいるのを意識した。

　私たちは、埃っぽく広いカーナボン通りに出た。ここでは太陽に照り付けられた鉄製屋根の建物が点在していた。警察署までは、ほんの少しの道だった。左側には日本人会があった。ポーチの生垣に咲き誇るピンクと白のプルメリア（夾竹桃）。私の前方、道路の向こう側に、エリスのカフェがあった。私は、天皇誕生日にベルニス修道女と偶然出会ったことを思い出した。頭上の扇風機のリズミカルな音と、モルトの甘い香り。彼女の滑らかな肌、それが口元でシワになる様。これらの記憶が集約され、私を圧倒した。そしてそれが、自分が次に何をしたかについて私が思いつく唯一の説明であった。懐かしさに負けて、思わずコースを外れて、カフェのほうに向かった。

　誰かが私の背後で叫んでいるのを漠然と覚えているが、何らかの理由で、それが私に向けられているとは思わなかった。私は一種の無我の境地にあった。もう一度中に入ってみたいという気持ちのあまり――原始的ともいえる欲望であった。もしもう一度それを見れば、私の心の中のその瞬間――ベルニス修道女と過ごした私の思い出――を留めておくことが出来ると考えたのではないかと思う。私は普通のペースでその道路を横断したと思っていたが、後で聞かされた話では、実のところ、私はテイラー巡査とカウィー警部から逃げ出し、走っていたのだ。

　私は店のポーチにほとんど達していた。やっと識別できる黒い渦巻き図柄の看板、その時、背中に衝撃を感じた。私の足は崩れた。私の左肩に痛みが走り、口の中に泥が入り込んだ。後で分かったのだが、テイラー巡査が私の上に覆い被さった。罵倒する言葉が耳に聞こえた。「逃がさんぞ。大人しくしろ。忌々しい日本人野郎」

地面に倒れたとき、私は脳震盪を起こしていたと思われる。というのは、頭を上げたとき、何もかもが揺れ動いていたからだ。私は記憶の断片を寄せ集めた。男のアゴ先、私を見下ろす女の驚いた眼、私のシャツの襟を掴む誰かの日焼けした手。かなりの人だかりが出来たに違いない。すると、私の横面に激しい衝撃があった。生ぬるい金属のような味が口に溢れた。湖面の波紋のように、ゆっくり時間が広がって行った。後で知ったことだが、何秒間か、私は気を失っていた。しかし意識が一つひとつ浮き上がってくると、一時間の映画フィルムを満たすのに十分であった。母の白髪混じりの髪、化粧台の佳代子の黒檀の櫛。ローバック湾の豊富な赤砂、ユリのように真っ白な布地の折り目。

私たちは正しいことをしましたね、そうでしょう？　原田の問い掛けが私に蘇ってきた。静寂の中のこだまの響きのように。

私には分かりません。私には分からないだけです。

第十六章　ラブデー収容所――一九四二年　デイビス二等兵

土曜日、私は男たちの雑談で目が覚めた。収容宿舎の壁はキーキーと音を立て、窓ガラスが白く光っていた。仕事のない素晴らしい二日が、私の前に展開した。土壇場になって、林が日曜日、野球大会の最終日の勤務の交替を申し出てくれた。「当然のことです。他の誰よりも働かれています」。最初は断ったが、彼はこだわった。「野球大会は先生の発案ではなかったですか？　そこにおられないのは良くないことです。次回にでも、私の勤務と交替して下さい」。このようにして、私は彼の寛大さに感謝し、恩返しすることを約束した。二日の休みの間、私は仏教の祠近くの庭園の手入れをする計画を立てた。数週間前に川に行ったとき、採取した紫がかった背の高い草を植え付けたが、霜の中でどのように育っていくだろうかを心配した。私はまた、野球の優勝杯についても確認しておく必要があった。優勝チームのために何かを作製するよう、沢田と他の職人たちに依頼しておいた。

収容宿舎の戸口の上がり段で、私は腕を伸ばした。強い風が私の上着を引っ張り、髪を持ち上げた。空はくすんでいた。不思議な色だった。一度も見たことのないような色合いであった。曇り空の日の川面のように、どんよりしていた。嵐が近づいているのだろうかと思ったが、それと認識できる雲は見当たらなかった。霞がかかっているようで、全てのものが淡くぼやけて見えた。フェンスの向こうの遠くの木々は、風に揺れているようだった。

ゲートから大声が聞こえた。一台の軍用トラックが収容所に入って来て、鳥籠ゲートの向こう側に停まった。荷台から男たちが出て来て、フェンスに沿って扇形に広がった。ジョニーと他の者たちがメルボルンから戻って来たのである。私は彼らの上訴が成功したかどうかを知りたくて仕方がなかった。もし上手くいったのなら、彼らは祝いたいと思うだろう。果たして、山田が共同便所の下に隠してある酒を、彼らに渡すかどうかが気掛かりであった。

男たちは私たちの構内に入り始めた。彼らに会うために、私は収容所を通り抜けたのだが、残り少ないテントの列の間を縫って行くと、キャンバス布が風に揺れていた。

ジョニー、マーティンおよびアンディーは最後に入って来た。彼らはリュックサックを背負い、重い足取りで道を歩いていた。彼らに呼び掛けようとしたその時、彼らの表情を見た。口はゆるんでおり、目は虚であった。ジョニーの威勢は消え、肩を落としていた。彼らの上訴は却下されたに違いなかったが、私はなぜなのか想像出来なかった。少なくとも一人は、確実に釈放を認められたのでは？

私は路上で彼らに追い付いた。「どうだった？」

ジョニーは顔を上げなかった。アンディーは顔をしかめた。マーティンは私を見つめたが、口は堅かった。「今じゃない。後で……」。彼は首を振った。

「上手くいかなかったのか？」と私は尋ねた。

ジョニーは、がっと頭を上げげた。「あんたはどう思う、先生？」。彼は私を睨み付けた。

私は口を開いたが、何も出て来なかった。

「忌々しい時間の無駄だった。あのバカどもは最初から反対だったんだ」。彼は大股で立ち去ったが、足を踏み出すごとに砂煙が上がった。

「判決以来、彼は不機嫌になっていた」。マーティンが言った。

「何があったんだ？」

「僕らはそこで一人ずつ十五分間ほどいて、十ぐらいの質問を受けた。最後に、異邦人ではなく豪州生まれとしての僕らの訴えは、取り扱うことは出来ないと言われた。他の裁判所――抑留されている英国臣民のためだけの法廷に行かなければならないと言われた。ただし、そのような法廷がある訳ではない」。彼は目を丸くした。「場当たりの言い回しだ。知っておけば良かったのだろうか」

「誰も釈放されなかったのか？」

「年老いた伊藤だけだ」。マーティンは他の収容者の一人を顎で指した。彼は背中が曲がって、左右に揺れながら道を歩いていた。私は病院で彼を知っていた。彼は老齢ゆえの様々な病気で、頻繁に病院に来ていた。「今となっては僕にはどうでもいいことだが、彼は本当にそれを気にかけているんだ」

ジョニーの影は地平線をすべって、彼の収容宿舎に戻って行った。遠方からでも、乱暴な足取りと、風に猛然と突っ込んで歩く彼の身体の角度の取り方を見ることが出来た。

その日の午前中、私は収容宿舎で過ごした。思い切って庭園に行く前に、風が落ち着くのを待ちたかった。しかし風が和らぐ兆しはなかった。時折、窓の外で強い突風が吹き、くぐもった叫び声のような音を立てた。収容宿舎の鉄の外装に、小石が打ち付ける音に合わせて壁が鳴った。私は原田や結核病棟の他の患者が、この荒天気の中でどう過ごしているか気になった。私は紙切れとペンを取り出し、長らく延び延びにしていた手紙を書いた。

「母上様」で始めた。「何ヶ月ものご無沙汰をお許し下さい。電報で、私がラブデーに移って来たことをお知らせしてから、色々なことがありました。この収容所にも冬がやってきました。昼間は冷たく、夜間は凍り付く寒さですが、雪は降らないのでご安心下さい。東京では梅雨は終わっていることと存じます。夏の暑さを如何にお過ごしでしょうか。」

「弟信弘の死亡をお知らせいただいた電報を受け取りました。私は葬儀で然るべき務めを果たすことが出来ず残念ですが、毎日、信弘の冥福を祈っております。この困難な時代に、恵と家族が母上をお慰めできることを願っております。」

次に何を書こうか考えた。しかし思い付く全て——収容所の友人たちの名前、法廷の茶番——は、検閲官に切り取られる危険性があった。その日の朝のジョニーの振る舞いについて考えた。彼は野球の試合の前には、落ち着きを取り戻していて欲しいと願った。あのような挙動をロック少佐が大目に見ることはないだろう。

「収容所内で、健康維持と娯楽のために野球大会が始まっています。私は試合を楽しみましたが、以前のようには野球ができません。明日は決勝戦ですが、私のチームは既に負けました。恵と家族によろしくお伝え下さい。華子も学校が始まっていることでしょう。」

昼食後、風はまだ強く吹いていた。食堂から収容宿舎に戻るとき、埃が目にしみた。昼間の光が後二、三時間しかないのを知っていたので、私はこの気象条件を顧みず、祠の庭園に向かった。あの植物を確認しておくには、ほんの数分程度で済むと判断した。

建物の間の道を行くとき、氷のように冷たい風がジャケットの襟を引き裂き、埃の渦を巻き上げた。何ヶ月も雨が降っていなかった。空き地の端の木々から落葉が収容所に吹き込んできた。私は腕を体に巻きつけ、首を曲げながら、風の中に歩み出た。祠は構内の外部フェンス沿いのスペースを占拠しており、収容宿舎の列の最後から約百メートル離れていた。そこは収容所の最も隔離された場所で、食堂や共同便所から離れていた。その人気の少なさが祠の地として選ばれた理由であった。静かな内省には適していた。

建物で遮られていた所から菜園の開けた区域に出て行くと、風の力をそのまま受けることになった。普通なら、外部フェンスの向こうに当直兵舎を見ることができるのだが、今日は、錆色の埃の幕は風景を隠した。野菜園は私の左側に広がり、右側は観賞用庭園であった。庭園の始まりの目印である竹藪に近づきながら、風の遠ぼえの下に、乾燥した葉のガサガサ動く音が聞こえた。私は竹藪を通り過ぎ、庭園の反対側の状態を見て舌打ちした。それはサラサラした土で覆われていた。竹藪は風から植物を保護していたが、同時に、塵の山が集まるのを可能にしていた。私が移植した紫色の草は土に覆われ、茶色の先端だけが頭を出していた。天候が更に悪くなりそうだったが、どうしようもない。私は身をかがめ、手で溜まった土を取り除いた。そして、その草の周りに囲いを築くための石を探した。

風上から声が聞こえてきたようだったが微かで、聞き分けることは出来なかった。庭園の端の方から石を運んでいると、低い口調で話す声が近づいてきた。彼らの声がはっきりと聞こえるようになり、彼らは竹藪の向こう側に立っているに違いないと確信した。私から一メートルも離れていなかった。彼らの正体が分かった。

「……すぐに、それについて報告するだろうと林は考えている」。山田が言った。「そこにいた医者はペンと紙を使って、全てを書き留めていた。我々はどうすれば良いのだ?」

私は草陰に身をかがめ、息を止めた。

「誰か他に見たものは?」。森会長が言った。

「永野と他の二、三人だが、何も言わないだろう」

「となると、彼と我々の言い分の違いだ」と森会長が言った。「彼の最近の精神状態を考えると、軍が何かをするとは思えない」

「もし彼が赤十字にクレームをつけたらどうするか、だ。二、三週間後に、モーレル医師が訪問することになっている」

「モーレル医師は軍の正規のルートを通さなければならない。彼らには、腕が打撲傷を負うことに繋がったささいな諍いより、もっと心配するものがある」

私は疑いを持っていたが、今はそれが真実であることを知った。山田がスタンを殴ったのだ。私は当初、山田が私に親切だったこと、そして彼が私たちの収容所の指導者であったことに惑わされていた。私の誤った忠誠心によって、他に何を見落としたのだろうか?

風は強さを増した。そして茂みの中で激しく動き、うなりを上げた。しばらく彼らの声が聞こえなくなったので、彼らが庭園から立ち去ったのかと思った。すると、再び山田の声が聞こえてきた。彼の声は風に千切れて、断片的に私に届いた。「……調査されたくない……抑留者交換船の私の行き場を失う……何かもっと恒久的な?」

小休止があった。それから森会長の声が聞こえた。葉のざわめきにくぐもった彼のしわがれ声が。

「それは駄目ですよ。危険過ぎる……怪し過ぎる」

しばらくの間、彼らのどちらも話さなかった。それから山田が再び話し始めた。彼が言うことをほとんど聞き取ることは出来なかったが、彼の声は、今まで聞いたことのないような、懇願するような必死な声音であった。彼は何度もスタンについて言及し、病院について何か言った。それから私自身の名前を聞いた。私は彼が何を言っているのか理解しようと努めたが、風がヒューヒューとなり、わずかの言葉だけを捉えた。

「……彼が何か語るとは思えない……鈴木に言えない……林に話す必要がある……早速……誰も決して思いつかない」

横殴りの風が吹き、私の顔に埃を運んで来た。私は声を立てないよう口を覆った。彼らの一人は咳をし始め、そして声が小さくなり、竹藪から去って行った。

聞きかじったことの意味を理解しようとして、胸がドキドキした。山田はスタンを黙らせたかった。山田が殴った事件を、私が紙に書き下したと誤って信じていたので、スタンが軍に報告すると考えていた。彼は何と言った？　早速に。しかし、私は頭の中で繰り返してみると、彼は、「早速」ではなく、「殺鼠剤」と言ったのかも知れない。「林に話す必要がある……殺鼠剤……誰も決して思いつかない」。山田はスタンを毒殺するつもりなのか？　私は、病院の調理場の戸棚に殺鼠剤の包みがあったのを思い出したとき、心臓がドキッとした。当局は、ニューカレドニア人の死をきっかけに殺鼠剤を没収したが、没収し忘れた物が残ったに違いない。目の前の草を見ると、まだ土で覆われ、造り始めた石囲いは取るに足らないものでしかなかった。私の奮闘をよそに、何もかも崩れていった。なぜ私は正しいことが出来ないのか？

私の心の中で映像が交錯した。シートの万華鏡の中の一人ぼっちのスタン。廊下で、足元に手荷物を置いた佳代子。今はそれらが全て鮮明だった。なぜか、私は大切な人々を裏切ってしまった。林はこれから二日間、病院で働いていることを思い出した。林は、毎日の私の行動を山田に報告しているに違いない。私の勤務を交替すると言い張ったとき、彼は親切だと私は思った。もしかして、彼と山田はスタンを害する計画を既に企んでいたのだろうか。遅くなる前に、私はスタンに警告すべきだ。ジョニーに知らせれば、彼なら助けてくれるのでは。マッカビン将校は彼を信頼している。私は病院に行かなければならない。遅れずに病院にたどり着けば、万事が何とか治まるだろう。

私は急いで戻ったが、周辺フェンスに沿った大回りの道筋を取ったのは、祠から帰って来たとは思われないためであった。私は森や山田に、偶然にせよ会いたくなかった。風が私の髪をばらばらにし、私の目に砂粒を押し込んだ。私は砂煙の中で目を細めた。

私はまっすぐジョニーの収容宿舎に行った。その建物は、私が階段を駆け上がったとき揺れた。仲間の多くは奥の隅にいて、ベッドの上でくつろいでいた。マーティンとアンディーはトランプをしていた。チャーリーは雑誌を読んでいた。

「ジョニー、ジョニーはどこだ?」。私は喘ぎながら言った。

チャーリーは肩をすくめた。「知らない。うっぷんを晴らすためにどこかに行った。もういい加減にして欲しい。昼飯の時にやったような調子は。ここにいなければならないからではなく、まるで彼の家族が殺されたことを知らされたかのように思えた」

「私は彼と話をする必要がある。重要なことだ」

マーティンはカードゲームから顔を上げた。「しばらく彼を見ていない。今朝はどうだったかな」

「違うんだ。これは緊急なんだ。彼はどこにいるのだ?」

「我々にも分からない」とチャーリーが言った。「どこも可能性がある」

「食堂とか娯楽用テントを探してみたらいい」。マーティンが言った。

私はふらつきながら外に出た。片手で口を塞ぎ、目は埃に対して細くして、両方の場所を調べたが、彼は見つからなかった。山田にも森にも会わなかった。もしかしたら、山田は病院の林に話すために、既に行ってしまったのかもしれなかった。私はジョニーの助けの有無を問わず、直ちに行動しなければならないと悟った。ジャケットの襟を立て、私たちの構内の出入り口に向かってよろよろ歩いた。

遠くの方で、砂煙が舞い上がり、空を飲み込んだ。ゲートには門番兵が常時配置されているのが普通であったが、朦朧とした空気の中で、そこには誰も立っていないよう見えた。私は鉄条網にしがみついた。「すみません? 誰か? 門番兵はいませんか?」。砂利を踏む音がして、砂煙から人影が出てきた。彼は肩にライフル銃を掛け、銃床を手に持って、まるで隊列の行進中かのように歩いてきた。衛兵が近づいて来ると、私は今まで見たことがない衛兵であることに気がついた。帽子のつばを深くかぶり、顔がほとんど隠れていた。私に見えたのは、アゴの割れ目と紫色のにきび跡であった。

「どうか、私は病院に行く必要があります。出してくれますか?」

「止まれ!」。彼の声は冷たかった。

「14Bにある病院に行く必要があります。私は看護補助員です。今そこに行かなくてはなりません。緊急事態です」

「名前を言え」

「トモカズ茨木です。収容宿舎第五号です」

「収容者は誰も外に出すな。少佐の命令だ」。彼のアゴの筋肉が動いた。

「私は十分間だけでも行く必要があります。緊急です。私は医師です。どうかお願いします」

「医者だと？　今、言ったな？」。彼の唇は曲がった。「収容者は誰も外に出すな。これは命令だ」

「マッカビン将校はそこにいませんか？　彼と話したい」

「マッカビン将校は目下、他の収容所をパトロール中だ。今は会えない」

「どうか、これは冗談ではありません。私は病院に行く必要があります！」。私は欲求不満が昂じてゲートをガタガタ鳴らした。

素早い動作で、彼はライフルを腰に当て、私に向けた。「下がれ、忌々しい日本人野郎。それ以上動いたら撃つぞ、神に誓って」

私は両手を上げ、後退りした。衛兵の拳は白く、銃の台尻を握っていた。引き金に掛かった指は震えていた。

私は状況を呑み込んだ。「私は嘘を言っているのではない。本当に緊急事態なのだ……」

「ゲートから下がれ、さもないと撃つぞ」

私は手を上げたまま、ゲートから後退した。それから向きを変え、私の収容宿舎まで走ったが、足を踏み出すたびに全身が震えた。私が乱入したとき、そこにいた誰もが振り向いて私を見た。

「誰かジョニー・チャンを見なかったか？」

何人かが首を振った。

「先生、大丈夫ですか？」と海老名が尋ねた。

私は答えることなく、外に走り出た。私はもう一度、構内を探した。収容所の周囲に沿って行ったが、ゲートや敵対的な門番兵は避けるようにした。洗い場区画、便所、酒を醸造する便所の下の悪臭のする場所さえ、そして、いくつかの収容宿舎を。しかしジョニーはどこにも見つからなかった。無力感に苛まれながら、私は午後の残りの時間、食堂とジョニーの収容宿舎の間を行き来しながら過ごした。時間を追うごとに、焦燥感が募った。

ちょうど五時過ぎ、私たちは午後の人数調査で食堂に集合したが、天気の悪い時はいつも食堂に集まった。外は風が吹き荒れ、建物を震わせ、窓を鳴らした。私は割り当てられた椅子の後ろに立っていたが、心の中は、様々な考えやら恐れやらが混ぜこぜになっていた。私は、何列か離れたテーブルにいる森会長を目にした。山田はのこのこ入って来て、海老名に野球の試合について話しかけた。

「私はボルネオ・チームに賭けているよ。よく練習し、戦略を持っている。もちろん、その地域からの仲間の日本人として、私はひいき目だが」

山田の広い顔を見ていると、胃が締め付けられるような思いがした。私はどのようにして彼に騙されたのだろうかと思案した。私はジョニーを探して、首を伸ばした。部屋の前方のエルニーとマーティンの間の彼の場所は空いていた。もし彼が人数調査に出なかったら、厳しく罰せられる。しかし、将校らがホールに入り、調査が始まる直前になって、突如ジョニーは自分のテーブルに現れた。彼の髪は逆立ち、シャツは汚れていた。マーティンがジョニーに何かささやいたが、ジョニーは何も返答しなかった。彼はただまっすぐ前を見ていた。

ロック少佐が部屋に入場した。彼は厚手のオーバーコートを着ていた。そのため、それに包まれた彼の身体は小さく見えた。三人の将校が後から入って来て、炊事場の入り口の前で気を付けの姿勢を取った。ペリー中尉が列の先頭で、新人の通訳が続いたが、彼は二、三週間前に収容所に来たばかりであった。私がゲートで出会った衛兵は、最後に入って来た。彼は下顎を突き出しながら部屋を見回した。ライフルの紐が胸に張り付いていた。彼に睨まれるのを避けるために、私は首を引っ込めた。

ロック少佐は、午後の人数調査に出て来ることは稀だったので、彼の到来は、翌日の野球の試合にとって良い前兆ではなかった。もしかしたら外の埃の結果かも知れなかったが、彼の眼の周りのシワには重圧が見えていた。

「人数調査を始める前に、いくつかの重要な連絡をしておきたい。始めに、新しい衛兵、デイビス二等兵を紹介する。彼はこの構内の巡視を手伝ってもらう。最近まで、彼はニューギニアで兵役についていた。諸君の中には、そこからの者も大勢いることだろう」。ロック少佐は二等兵に向けて頷くと、彼は唇をすぼめた。彼は私たちの顔を見回したが、肩は動かさなかった。

「次に、悪天候により、明日の野球の試合は予定通りには実施できなくなった。試合は延期とする――」。彼の言うことを理解した者たちによる不満の叫びが上がったとき、ロック少佐は声を高めた。

「――試合は、次に通達するまで延期とする。更に、全ての屋外活動は、砂嵐が治るまで禁止する。

周辺防御地帯を歩き回ってはならない。外をぶらぶら歩いてはならない。ゲートの周りをうろついてはならない。これは諸君自身の安全に関わることだ。衛兵たちはこの規則を徹底するように指示されている。違反した如何なる収容者も厳しく罰せられる。分かったか。静かに。静まれ、静かにと言ったのだ」

通訳が通知を伝えると、各テーブルの男たちの間に不信感が広がった。最近、軍は次のような規則を導入した。夜間、同時に便所を使用できるのは収容宿舎あたり六人までとする。しかし、これ以外は、いつも収容所内では比較的自由裁量で行動できた。なぜ急にこのような過酷な制限を導入したのだろうと訝った。

呆気に取られたような声が響いた。「デタラメもいいとこだ」。ジョニーだった。

ロック少佐は首をまわした。「チャン君、今度そのような発言をすれば、一晩中留置所行きになる」

「何だって？　最初は裁判所、それから試合の取り消し、そして今は、外にさえ出られない？」。彼のためを思い、私は彼が止めてくれることを祈った。

「チャン、警告しているのだ……」。ロック少佐の顔は真っ赤であった。

デイビス二等兵は前方に進み、ライフル銃をジョニーに向けた。「口を慎め、この薄汚い日本人野郎め」

ジョニーは背筋を伸ばした。「それで？　この俺を撃つと言うのか？　もう一人撃ちたいって？」

「デイビス！　それは必要ない。武器を下ろせ」。ロック少佐は銃口を押しのけた。彼はしばらくその二等兵を眺めてから、演説に戻った。「本官が言ってきたように、各自は収容宿舎に戻る、あるいは便所や洗い場区画に行くことを除いて、次の通達があるまで収容者は外を歩くことは許されない。収容宿舎の指導者に対してこの点を、誰にも確実に理解させるよう要請する。この規則を破れば、誰にでも重大な結果がもたらされる」

将校たちが人数調査を完了し退場すると、物騒な声が響いた。

「なぜ急な変更？　なぜ今？」。誰かが言うのが聞こえた。

会話に参入することなく、私はまっすぐジョニーに向かった。彼に追い着いたのは、ほとんどドア近くだった。私は彼の名前を呼んだが、彼は振り返らなかった。

「ジョニー、私だ」。私は彼の肩に触った。

彼は振り向いた。「触るなよ」

私は息を吸い込んだ。彼がそれほど激怒しているのを見たことがなかった。彼の目は膨れ上がっていた。鼻の穴が開いていた。こめかみの血管が脈を打っていた。

「大丈夫か？」

彼は部屋を見回した。「こんな所、大嫌いだ。もううんざりだ。出て行きたいだけだ。もうどうでもいい。何だって構わない」

私は彼をなだめようとした。「心配するな。いずれはここを出られるだろう。ブルームに帰ったら、誰にも両手を広げて歓迎される。そして何年か経てば、この収容所のことを思い出しても、苦しみは消えているだろう」

「これ以上ここにいると爆発しそうだ」

ジョニーを気の毒に思ったけれども、私には忠告する時間がなかった。

「ジョニー、助けて欲しいことがある。しかし、ここでは話せない」。私は後ろを見た。山田はテーブルに座り、夕食を食べようとしていた。「あんたの収容宿舎に一緒に行けるか?」

ジョニーは首を振った。「すまない、先生。俺は自分自身の問題を片付けないといけない」。彼は向きを変え、収容宿舎の方向へ向かった。

「ジョニー、待ってくれ」

彼は私に構わず、暗がりに消えた。

私は再び、背後を見た。山田は口の中に、ひと匙のシチューを運び、そして、何かに向かって笑い、首を後ろに傾けた。私は彼のさりげない冷酷さを見て、呆気に取られた。そこで彼は食べ、笑っているが、誰かを傷付けようと企んでいる。もしかしたら殺害さえするかもしれない。スタンが危害を受けてはならない。

私は一人で収容宿舎に戻って行った。外に出ると、夜が訪れていた。投光照明が砂煙の中で乱反射していた。私の周りに流れる空気は、前よりも濃くなった。砂粒が口と鼻に侵入してきた。私は顔を覆い、目を細めて、光が少しだけ見えるようにした。吹き荒れる風の中で、自分の足音さえ聞こえない。私は誤ってフェンスの方に足が向かないように気を付けた。ロック少佐の警告が鮮明だった。

ある宿舎の壁が異様な光に照らされ、鮮やかに輝いていた。私はその脇にへばり付き、別の収容宿舎を通り過ぎ、私の宿舎にたどり着いた。私は階段を上がり、聖域の中に入った。私は明かりを付けた。人の居ないベッドの列が続いていた。私は安心して溜息をついた。ついに静寂が訪れた。

私は収容宿舎の中を歩き回った。ベッドの列を行ったり来たりして、状況を理解しようとした。山田は既に林に語しているのか、あるいは彼もまた、デイビスに門前払いされたのか？　私が出て行くのを許されなかったことからすると、山田もおそらく行けなかったはずである。もしかしたら、彼は誰かを介してメッセージを送ったのかもしれない。私はベッドに横たわっているスタンを思い浮かべた。窓の方を向いて、イサベルを夢に描いている。何とかして病院にたどり着き、スタンがどこか安全な場所に移れるように手配しなければならない。彼の状態は、先週には随分良くなっていた。もしかして私は、彼が司令部の病棟に移動出来るように推奨できる、そこは林からは離れている。

外から声が聞こえた。人々が階段に乗ると宿舎は揺れた。ドアが開き、夕食から戻った最初の男たちが中に入ってきた。悪天候を口にしながら足を踏み入れてくると、砂埃が部屋に吹き込んできた。

「先生、夕食を食べなかったのですか?」。ボルネオからの男が言った。

私は首を振った。「気分が悪くて、ちょっと腹が痛いのですが、すぐ良くなります」

私はベッドに腰掛けて選択肢を考えた。病院に行く方法はなく、私を助けてくれる者は誰もいないという現実に向き合わなければならなかった。ジョニーは拒否し、マッカビンは収容所の他の場所にいた。他の選択肢はない。私は山田に立ち向かわねばならない。

夕食から戻ってくる人々が増えるにつれ、収容宿舎は騒がしくなった。悪天候は誰もを乱暴にした。ドアが開くたびに、風はごうごうと鳴り、砂埃が吹き込んだ。

やっと、山田のはっきりした声音が聞こえた。

私は振り向いてみると、彼はにこやかに宿舎に入って来た。「外はまるで台風のようだ」と彼は言った。彼の顔は紅潮していた。

「山田さん、お話できますか？」。私の声は甲高くて細かった。私は部屋の隅を指した。彼は、心配そうに顔をくしゃくしゃにしてやって来た。「先生、大丈夫ですか？　そんなにむさ苦しい姿を見たのは初めてです」。私は自分の髪に手をやり、深く息をした。

「スタン鈴木のことです。あなた方が何を計画しているか知っています。もう既に林に告げましたか？」

彼は目を細めた。一瞬、外見がこっそり動いた。それから彼はニッコリとして首を振った。「何の話やらさっぱり分かりません」

「あなたは彼を止めてやらねばなりません、どうか。スタンは善良な人物です。彼は食堂で何が起こったかを誰にも話したりする意図はありません。彼は思いを寄せる女性について私に語っただけです。私は彼に代わって手紙を書いていたのです」

山田の笑顔は失せた。彼は私を見つめ、顔から温もりが消えた。「私の会話を盗み聞きしたな？よくもそんなことを。あなたには関わりのないことだ。とにかく、聞いたことを誤解している。私たちが語っていたことを分かってない」。彼は身を翻して、その場を離れた。

「待って下さい！　山田さん、彼を傷つけることは止めて下さい。もしやれば私が誰かに告げます。あなたは私が告げないと思うかもしれませんが、私はします」

彼は私の方に近付いて来た。彼は、ささやき声で言った。「しかし先生、忘れてませんか。彼が腕のケガで診察を受けに来たとき、にべもなく拒絶したのは誰でしたか。看護補助員の一人が私に語りました。彼が自分の手首を切ることになったのは、それじゃなかったですか。そして、それから彼を手術しようとしなかった。ジョニーでさえそれを知っていますよ。スタンに何が起ころうと、彼を追い込んだのは誰であるかと皆が言うとお思いですか?」

私の足がすくんだ。山田は私を見つめ、私の魂の奥まで深く覗き込んだ。私は身体全体に恥ずかしさが込み上げ、胸と喉を一杯にした。私はそれを否定したかったが、山田が正しいことは知っていた。スタンを信じることを拒絶したことが、彼をここまで追いやってしまったのだ。私は自分を許せなかった。

外でサイレンの音が鳴った。低い音で始まったが、急にピッチが上がり、風の轟音をついて一定の音になった。

「あれはなんだ?」。山田は首をドアのほうに向けた。

私はサイレンの音をこれまで一度も聞いたことがなかった。誰かその意味を知っている人がいないかと思い、部屋を見回した。しかし収容宿舎の誰もが私と同様に当惑していた。

「天候のせいだろうか?」。誰かが尋ねた。

「そうかもしれない。警告しておるのか。もっと悪くなるのだろう」

「どうすればいいんだ? 屋内にじっとしておるのか?」

「兵隊が来て何か言うまでは、外に出てってはならぬ。ロック少佐が言ったのを覚えているか」

ある考えが私に浮かんだ。それが心に根付き、もはや無視できなくなるまで成長した。私はドアの方へ向かった。

「どこへ行こうとするのですか?」。山田が大声で言った。「先生、バカなことをしたらダメです!」

私の薄い繊維のシャツを、風が切り裂いた。あわてて、ジャケットを忘れたのだ。しかしサイレンの音で私の耳は一杯になり、私は前に進んだ。飛んできた小石で顔に傷がついた。片手で口を覆い、もう一方の手で宿舎の側面を触りながら、道を何とか進み、収容宿舎第二号まで来た。私がドアを開けると、砂埃が部屋の中まで、大波のようにうねった。部屋中の誰もが振り向き、私を見た。

「何のためにサイレンが鳴っているか知ってますか?」。誰かが尋ねた。

私はドアの近くにいた人集りを押し退けて、部屋の奥にいたチャーリーとその仲間たちを見つけた。チャーリーはベッドの上でタバコを吸っていた。エルニーやケン、アンディー、デール、マーティンは二つのベッドに座って、トランプを手に持ちゲームの最中であった。彼らは顔を上げ私を見たが、サイレンに凍り付いていていた。

「ジョニーはどこにいる?」。私は尋ねた。

「彼を見てない」とエルニーが言った。「先生と一緒にいるのかと思っていた。二人が話しているのを見たとマーティーが言ってたから」

「いや違う、ああ違う。これはまずい。ジョニーの行動は奇妙だった。しかし……とは思わなかった」。私は息をついた。

「何ですって? ……とは思わない?」。チャーリーはタバコの火を消して、立ち上がった。

私は頷いた。

「くそ、くそ、くそぉ。あのクソバカがそんなことするか」

「二人は何を話しているのか?」。アンディーが言った。

「あのサイレンの音だ、あのたわけ者」。チャーリーが言った。「ジョニーが脱走したかもしれない」

「本気で言ってるのか?」

マーティンは頭を上げた。「彼は一日中、奇妙な行動をしていた。昼食後、炊事場からポケットにパンを詰め込んで、出て来るのを見た。俺がなぜかと尋ねたら、他人のことに口を出すなと言われた」

私の心臓は高鳴った。「ジョニーをどこで見たか――」

その時、大きな亀裂が空気を引き裂いた。それからもう一回。引き続く沈黙の間、私は息が出来なかった。

「あれは……だったのか?」。チャーリーが尋ねた。

私はドアに向かって突進した。血が全身を駆け巡り、私に力を与えた。

「先生、待てよ!」

砂埃が私の周りを渦巻き、私の視界は三、四メートルに制限された。

片手を前に突き出して道をよろけながら、発泡のあった方向に向いて進んだ。私は叫び声が14Bから来たのを聞いた。霧の中の人物のような言葉の断片。私は声のする方向に走り、真っ逆さまに風に突っ込んだ。何かの破片が私の顔に当たった。私たちのC構内とB構内を隔てるフェンスに到着した。

私はそれにしがみ付き、何とか聞こうとした。有刺鉄線が私の指に押し迫っていた。その声は、風によって真っ直ぐに私の所まで運ばれ、はっきり聞こえるようになった。

「彼が撃たれた！」。誰かが叫んだ。「医者を呼べ！」

「ここだ！　私はここにいる！　14C！」。しかし私の言葉は引き離されて、風下に運ばれた。するど、別の声が響いた。最初はそれを認識できなかった。マッカビン将校の深い声は、感情の動揺で息が詰まり、奇妙に聞こえた。「とんでもない。彼ではない。何ということだ、デイビス。何をしでかしたんだ？」

私はそれがジョニーでないことを祈った。彼が死んでないことを祈った。二つの構内を隔てるフェンスを乗り越えようと思ったが、上部の有刺鉄線が私の皮膚を切り裂くであろう。それ故、向きを変え、ゲートに向かって走った。構内を横切りながら、私の脚は軽く感じられた。風に背中を押された。私はもう少しで収容宿舎の角にぶつかるところだった。石につまずき地面に転んだ。手をこすり、膝を打撲したが、私は気にしなかった。起き上がり、走り続けた。

私が近づいたとき、ペリー中尉が私たちの構内のゲートを開錠しようとしていた。私は彼に呼び掛けた。彼はライフル銃に向かい、手を伸ばした。

「違います、お願いです、私です。茨木、医者の」

「茨木医師？　これは有り難い、あなたがここに。病院で誰かが撃たれた」

「そこに連れて行って下さい。急いで」

彼は私を外に出させ、一緒にブロードウェイを走った。砂埃を貫く投光照明灯の列に沿った。向かい風に身構えた。私はなぜジョニーが病院にいたのか不思議に思ったが、疑問のための時間はなかった。そのうち分かることだ。

私たちは14Bへの入り口に到着し、門兵がゲートを開いた。ペリー中尉が先導し、私はそれに従い、病院の敷地によろめきながら入った。調理場を通り過ぎ、病院の建物の角を回って、フェンスの前の空き地に出た。マッカビン将校が、地面に倒れている誰かの上にかがみこんでいるのを見た。全てを飲み込んだとき、私の胸は締め付けられた。犠牲者は仰向けに倒れており、片足は身体の下になっていた。私たちが近づくのに気付き、マッカビン将校は顔を上げた。彼の頭が動くと、犠牲者の顔が見えた。高い額、際立った形の鼻。

それはスタンだった。

＊

月曜日、スタンの死から二日後に、私は監禁中のジョニーを訪ねた。監禁室は司令部にあり、そこは私たちの収容所から八百メートルほどであった。天井近くに、靴箱程度の大きさの窓があった。私の目が薄暗さに慣れるのにほんの一瞬時間がかかった。すると、隅に身をかがめた彼が見えた。顔は引っ掻き傷だらけで、両手には包帯が巻かれていた。

彼は頭を上げた。「どうしてる、先生?」

私は彼を気の毒に感じた。ジョニーがこんなにも弱っているのを見たことがなかった。

彼は日曜日の午後に発見された。彼は、収容所から約六キロメートル離れた町外れの灌木林にいた。水を持たず、ポケット一杯分のパンだけを持った彼の準備不足の脱走は、あえなく停止した。彼が小川で水を飲んでいるのを誰かが見つけ、収容所に通報した。軍のトラックが近づいているのを聞いて、彼は両手を上げて道路に出て来た。

私は彼が床からベッドに上がろうとするのを助けた。

「手はどうしたんだ?」

「フェンスの上の有刺鉄線。手袋なし、ソックスなし、何もなしで越えた。バカな考えだ。アッシュトン医師は、使えるようになるには何週間も掛かると言った。過ちは償わなければならないと思う」。彼は溜息をついた。「俺が最初のフェンスを越えたとき、誰も俺を見てなかった。二番目の時だけだ。辺りの空気が澄んでいたに違いない。一人の衛兵が塔の上から叫んだ。撃ってくるだろうと思ったが、撃たなかった。その時サイレンが鳴り始め、俺は木々の方に向けて走った」

「ここにはどのくらい留置されるのか?」

「知らない。ペリーが言うには、俺をどうするか捻り出すそうだ。ヘイ収容所に送られるか、ここに送り返されるかだ。しかし、まず軍事裁判に掛けられる。何もかもメルボルンの裁判のようだったら、今度もお笑いだ。それは忌々しい冗談だ」

「昨日、マッカビンと話してみた」と私は言った。「彼は、衛兵全員が脱走に対し厳戒体制を取っていたと語った。ディーン司令官は、砂塵嵐の間には、脱走の企てがあることを心配していた。それが、野球の試合を中止し、外出禁止であると言った理由だ。衛兵の数が増えていたのもその為だ。デイビス二等兵がそれほど正規の訓練を受けていないにもかかわらず、巡視に出ていたのもそうだ」

私たち二人の間に沈黙が降りた。私がデイビス二等兵について触れたとき、彼は発言しなかったので、スタンについてまだ知らないのだと私は思った。私は深呼吸した。「ジョニー、私はあんたに言いたいことがある。スタンについて」。私は間を空けた。

「うーん。もう俺は知っている。収容所に戻るトラックの中で聞いた。俺は信じられなかった。俺の気分を悪くする為に、嘘を言っているのだと思った。だが、収容所に着いたとき、ペリーがそれは本当だと言った。何ということだ。かわいそうなスタン。そんなにフェンス近くで、奴は何をしてたんだ？」

「私には分からない」と私は言った。スタンが外に出て、空を見つめているのを林と私が見た時のことを思い出した。砂塵嵐と脱走サイレンの混乱中で、どうしたことかデイビス二等兵がスタンを撃った。彼は何を考えていたのだろうか？

ジョニーは前屈みになり、掌を目に押し当てた。私の鼻がムズムズした。その時、私も泣き出しそうになった。私はジョニーの肩に片手を置いた。私の握った方の手は震えていた。私は、スタンについての森と山田の会話をほとんど話し出すところだったが、適切な場面ではなかった。ジョニーは既に平常心を失っていた。何をしても私たちの友人が戻ってくる訳ではなかった。しばらくして、彼は目をシャツで拭いた。

「葬式についてはどうなっている？」

「スタンの母親と姉は、シドニーの家の近くに葬りたいと望んでいる。今週、彼の遺品が集められる。しかしチャーリーと私は、水曜日に収容所で記念の式を開くことを話した。彼の友人全員のためのものだ」

「それはいい考えだ。スタンも喜ぶ。俺は出られないのが残念だ」。彼は床を見つめた。「あの残忍な、すぐに引き金を引く野郎、デイビス。人数調査で、あの野郎が俺を見た目付き。知っておくべきだった。その場で撃ってくれればよかったのに。野郎は地獄で焼かれればいい」。彼は顔を上げて私を見た。目がキラリと光った。「それは俺だったんだ、先生、死ぬのは俺であるべきだったんだ」

＊

水曜日、私はカササギフエガラスの鳴き声で目が覚めた。それは窓近くの屋根の際に留っていたはずだったが、鳴き声の音があまりにも鮮明だったので、まるで私の耳の傍で鳴いたのかと思った。外を見た。空は再び青色に光り輝いていた。

スタンの記念式はその日の午後、祠の隣の庭園で行われることになっていた。記念式典が祠の近くで開かれるのは異例であったが、そこが構内の最も美しい場所であった。不運にも、砂塵嵐は大混乱を引き起こしていた。土の山は、私が移植した紫の草の縁をのみ込んでいた。球形に剪定された二本のホウキギは、形がズタズタに崩れていた。何ヶ月も大事に育ててきたユーカリの苗木は、根こそぎ転倒していた。石畳の道は土砂の下に隠れていた。竹藪だけは同じように見えた。緑色の太い竹が、風に吹かれて伸びていた。

ロック少佐が宿舎外に出回ることを解禁したので、午前中はゴミ類を掃除し、その木を植え替え、散らばった石を回収した。昼食までに、庭園はほとんど以前の状態に戻った。

元々、記念式はスタンの友人だけの少人数——主に豪州生まれの日本人と私——で行うことを意図していたが、その日の午後には、三十人以上の人々が、庭を蛇行した小道に列をなした。物静かな青年だったのに、スタンには大勢の友人がいた。マッカビン将校は列の後ろに立っていた。彼は帽子を両手で持ち、つばに触っていた。病院の看護補助員は全員、林までもが出席していた。彼を見たとき、激怒に似た感覚を覚えたが、自分をなだめた。スタンを傷付ける陰謀に、彼が何の役割を演じたかを私は知らなかった。多分、彼は何も知らないのだろう。

沢田と他の二、三人の職人らは、ユーカリの木の断面を磨き、記念盾を作った。それには、スタンの名前が英語とカタカナで、そして生誕と死亡の日付が掘り込まれた。沢田と私は一緒になってその記念盾を、小道を通って庭園に運んだ。風は全然なかった。竹藪さえも、いつもの笹葉がサラサラする音もなく静かであった。日が差し、私たちの顔を温めた。

私たちは記念盾をユーカリとホウキギの枝の間の塚の上に置いた。お香がなかったので、私は代わりに、蚊取り線香に火を付けた。待っている参列者に顔を向けると、前の方にジョニーの仲間達がいたので、私はまず英語で弔いの言葉を述べた。

「私はスタンを、わずか二、三ヶ月しか知っておりませんが、彼は私に深い印象を残しました。彼は二十二歳の若さで、自分の夢を追う勇気を持っていました。十八歳の時、軍に入隊しました。彼は清らかな心を持ち、他人を批判することは、彼が被った苦難の時でさえありませんでした。彼は彼の母や姉および友人たちについて温かく語りました。彼らは、彼を失い寂しく思っているに違いありません。そしてこの私たちも同様です。スタンレー鈴木君、ご冥福をお祈りします」

私はグッと飲み込み、忍んだ。チャーリーは私を見た。彼の目は真っ赤だった。私は日本語で弔辞を繰り返した。私は記念楯の横に二つの供物を置いた。収容所製の酒の瓶、それは収容宿舎の指導者の一人から頂いた。それとマリーの木の小枝であった。もし収容所の近くにプラムの木があれば、彼の純粋な精神にちなみそれを手向けただろうが、マリーの木は立派な代役であった。最後に、私は跪き、一握りの土をつかんで記念盾の上に掛けた。

チャーリーは参列者の次の順番であった。彼は塚の上に折り畳んだ手紙を置き、祈りの言葉を囁いた。それから一握りの土を掛けた。エルニーが続き、二、三の言葉を掛けてから、タバコの包みを置いた。列の順が進み、看護補助員やスタンのテントの何人かが、彼の旅立ちに役立つ供物を供えた。そして最後に、マッカビンが記念盾の前に立った。彼は帽子を両手で回した。参列者の前にいた私には、彼の言葉が聞こえた。

「スタン、私たちはそれほど話す機会がありませんでしたが、あなたについて私が知っていることから、本当にあなたは善良な心の持ち主でした。この世の中に、あなたのような人がもっと多くいればと祈ります」

彼は身をかがめ、土を取り、一番上にそれを掛けた。次に私は、盾の上や周りに水を振りかけた。最後の弔意の証として、私は全員に再度集まるよう合図を出し、一同で礼をした。

＊

ジョニーの脱走の後、新しいセキュリティ対策を講じる間、収容所の敷地外の仕事は、一時的に中止となった。しかし、看護補助員は、病院での仕事に復帰することが許された。というのは、病院は収容所の周辺地帯の内部にあったからである。生活は、多かれ少なかれスタンの死の前の状態に戻った。しかし、誰もが口にしないが、誰もが気にしている空白が残っていた。

私はスタンがいた病棟を、林がいない時に訪ねた。スタンの隣のベッドの老人は、しょぼしょぼした目で私を見つめた。天井から垂れ下がっていたシートは取り外されていた。残されていたのはベッドだけで、毛布はきちんと折り畳まれ、しまい込まれていた。本当に長時間、彼が眺めていた窓は真冬の寒さを避けるため閉じられていた。その病棟はカビ臭かった。何週間もそこに横たわり、考え、眠り、他の人生を夢見た人物のかけらは何も残っていなかった。

山田は私を避けていた。収容宿舎でも、食事時間にも、決して彼は直接私に話し掛けなかった。私たち二人が友好的であった時は、彼は数人の男たちと夜遅くまで私のベッドの近くで麻雀をし、飲み、笑っていたものだった。私も、翌日に病院勤務がなければ、彼らと一緒になった。しかしスタンの死後は、彼らは部屋の反対側に移った。私はまた、最早、便所掃除する当番表に記載されなくなった。これは日課の雑用仕事で、私は喜んでこなしてはいたが、それが私をなだめる山田の遣り口なのだろうかと訝った。時折私たちは、食堂や便所に行く道の途中ですれ違うことはあったが、彼は私と目を合わせようとしなかった。

私は山田が恐れているのだと思った。彼がスタンにしたことを、私は誰かに話すことが出来た。そして彼が何を目論んだかと私が疑ったことは、たとえ山田がスタンを殴った罪は問われないとしても、その告発は彼を執行部の地位から辞職させるには十分であろう。

一度、実に私はマッカビンに話しそうになった。彼は私を病院に訪ね、スタンの死を審査する法廷で証言することを承知しているか確認に来た。彼が離れる前に、ドアの前で止まった。「森と山田について何か聞いているか?」

「いいえ、何か?」

「彼らはスタンの母親に、棺のための金を出したいと申し出ている。売店の利益から支払える。大変親切なことだ」

私は我慢できなかった。「山田と森は善人ではない」

「どういう意味か?」。彼は首をかしげたが、その時、頬の傷跡が赤く光った。

「彼らは親切で寛大そうに見えるが、そうではない。私は知っているが、今はあなたが知る時ではない」

マッカビンの視線は私に注がれたが、私はそれ以上何も話さなかった。彼は私を理解してくれたと思いたいが、それ以上に、スタンの死のせいで私がバカげた行動をしているに過ぎないと思ったかもしれなかった。

ジョニーは十二日間の禁錮から解放された。彼は痩せて、無口で内省的になって戻ってきた。彼には刑期延長の危機が迫っていた。二週間後に彼の裁判が行われるが、同時に、スタンの死の審査も行われる。しかしそれ以上に、彼の行動が間接的にスタンの死を招いたという重荷を背負っていたと私は思う。

外部での仕事が許されないので、豪州人仲間は日課仕事のない日は、一日中座り込んでタバコを吸ったり、カードゲームをした。収容所で工芸品を作ったり、演芸部で下稽古したりして時間を過ごす幅広い邦人同胞とは異なり、彼らはそのようなことは未経験であり、それほど興味もなかった。

病院勤務が休みの日、私は祠のそばの庭園を訪れた。盛り土の所に、いまだ土が集まっており、多くの植物が覆い隠されていた。収容所で最も腕利きの庭師の一人である年老いた大松は、ホウキギの小枝を刈り込んでいた。彼は、何とか以前の盆栽のような階段状の形に戻した——刈り込みを入れない現地産低木の間に二つの丸い形。スタンの記念盾は見苦しくなっていた。上から掛けられた土や周りの瓶、紙、タバコ、菓子など各種の供物の為である。私がそれらのいくつかを払い退ける間、大松は剪定を中断していた。

「彼の盾はもっと良い場所にあるべきとは思われませんか?」と彼は尋ねた。

私は周りを見た。「どこが良いでしょうか?」

彼は庭園全体を見渡した。「あの場所に池を造るのはどうですか?」

「それは良いですね」

「ただ、私はその手の仕事をするには年を取り過ぎております。土を掘るのを全部やらなければなりません。しかし、どこを掘り、どんな形にするかをご指南しましょう」

私は頷いた。「今日一日で、私がどれだけやれるか見てみましょう。これからの四日間に、病院からもう一日休みを取ろうとは思いません」

大松は私の言ったことが聞こえたようには見えなかった。彼は地面の一点を見つめた。「そして、池に橋があると良いですな……」

私は、粉ミルク缶の蓋から作ったシャベルを使い、大松の指示のもと、土の盛り上がりのふもとの部分を掘り始めた。日に焼かれた大地は、間に合わせのシャベルで突き通すことをほとんど許さなかった。私は洗い場から集めた水をその一帯に撒いた。光り輝く区画に木の杭を打ち込み、岩のように硬い地面を砕こうとした。冷たい風が吹いていたが、汗びっしょりになった。昼食の時間までに、私の頭の大きさの窪地を掘っただけであった。手のひらに出来たマメが潰れた。

食堂へ行く途中で、私はマーティンと出会った。彼の目は私を見ると大きく広がった。「先生はまるで排水溝を通ってきたように見える」。彼は私のシャツの汚れを見て、頷きながら言った。

「庭園に――池を造ろうとしている。」

彼は眉毛を吊り上げた。「えー、すごい仕事だ」

午後、私は庭園に戻った。撒いた水で地面が更に柔らかくなっていることを望んでいた。

私が最後の収容宿舎の角を曲がったとき、菜園近くで、マーティンやジョニー、チャーリー、エルニーがにこやかに笑っていた。

「何か手伝うことはないかと思いました」。マーティンが言った。

私は後退りした。「あー、本当かい？　思ってもみなかった」

「何をするのかだけ言って欲しい、俺らの気が変わる前に」。ジョニーが言った。

私が豪州人たちと一緒に近づいて来るのを見て、大松はにこやかに笑った。「おー、強力男の加勢が来たぞ。上等だ」

彼らに、私は池の輪郭を描く石を見せた。間に合わせのシャベル二本と木の杭が何本かあるだけだった。ジョニーとチャーリーはシャベルで掘り始め、一方、エルニーと私は地面を壊すのに杭を使った。マーティンは水汲みに行った。

地平線に太陽が近づく前に、一メートルの広さの穴が掘れた。錆色の土の中に金属片が光っていた。石の線に届くまで、更に掘り進めていく必要があったが、この午後で出来ることはすべて行った。私は岩の上に座り、額をハンカチで拭った。ジョニーは杭に寄り掛かってタバコを吸った。先端が赤く光り、消え行く太陽の光のようであった。

＊

審理の法廷は、収容所司令部の管理棟で開かれた。私は廊下で、名前が呼ばれるのを待っていた。その朝、メルボルンから少人数の法務団が到着した。ほとんどの廊下の窓は西向きだったので、建物の内部は身を切るように寒かった。私の息は空気中で霧になった。ジョニーと私は一緒になって出向いていた。彼は私の隣に座り、足で床をトントンとたたいた。彼は待っている間、椅子を前や後ろへと座り直し、手を太ももの上で握り締めたり緩めたりしていた。

二、三分後、デイビス二等兵が建物に入ってきたが、私たちを見ると立ち止まった。彼は銃撃の直後に停職処分になったので、何週間も彼を見ていなかった。彼は、私が覚えている兵士とは違う男に見えた。彼の目と頬骨の下に暗い影が溜まっていた。きれいにアイロン掛けされた制服は、彼の骨格にゆるく垂れ下がっていた。彼は視線を私たちから外していた。ジョニーは座り直し、彼を睨んだ。ジョニーが何か言うと思い、まさに彼に警告しようとしたが、ジョニーは何も言わなかった。しかし、ほんのしばらくして、彼は自分の膝を見下ろし、握り拳を緩めた。それから一分以内にドアが開き、ジョニーの名前が呼ばれた。

デイビスはそっと、空いた席へ歩いて行った。彼は、右手の指で時計の留め金をいじり、革バンドを輪っかに出し入れしていた。スタンの死後、私は色々重苦しい思いをデイビスに対して持った。しかし彼のひどく惨めな姿を見て、私の心は変わった。彼は、私に視線を合わせることができなかった。そして彼でさえ、後悔の念で一杯になっていることを知った。

ペリー中尉ともう一人の衛兵、四十代か五十代の太った男が到着した。私は後で知ったのだが、この男は銃撃の時刻に、東の監視塔で任務にあたっていた。夜の砂塵嵐で視界は非常に悪かったのだが、彼は他の誰よりもよく見えていた。南側の監視塔付近で外周フェンスをよじ登るジョニーの姿を見つけた。この事件では、なぜかこの監視塔の衛兵が見逃していたのである。彼は直ちに衛兵所に緊急事態を知らせ、サイレンを鳴らした。それからスタンが、病院の敷地辺りのフェンスに立っているのに気付いた。スタンの位置はあまりにもフェンスに近く、まるでそれに登ろうとしているかのようであった。彼はスタンを呼び戻すために大声で叫ぼうとしたが、雲のような砂塵が巻き上がり、彼を飲み込んだ。そのとき、二発の銃声を聞いた。

ジョニーは審査室に半時間いた。彼は現れたとき、髪に手を通した。

「どうだった?」。私は尋ねた。

「問題なかった。俺は真実を語っただけだ」。彼はデイビスを見た。「タバコを吸いに外に出て来る。すぐ戻る」

ジョニーが戻ってくる前に、デイビスは部屋に呼ばれた。ジョニーは苦いタバコの匂いを放ちながら、私の隣の席に倒れ込み、壁に触れるまで頭を後ろに傾けた。彼は両手を腹の上で組み、私の供述が終わるまで待ち、一緒に収容所に戻ることにした。

四十分以上経ってデイビスが現れたとき、彼は私たちを見ることなく、真っ直ぐ外に向かった。次にペリーが呼ばれ、私はため息をついた。また半時間待たされることになる。ジョニーは眠っているようで、長く騒々しい息を吐いていた。私は頭の中で自分の発言を確認した。スタンは元気がなかったが、死ぬ前の一週間、彼の状態はかなり良くなっていた。彼には最早、自殺願望はなかった。イサベルへ手紙を出す決心はそのことの証拠であった。

彼が空を見ているとき、何を考えていたのか？ イサベルとのより良い生活？ 彼はそのような純情、純真な愛情の持ち主だった。かつては、私もそのような感情を持っていた。しかし今は、それに戻るには、あまりにも多くのことが起こった。

しばらくしてからドアが開き、ペリーが出て来た。その後すぐに、他の衛兵が中に呼び入れられた。時間が経過した。彼は長時間そこにいた。私はイライラしてきた。はたして私は呼ばれるのだろうか。やっとその衛兵が出て行き、私の名前が聞こえた。

部屋の中では、馬蹄形に配置された机の向こう側に、四人の男が座っていた。そのうち二人は軍服で、他の二人は文民の服装であった。私のすぐ右側の机には、大きな黒いタイプライターが備えてあった。馬蹄に面した正面の席を取るように、書記が私に合図した。

私の左側の軍服の男がフォルダに手を掛けた。彼の髪は白髪混じりだった。「トモカズ茨木、英語を話すと理解しているが、相違ないか?」。私はそうであると答えた。「よろしい。私はドネリィ少佐だ。本日の進行の議長を務める。こちらは軍事弁護士のギブソン大尉、彼の左には助手のクウィグリー氏、そして端のスコット氏は本日の議事を記録する。貴殿は本日最後の証人だ。明日も引き続き審理を行い、判決を言い渡す」

ギブソン大尉は咳払いして、真っ直ぐ席に座った。彼の目は淡い褐色で、乾燥した蕎麦のような色だった。「氏名、生年月日および職業を言いなさい」

「トモカズ茨木。一九〇八年三月二十日。内科医師です」

「貴殿は、可能な限り真実を述べると誓うか?」

「誓います」

「銃撃のあった夜、貴殿は何を見聞きしたかから始めることにしたい。本日先に、ペリー中尉が陳述したところによると、貴殿を迎えるためにその構内に行ったとのことであるが、相違ないか?」

「その通りです。発砲の二、三分後のことです。私はその発砲を聞いた後で外に出ました。大勢の人が騒いでいるのが聞こえました。それから、ブロードウェイからペリー中尉が医者を呼んでいるのが聞こえました。彼は私をその構内から出し、二人は病院まで駆け付けました」

「それで、貴殿は病院で何を見たのか?」

「私は、地面に誰かが倒れているのを見ました。顔を上にして、周辺フェンスから一メートルほどでした。私はそれがスタンであると認識しました」。私の声は震えていた。

「スタン、それはスタンレー鈴木を指しているのか?」。ギブソン大尉は尋ねた。

「その通りです。彼のシャツの表側は血に染まっていました。彼の身体はまだ温かでしたが、生存の兆候はありませんでした。私たちは、彼を横向きにして、背中の負傷、心臓の背中側を見ました。

弾丸は心臓を貫いたに違いありません。そして――」

「既に検視官の報告を受けている、茨木医師」とギブソン大尉は言った。「貴殿が見たことだけを陳述しなさい」

「私たちは、彼の背中が下になるよう、最初に見た通りに戻した。彼が長時間、外に立っていたかのように、顔と衣服の前面が土で汚れていた。私は救急隊が来るまで、死体の傍らで待っていました。それには十五分かかった。到着するまでに、失血は止まっていた」

「ありがとう、茨木先生。なぜ鈴木が病院にいたのか説明できますか?」

「三週間前、彼は自分の手首を切った。傷が深かったので、治るのにしばらく時間がかかりました」

「手首を切った? どのように?」

「ガラスの破片で」

「となると、彼は自分で?」

「はい」

「ということは、自殺未遂――彼は自殺を試みた?」

私は椅子を座り直し秘書を一瞥すると、彼の指がキーを叩いていた。「はい」

「貴殿の医学的見地からすると、うつ病を病んでいたのか?」

「手首を切った時点では、そうでした。しかし、このところ容態または状態は改善されていた。うつ病はいじめによるものと思われます。」

「いじめによる?」。ギブソン大尉の声は鋭くなった。

「はい。彼が手首を切る一週間ほど前に、彼は病院に来て、私の診察を受けました。彼は腕に傷を負っていたが、数人の男が彼を食堂から追い出そうとしたと言った」

「貴殿は何をしたかね?」

「私は彼の腕に包帯を巻きました」

「そのいじめのことを他の誰かに話したか?」

私は喉に苦しさを覚えた。「いいえ、それは私の領分であるとは思いませんでした。私は医者に過ぎません。私は、収容所内の揉め事には近づかないようにしています」

「しかし彼が自殺を図った後は、間違いなく他の人に話した?」

誰もが私を見つめた。

「その時既に、彼は病院におり、再び自殺などは起こらないと思いました。彼は安全だと思っていた」

ギブソン大尉はクウィグリー氏に耳打ちした。助手は書き留めた。

「デイビス二等兵は、この法廷で、鈴木に発砲したのは彼がフェンスに登っていたからだと証言した。脱走を試みていると彼は考えた。クリスティー大尉は、鈴木がフェンスの上または近くにいたのを見たと証言した。鈴木はこれまでに逃亡について、または、外に出たいと語ったことはあるか?」

「彼は外に出ることを望んでいた――しかし、ここの大部分は皆同じことを考えています。彼には女性の友人がいて、会いたいと思っていた。しかし彼は脱走について、決して語ったことはない。不思議に聞こえるかもしれないが、彼が撃たれた夜、私は彼が空を見ていたのだと思います。彼はそれに魅了されていた。なぜかは分からない。私はかつて、風の強い日に彼が空を見つめていたのを見たことがある。彼が撃たれた場所の非常に近くに立っていました」

「しかし、そのような状況の中で外に出ていたのは、脱走を意図しなければ考えられないのでは?」

「彼は――彼はただ空を見上げていただけだ」

ギブソン大尉は首をかしげた。私は胸が空しくなった。「茨木医師、撃たれた夜に、スタンレーは死にたかったと思われるか?」

「私、私には分かりません」

大尉は間を取った。彼は空気の匂いをかいでいるように見えた。「私がこう尋ねているのは、多くの人々――収容者と将校――が収容所で鈴木に最も近いのは貴殿であると指名したからだ。これは、公正な判断か?」

私は恐らくそうであると答えた。

「彼と貴殿との関係をどのように記述するか、茨木先生? 友人――これは適切な言葉か?」

「はい、彼は友人です」

「さて、もし彼が友人なら、彼が死んだ夜、彼がどう感じていたかを、なぜ分からないのか?」

私は脇を見た。鼻がムズムズした。私は内部から湧き上がる感情を抑えようと口に手を当てたが、無駄であった。私は泣き始めた。涙の粒が溢れ、頬に流れ落ちた。私は咽び泣いた。それは、その部屋の誰よりも私自身に打撃を与えた。少しの間、誰も何も言わなかった。

「えっ、何と、ハンカチがご入用か?」。議長が尋ねた。

私は首を振った。私はポケットの中を手探りして、自分のハンカチを見つけた。それを両目に当てたが、涙は流れ続けた。「すみません。本当に申し訳ありません」。私は両手で顔を覆った。

最後に議長が発言した。「大尉、もしこれでよければ、明日再開することに致しましょうか」

「それが最善の選択肢のように聞こえます」

私は頷いた。「有難うございます。申し訳ありませんでした。自分に何が起こっているのか分かりませんでした」

私の肘に手を添えて、書記は私をドアまで案内してくれた。私はハンカチを顔に当てたまま、廊下を足早に歩いていた。

ジョニーが立ち上がった。「先生、大丈夫か?」

私は彼を通り過ぎ、椅子に座っている衛兵、ドアの衛兵を過ぎ、よろめきながら外に出た。私は角を曲がった。太陽は輝いていた。私は建物に頬を傾け、日に焼けた煉瓦の暖かみを感じた。目を閉じたとき、足音が近づいているのを聞いた。

「どうしたんだ?」とジョニーが言った。「ひどい状態じゃないか」

私は長く、震えるような息をした。「私は彼を救えたはずだ。もっと何かできたはずだ。彼のためだけじゃない。皆のためだ。なぜ出来なかった?」

「あんたのせいじゃない、先生。あの厄介なデイビスがやったんだ。スタンを救うのに、あんたが出来たことは何にもない」

「いや、いや、違うんだ。スタンだけではない——他の皆全部だ。何かできた。彼らを救えた、しかし、私はしなかった」。私は両手で顔を覆った。指先は熱く、濡れていた。

肩に手が触れるのを感じた。「シッー」とジョニーが言った。「あんたのせいじゃない、できることは全部やった。あんたのせいじゃない」

どのくらい長い時間、そのようにして私たちが立っていたかは定かでない。二人の横にある管理棟は太陽に照らされていた。

私たちは、私の涙が乾き呼吸が元に戻るまで、そこに留まった。ジョニーが衛兵を呼んだ。そして手のひらを私の背中に当て、ジョニーは私を収容所に連れて帰った。

＊

法廷は次のように評定した。スタンは脱走を企てている間に銃撃された。しかし、デイビス二等兵は適切な警告を出すことに欠け、他の衛兵に通知することを怠り、スタンの阻止に過度の武力を行使し、スタンを死に至らしめたと。スタンの精神状態への言及はなかった。デイビス二等兵は、無期限無給の停職処分となった。人ひとりの命を奪ったことを考慮すると、彼への刑罰が軽いようにも思われるが、彼に過失の罪が認められたのは嬉しかった。それでも、彼らはスタンについての判断を誤った。私の心の中で、スタンは脱走を試みなかったことを知っていた。

ジョニーは脱走の罪で、十四日間の禁錮処分となった。彼は既に十二日間留置されているので、独房には残り二日間を過ごすだけでよかった。二日目に、衛兵は彼を夕食前にそこから解放した。

＊

月曜日の朝の人数調査で、ロック少佐はある通達を発表するため、その日は後で収容所に戻ってくると語った。私はすぐさま、抑留者交換事業が心に浮かんだ。男たちの列の間でささやき声が上がった。

「静粛に！」。ロック少佐は大声を出し、乗馬用鞭を自分の太ももに叩きつけた。「諸君の全ての質問には、この午後に答えよう」。しかし、騒ぐ声は止まなかった。

朝食の間、食堂は日本に帰還できる可能性についての話でにぎわっていた。

「私は饅頭を食べ、再び富士山の頂を見るのを夢見ている」と私の向かいに座っていた渡辺が言った。

「奥さんはどうなのですか？」。海老名が言った。

「いや――妻は後回しで大丈夫だ」。渡辺は返事を返し、笑い崩れた。

「先生、あなたはどうですか？　日本で何が一番懐かしいですか？」

「あー、何かな」と私は言った。

「ほら、何かあるに違いない」。渡辺が後押しした。

そしてその時、私は思い出した。「海だ。私は日本の海が懐かしい。子どもの頃の砂浜。それが私には親しみ深い」

看護補助員の全ては、勤務中に発表を聞き逃してしまうことを気にしていた。それゆえ私たちは、ロック少佐が近づいて来たときには知らせるように、ゲートの衛兵に頼んだ。長い一日だった。私は抑留者交換について考えないように努めたが、心に留まらざるを得なかった。将来について考えると、不安で一杯になった。どこで働くか？　あの研究室から解雇された私を、誰が採用してくれるのか？

空は暗くなり、一番星が輝いた。それでも何も報せはなかった。

「多分、今日は何もない」と松田が言った。私たちの勤務は終わり、片付けをしていた。

私たちは重い足取りで構内に戻った。夕食は一時間前に終わっていたが、食堂にはまだ何百人もの男が残って話をしていた。

「ロック少佐はまだかな？」と私は尋ねた。

「まだです」と海老名が言った。「明日まで来ない気がします」

ゲートの方向から誰かの叫び声が聞こえた。私たちは黙って聞き耳を立てた。

「ロック少佐！」。声は叫んでいた。「彼が来た」

場内は騒然となった。人々は友人に知らせるために、自分の収容宿舎に急いだ。私はテーブルの反対側に座る場所を取るために、椅子をガタガタさせながら動かした。

ロック少佐一行は食堂に入って来たが、その時も収容者はいまだに宿舎から駆けつけていた。彼は書類で膨らんだ革製の肩掛け鞄を持っていた。

「皆の者、部屋の南側に立つように」と彼は言い、私の背後の壁を指した。「出来るだけ上手く場所を見つけるように」。彼は次々と部屋に入ってくる収容者に指示を繰り返した。壁際の狭い廊下に整然と並ぶには、人数が多すぎた。私たちはテーブルと椅子の周りに群がり、列の間で扇形に広がった。

「お静かに、静かにやれ」。彼は、どっと湧き出た声に応えて言った。

ロック少佐は鞄の留め金をゆるめて、一巻の書類を取り出した。その部屋は大変静かになっていたので、ページを捲る音が聞こえた。

「国際赤十字の協定により、日本と連合国の抑留者及び捕虜の交換が、ポルトガル領東アフリカの中立港ロレンソ・マルケスにおいて行われる」とロックは言った。

「これから名前を読み上げる収容者だけが、次の交換船で帰国が許可される」。彼は通訳が話す時間を取った。群衆から歓声が上がった。

「名前を呼ばれた者は、部屋の反対側に移動せよ」と彼は言った。「ヒロユキ池端」

私と同じぐらいの年の男が群衆を割って進み、部屋の反対側に渡った。彼は嬉しそうであった。

「刈谷マサル」。ロックは言った。次の男は、友人に加わったとき喜びの叫びを上げた。

ロックは名前を読み上げ続けた。私たちに対面する人数が増えていった。私の前に立っている者の多くは、オランダ領東インドのボルネオ、スラバヤおよびジャワからであることに気付いた。私は足がうずうずした。

「イチロウ森」

自治会長が部屋の反対側に行くとき、ささやき声が飛び交った。新しい会長を選出しなければならないだろう。私の掌は湿っていた。三、四十人以上の名前が呼ばれ、そして山田の名前も呼ばれた。彼が前に進み出たとき、私の周りで祝福の声がした。彼が部屋の反対側に到着し、こちらを向いたとき、彼の表情は歓喜に満ちていた。私は肩を落とした。日本への帰還についての私自身の入り乱れた感情は別にしても、森と山田が選ばれるのは、それほど幸運であるとは思えなかった。

部屋の私たち側にいる人々の隙間が広くなっていた。私は片足から片足へと重心を移した。空気は重く感じられ、まるで嵐の直前のようであった。ロック少佐はページをめくった。もう最後の一枚であった。更に名前が読み上げられている間、山田と森のいない収容所生活を展望して安らぎを覚えた。

「トモカズ茨木」

私の名前が飛び出てきた。

私はハッとした。

「おめでとう、先生」。誰かが言った。私の肩に掛かる手を感じた。その手は私を前に押し進めていた。めまいを覚えつつ、私は床を横切って進んだ。本当に私は日本に帰国しようとしているのか？研究室との繋がりが、私の名前が選ばれたのと何か関係しているのだろうかと考えた。

ロックは更に十人ほどの名前を読み上げてから言った。「これで終わりだ。残念だが」

収容者の三分の二が食堂ホールの一方側に残された。しかし彼らを見ると、彼らはむしろ少数派のようにさえ見えた。何か悪いことをしたかのように、首を垂れている者もいた。顔に笑いを浮かべようとした者もいたが、彼らの口は硬く、失望を隠し切れていなかった。私は名簿に記載されたことを恥ずかしく思った――私はそれに値しない、収容所でこれほど心得違いな行動を取った後では、私はそれに値しないのだ。

＊

抑留者交換事業の発表から何週間も、収容所は緊張が高まった。日本帰還に選ばれなかった男たちは、これからの継続する収容所生活について考え込んだ。些細なこと、例えば、ベッドの再配置や新しい日課作業の勤務表の作成が揉め事に発展した。離れる者と残される者の間に亀裂ができた。私は運が良い方の一人として、他の人の近くでは、出来るだけ足音を忍ばせて歩いた。食事時には交換事業の会話は避け、他の人が周りに居ないとき、荷物を詰めるだけにした。

とはいえ、この問題は避けて通ることができないこともあった。発表後まもなく、海老名が宿舎に私を訪ねて来た。「先生、あなたもですか?」。私の収容宿舎は帰還に選ばれた者が多かった。私が頷いたとき、海老名の目から涙が溢れた。私の前にいる彼の姿は、顔が引きつり、肩は丸くなっており、彼がどれだけ辛い思いをしているかが分かった。収容所の親しい友人達を失うだけでなく、彼は本当に愛しい妻子とは離れたままである。

ある午後病院で、アッシュトン医師は私を傍に引っ張り、抑留者交換のニュースが収容所でどのように受け止められているかを尋ねた。

「ほとんどはうまく対処しているが、長期にわたり苦痛を経験している者もいる」。私の宿舎の二、三人は、うつ状態から回復できないように見えた。彼らは一日中ベッドに腰掛けて、自分たちの不運を嘆き、仕事に戻ることを拒否していた。あからさまに泣く者もいた。

「私からのお願いだが、彼らに目を光らせておいてくれないか?」。アッシュトン医師は言った。「更なる自殺未遂は終わりにしておきたい」

ここを離れるのは幸運だと知りつつ、帰国のことを考えると不安で一杯になった。夜の眠りはとぎれとぎれになり、私の心は、先の不安ばかり考えていた。

運命を逆転的に歓迎したのは、ジョニーと友人たちであり、自分たちがオーストラリアに留まれることを知って喜んだ。抑留者交換の噂が渦巻いている間中、彼らが英国臣民であるにもかかわらず、彼らの意に反して日本に送還されることを心配した。「奴らは俺らをここに閉じ込めた、違うか？」とジョニーは言っていた。「次に何をされるか、分かったものじゃない」

その仲間たちの誰もが、抑留者交換リストに記載されてないことを知ったとき、彼らはそれを祝った。ロック少佐と他の将校が食堂から離れると、エルニーはラム酒のボトルを出してきた。それは一人の衛兵から買ったもので、それを回し始めた。彼らは消灯時間後も飲み続け、大変騒々しくなったので、彼らの宿舎の指導者が威すようにして彼らを追い出した。

二、三週間後のある夕方、食堂での夕食後、ジョニーが私に近づいて来た。彼は私に次のように語った。彼とチャーリー、エルニー、マーティンおよびデールはウールヌーク森林伐採収容所への移動を申請したと。そこはマレイ川の土手から十キロメートルほど離れている。ずっと小規模な収容所で、わずかに二百人の収容者である。「マッカビンが言うには、俺たちのようなオーストラリア人が何人か居るので、それほど困難な目には合わないだろう」。弱い電灯が顔に影を落とし、彼は引きつった表情に見えた。彼がいなくなると、私は寂しく思うだろう。その仲間たちが間もなく去って行けば、収容所に思い残すことは何もない。とはいえ、私の一部には、留まりたいとの思いもあった。

私の出発の前日、最後にもう一度病院を訪れた。薄暗い廊下に入ったとき、私の心は重かった。私は、馴れ親しんだスタッフや患者の顔を二度と見ることはないこと、建物の床板が軋むのを聞くことがないことを知っていた。私は首を垂れ、スタンのベッドがあった部屋を急いで通り過ぎた。結核病棟では、日光が窓ガラスを通して降り注ぎ、床に模様を映していた。原田は眠っていた。私が肩に触ると、彼はまぶたを開いた。

「別れを告げに来てくれたのですね?」

私は頷いた。「明日の朝、発ちます」

「そうですか。寂しくなります、先生。兄弟のような付き合いでした。ずっと一生涯存じているように感じました」

私は彼の手を固く握りしめた。原田は先月、いくばくか体力を取り戻し、食欲も回復した。彼の顔は、朝の光でふっくらして見えた。

「私たちの縁が切れてしまうように聞こえました。お約束します、私は手紙を書きます」

彼は首を振った。「いいえ、無駄です。私はここで死んでいきます」

私の笑顔が失せた。「馬鹿なことを言ってはダメです。あなたはここで死んだりしません。どうしてそのようなことを言ったりするのですか。一週間前、体重が一キロ近く増え、呼吸も良くなった」

しかし彼は聞いていないように見えた。「私は死にます。知っています。そしてミニーにはもう会えない。連絡を取ることさえ出来ない——どこかで家族と一緒にいるのだろう」

私は佳代子のことを思い出し、悩んだ。何年も便りが届いてない。私が帰国してからも音信不通が続くのだろうかと不安になった。

＊

私たちは最後の別れを告げるために、フェンスに沿って集まった。肌を刺すような風が私の顔に当たり、目に涙を運んできた。スーツケースとバッグの塊は、私の足元に置いた。収容所に来てから六ヶ月間に、私の手荷物は膨れ上がった。沢田は送別土産として、パズル箱を作ってくれた。それは、様々な色のパネルを一連の動きでスライドさせると、内部に空洞が現れるものであった。海老名と他の野球チームメンバーはノートをくれたが、それには一緒に過ごした思い出が詰まっていた。私はまた、数多くの手紙や木製の記念品を持っていた。大勢の居残り組が、日本の家族に届くようにと私に託したものであった。

鳥籠ゲートの向こう側にはトラックの列が待っており、私たちをバーメラ駅に輸送する準備が出来ていた。そこからメルボルン行きの列車に乗り、そして故国への長い航海が始まることになる。

森は前に進み出た。彼のメガネは曇天を反映して白く光っていた。彼は短い挨拶をしたが、これまでの協力を皆に感謝し、新会長、ボルネオからの安部伝吉の選出を歓迎した。「多くの困難に耐え、我々はここで幸福な生活を送ることができた。安部会長のご指導のもとに、これが続いて行くことを確信する」。私は彼の見せ掛けの態度に口を曲げた。私は航海中、彼や山田との数週間を耐えなければならなかった。収容所で彼らは誰も傷付けることが出来なかったとの理解で、私は自分を慰めた。

フェンスで待っていると、ジョニーが私に近づいて来て、手を差し伸べた。彼は最早、包帯を巻いておらず、手の傷は完治していた。毛糸編みのセーターを着て、髪は濡れ、眼の上に垂れ下がっており、彼はブルームで私が知っている彼のようであった。

「先生、自分を見てみろ。運のいい奴だ。遂に家に帰れる。本当にそれに値する数少ない男の一人だ。他の奴らには、同じことは言えない」

「ジョニー、私は寂しく思う。良い友人になった。もっと早く友人になれたら良かった――収容所だけでなく、ブルームでも。あなたをもっと早くから信頼すべきだった」

彼は頷き、目を逸らした。彼の目は涙で光っていた。

「ここを出るぞ、一度に一名ずつだ!」。ゲートから衛兵が大声で呼んだ。

チャーリー、エルニー、マーティン、アンディー、ケンおよびデールは私の無事を祈り、私の背中を軽く叩いた。私は海老名、沢田、大松と私の宿舎の他の男たちに、もう一度最後に礼をした。列に並んだとき、何か訳が分からない感覚になった。振り返ると、何百人もの男たちが、さよならの手を振っていた。ここにいさせてくれ! 私は叫びたかった。

衛兵は名簿リストから私の名前を外した。私は最後に、ブロードウェイを歩んで行った。私たちがその広い道路に沿って歩いていると、14Cの私の友人達がフェンスの内側を歩いて、私たちに付いて来た。「さようなら!」彼らは叫んだ。「忘れないでくれ!」。海老名の顔に涙が流れ落ちていた。

私たちは、収容所の中央の交差地点に到着した。私は振り返った。ぼんやりと見える私の友人たちがフェンスを押していた。黄土の広がり。亜鉛メッキした鉄の建物の列。フェンスの向こうにそびえ立つ監視塔。それは荒涼としていたが、それが棲家であった。私が拠り所とした場所だった。

ブロードウェイの反対側では、14Dのドイツ人と14Aのイタリア人が内部フェンスに沿って集まり、私たちを見送っていた。「レーベヴォール!(お元気で)」。彼らは大声で叫んだ。「アディオ!」。どこからか音楽が流れるのが聞こえた。それはどこかの構内でレコードをかけていると私は思ったが、イタリアの構内を通り過ぎようとしたとき、生演奏であることに気付いた。ギターやマンドリン、アコーディオン、タンバリンの四人組の一団が、私たちのために別れの歌を演奏していた。一団の周りで男たちが手を叩き、歌って、私たちが通り過ぎるのを応援してくれた。

私たちは鳥籠ゲートに到着し、最後の通過をした。マッカビン将校が反対側で待っていた。帽子が後ろに下がり、顔がはみ出ていた。彼がニヤリと笑うと、頬の傷に沿ってシワが寄った。

「見逃さなくてよかった。さよならを言いたかっただけだ。これまで楽しかった。私はあなたの日本の住所をもらっている。連絡を取り合おう。あなたは良い人だ――そのことを分かってくれれば」。彼は手を差し伸べた。それはほとんど私の手を包み込んでしまうほどだった。彼はもう一方の手を上に重ねた。

「色々ありがとう、私は忘れません――」。私の声はかすれていた。

「いやぁ、元気を出せ。そんなことはいい。故国に帰れて嬉しくないのか?」。しかし、彼自身の目は濡れていた。

私たちは手荷物を待機しているトラックの列に移し、内部に積み込んだ。私は荷台に乗り、ベンチに腰を下ろした。エンジンが掛かり、トラックは前に飛び出した。私の喉から声が漏れた。私は首を伸ばして、後ろに見えるキャンバス布の隙間からの景色が小さくなっていく様子を見た。有刺鉄線の長い広がり。当直兵舎の低い建物群。わびしい光の中で銀色に輝く監視塔。軌跡を横切って、砂塵が舞い上がった。そして角を曲がると、見えなくなった。

第十七章　シティ・オブ・カンタベリー号と鎌倉丸——一九四二年　遺灰の返還

私たちはバーメラで列車に乗り、夜通し旅を続け、翌朝メルボルン郊外に着いた。客車の窓から、小麦の芽が、夜明けの光の中でそよいでいるのを見た。小麦畑の向こうに、太陽が地平線上に広がっていた。私の心がうずいた。私は豪州の日出と日没を懐かしく思うことだろう——地平線上の鮮やかな光の層。

数時間後、メルボルン港に降り立った。私たちの目の前には、船がびっしり並んでいた。その中には、英国海軍のシティ・オブ・カンタベリー号が待っており、帰国の途中まで連れて行ってくれるのだ。水際にたたずむ長い灰色の船は、東アフリカの中立港ロレンソ・マルケスへ向けて出港準備が整っていた。そこで抑留者交換が行われる。

列車の中で、雰囲気はイキイキとしていた。私たちは夜通し、カードゲームをしたり、小声で話したりした。しかし、一歩外に出ると、突然の明るさにまばたきし、無口に陥った。波打ち際に向かうとき、衛兵たちが私たちの脇を歩いた。私は逆説に襲われた。収容所から解放されたのだが、今までこれほどはっきりと、私が敵としての立場を感じたことはなかった。向こうには、少数の見物人が石段の上に集まっていた。遠くからは、普通の観光客の一団で、一握りの子どもたちも含まれており、そこから船を眺めているように見えた。しかし私たちが近づくと、彼らの口元は固く閉じられた。私たちが船のタラップに乗ろうとしたとき、一人の男が大声で叫んだ。「奴らを殺せ！」「そうよ、畜生を撃ち殺す」。女が叫んだ。私の胸は締め付けられた。ラブデーへ向かう列車の旅が思い起こされた。プラットホームにいた女と幼い子ども――女の形相。

出港前、さらに大勢の日本人抑留者や官吏たち、その中には豪州の日本大使、総領事が含まれていた、が合流した。まもなく八百人以上になった。外交官や官吏は、上段デッキの一等船室で航海し、乗務員付きのダイニングルームで食事するが、残りの抑留者は下段デッキのハンモックで寝て、船から供与される食材を自分たちで料理した。七十人ほどの婦女子も乗船したが、女性の声を聞き、子どもの顔を見るのは安心感があった。私は男だけの間でずっと生活し続けてきた。

ようやく船はメルボルンを離れた。鋭い一吹きの笛の音と共に港を出発したのである。フリマントルに寄港し、さらに乗客と食糧等を積み、インド洋を横断する長い航海をした。私は船尾で、サファイア色の海を滑りながら、後方に小さくなっていく陸地を眺めていた。半日間航海したとき、光の質の変化に気付いた――空が薄くなり、色の明るさが弱くなったように思えた。とうとう豪州を離れたことを悟った。私の内部で何かが壊れ、漂い去った。

私は、森や山田、数人の実業家と共に、下段デッキの船室を割り当てられた少数の人間の一人であることに当惑した。彼らとは付き合わないで済むように、私は日々、デッキを動き回り、他の収容者たちと交わって過ごした。森と山田は私が頻繁に不在であることに気付いていないようであった。というのは、彼らは特典のある連中と共に料理したり、談話したりしていたからである。

日々は出来事なしには過ぎないものだ。再び大洋に囲まれて、この数ヶ月間の激動から、幾分かの冷静さを取り戻した。私は何時間でもデッキを動き回り、舷窓を覗いて過ごした。時々、遠くに鯨が見えたが、背中が油膜のようであった。狭い部屋と凍えるような夜の気温にもかかわらず、和やかな雰囲気に包まれていた。ヘイ収容所にいたオランダ領東インドからの男たちと親しくなったが、彼らと何回も食事を共にした。

ある夜、鍋料理を囲み、肩には毛布を掛けて座っていたとき、船上の外交官の話題になった。「河相大使は変わり者だと聞いた」と一人の男が言った。「大使に会ったことはありますか、先生?」「少しだけならあります」。外交官の一人が船酔いで、私が治療したとき、そこにいた大使を紹介された。「私には、河相大使が正直、奇妙だとは思えなかった——というより、慎重だと言いたい」。私は身を乗り出した。「明らかに大使は、船室に四つの白い箱を持っており、その中には、シドニー湾で戦死した海軍将校の遺灰が入っている。豪州政府が日本の遺族に返還するために大使に渡した」

私の周りの男たちは、信じられないとの声を上げた。収容所で、小型潜航艇による攻撃について読んだことがあった。それは衛兵の兵舎からこっそり持ち出した新聞に載っていた。その潜航艇は一隻の宿泊艦を攻撃しただけで沈没したのだが、私が驚愕したのは、潜水艦が遠く東海岸まで侵入したことであった。森は収容所で、各テーブルに収容所製の酒を並べ、盛大な祝賀会を催した。豪州当局が日本人将校のために、完全な海軍栄誉による葬式を行ったことを後で知り、私は衝撃を受けた。彼らは自国の人々よりも、大きな敬意で敵を処遇したように思えた。私は心の中でジョニーを思った。

私たちは船のデッキに座り、鍋から最後の残りをこすり取りながら、死者の話題に話を変えた。

「二度と生還できないことを知りながら、水中に入る人について考えると」、誰かが言った。「私にはそんなことは出来ない」

ボルネオでゴム栽培事業をしていた後藤が手を上げ、話したいと合図した。彼の声は小声だった。「一人の命を国に捧げる、皆のより大きな善のために――これこそが偉大な犠牲である。彼らは誠に立派であった」と彼は首を振りながら言った。私の周りの誰もが頷いた。

しかし、私は金属の容器の中の男たちについて考えた。最後の息が肺から逃げてしまった時、それでも自分たちの為したことを知り、安寧であったと私は想像した。苦しみの底まで潜り、それから生存を維持する方法を見出すことの方がずっと困難である。私は知っている、なぜなら、私がしたことだから。

＊

実験室にいた時の記憶が蘇ってきた。それは最後のとても不快な数週間であった。私たちの赤ん坊が亡くなり、佳代子が離れて行った時であった。

島田は二日後の解剖実演の予定を話し合うために、私を研究室に呼んだ。私が出頭して間もなく、一人の将校がドアに現れ、木村が話をしたいとの旨を島田に伝えた。彼はすぐに戻ることを約束して、私を置いて出た。机の上には、マニラ紙のファイルがあった。解剖実演に関係していると思いながら、それを手に取り、パッと開けた。題名が読めた。「シアン化水素（ＨＣＮ）の吸入毒性」。私は報告書を読み始めた。被験者Ａ：女二十六歳。被験者Ｂ：幼児二十二ヶ月。実験はＨＣＮの１０００㎎を五立米の囲の中に導入して開始。50秒で「B」に呼吸障害の兆候現われる、「A」による気道を覆う試みにかかわらず、1分40秒で、「B」に痙攣始まる。4分で「A」倒れる。「B」の上に横たわるが、ほとんど効果なし。その後、痙攣開始。「A」顔と首に赤く染まる兆候および口から泡の噴き出し。17分間、痙攣散発的に継続。21分で呼吸停止。30分で実験終了。両検体共に、死亡と宣告。私はファイルを閉じた。手が震えていた。

木村が私を免職にしてから数日後、同僚に別れを告げ、所持品を集めるのに一時間となかった。離れる前に、もう一度最後に保管室に入った。私は大急ぎで検体を探した。それがまだ焼却されていないことを祈っていた。遂に、探し当てた。幼児の死体は容器に戻され、棚に収められていた。腹腔から腸がはみ出ていたが、顔には手が付けられていなかった。両眼は閉じられていたが、表情は穏やかであった。私は手を伸ばし、彼の首から木札を外した。

＊

インド洋を航海して数週間後、やっと目指すものが、ぼんやりと現れた。ロレンソ・マルケスの広い湾に開いた緑のなだらかな縁。中立のアフリカ国家の騒がしい港が、金色の光の中で輝いていた。次の日、私たちは船渠を横切って進み、待機していた鎌倉丸に乗船した。一方、連合国側の捕虜たちは、私たちの場所だったシティ・オブ・カンタベリー号に乗った。ここからインド洋を再び横断して、シンガポールに到着した。私たちの世界を巡る旅は、ほぼ終わりに近づいていた。空気は蒸し暑さで乳白色だった。建物の焦げた骨組みは、海岸に沿って並んでいた——七ヶ月前の日本による征服の記憶である。崩れかけた建物と黒ずんだ住居を眺めながら、戦闘が激しかったことを知った。最後の帰路につく前に、香港に立ち寄った。ヴィクトリア・ピークには日の丸が掲げられていた。

＊

日本への航海の最終日、私は鎌倉丸のデッキに立ち、海を見つめた。手摺りのひび割れたペンキに指先を押しつけた。波の飛沫が顔に当たった。この数週間の間に、何回か空が暗くなり、大気が凝縮して大嵐となり、船は小さな木切れのように波間に揺られた。しかし今は、ガラス板のように海は凪いでいた。私は波の飛沫を額から拭うと、金属的な酸っぱい匂いが鼻を満たした。私は見上げた。船の煙突からの黒い煙が空を汚していた。私の上を海鳥が飛び交い、風の流れに乗って移動していた。海鳥は毎朝現れ、青色を背景にしてクッキリと見え、夜にはどこか知らない場所に消えた。

私は背後に軋む音を聞いた。

「先生、まだここにおられたのですか?」

大使館事務所の若い外交官補佐、鳥丸が微笑んでいた。私たちは鎌倉丸の船室が同室になり、この数週間で親しくなった。彼は豪州で数年勤務した後、東京の家族の元に戻ろうとしていた。私たちは、よく夜遅くまで話をした。

彼の視線を意識して、私は恥ずかしそうに頭を下げた。「ほんの二、三分だけ」と私は言った。本当は、ほとんど一日中、デッキにいた。私が果てしなく広がる海を眺める最後の機会になるかも知れなかった。次の日は、東京から二時間ほど南の館山に入港するが、そこで検疫と入国手続きをして、最終地点は横浜であった。

「明日について考えておられますか?」。烏丸は手を上げて、眼を遮った。

私は頷いた。「どういったことになるか分からない」

烏丸と私は、手摺りで一緒になった。世界は青い単調さで広がっていた。水平線を遮る陸地もサンゴ礁も岩の露頭もない。彼は深い息を吸った。「奥さんは、もう今はあなたに会えるのを喜んでいると思います」。彼は親切でありたいと努めていた。私は妻との疎遠をほのめかしていた。「奥さんは物事が変わったと気が付くでしょう。それを二回目のチャンスと捉え、再出発の機会と考えませんか」

私は弱々しく笑った。「多分おっしゃる通りでしょう」

しばらく、私たちは海と白亜色の空に見とれた。それから烏丸は手摺りから離れた。「えー、これ以上、お邪魔したくありません。夕食でお会いしましょう――大使が特別の祝宴を約束しました」

私は彼が去って行くのを見ていた。私は彼が前夜から会話を続けたがっていることを察しており、彼に留まるように誘わないのは悪いと感じていた。ガラスのように滑らかな水面をじっと見つめていると、彼が言ったことの中に真実があると悟った。私は誰よりも、物事の変化の速さを知っていた。

私は周りが全て青く穏やかに感じ、顔に当たった波の飛沫を温かく感じた。私の故国は一日の航海の先にあった。私は海に抱かれ安全だった。沈黙は抑制剤ではなく、更新の好機である。烏丸が言ったように、それは再出発の機会である。私は以前の人生の燃え残りから再生するだろう。山火事によって破壊されたマリーの木のように。私は私自身を新規に造り直そう。私は決して後ろを振り返らないと自分自身に約束した。

第十八章　東京――一九四二年　空襲

　船が横浜に入港してから、私は東京の西部にある実家に戻った。通りは狭く、空には電線がひしめいていた。その地域は私の記憶よりも汚れが多く、まるで戦火の灰が建物に降り積もったかのようだった。しかし、それは私が豪州の景色に慣れただけのせいなのかもしれなかった。そこでは毎日、私の周囲は鮮やかな光によって濯がれていた。

　母が家の暗い隅から私の方に近付いて来た。苦渋の表情であった。「智和さん、お帰りなさい」。母は私に腕をまわしたが、そのようなことは子どもの時以来、やってこなかった。数秒間、彼女は手を離さなかった。私のアゴが彼女の頭頂部に触れた。煙の匂いと髪油の匂いとが混ざり合っていた。浴衣を通して、かよわくなった母を感じた――いつも強かった母。彼女が後ろに下がったとき、やつれて見えた。信弘の死が、どれほど辛いものだったかを知った。私は自分の悲しみにより頭がいっぱいで、母の気持ちを考えようとはしなかった。会って初めて知った母の苦難については、手紙に書かれていなかった。

　日本に戻って最初の数週間、自分の存在の限界を感じていたとき、周りの世界は混雑しているように見えた。外は太陽が光輝いていたが、私は家の暗闇に閉じこもっていた。それは新しい類の抑留であった。時々、私は駅近くの商店街に出て行った。私を知っている近所の人たちは微笑みを浮かべ、私を歓迎してくれた。豪州の収容所に抑留されていたことや日本で解雇されたことを言い出す人は誰もいなかったが、私が日常の挨拶をするのに近くに留まっている時でさえ、彼らは私の過去をもっと知りたがっているようであった。

佳代子と連絡を取るまでに、数ヶ月が経過した。郊外の病院に雇用されるまで、私は待っていた。医師として前線に送られる不安も頭をもたげてはいたが、私は日本で彼女と未来を築くために全力を尽くしていることを知って欲しかった。もしそれを彼女が望むならば。

電話口の彼女はしんどそうで、喉が枯れていた。智和さん、あなたですね？　無事に帰れて良かったわ、本当に、私。

次の週、銀座の喫茶店で私たちは会うことにした。私は早めに着き、出入り口が見える隅のテーブルに坐った。待っている間、私は窓から空を観察した。初雪になりそうな雲行きであった。佳代子を見た最後のとき、地面に雪が積もっていたが、それはほとんど五年前であった。それは白く輝く背景を形成していた。

喫茶店で、暗い影が私に近づいて来た。それが佳代子だと分かったとき、私の心臓はドキドキした。彼女は紺色のモンペを腰の上で結び、釣り合いの取れたコートを身に着けていた。見慣れない服装に、私は自分の妻が分からなくなるところだった。髪には白髪が見えた。頬は痩せ、口元は固かった。私たちは一緒に座り、お互いの過去の断片を分かち合いながら、にぎやかな会話に包まれた。私がブルームでの灯籠流しや収容所での野球大会について語ったとき、彼女は微笑んだ。彼女は軍需部品の組立て工場で働いており、そこで知り合った友人たちについて語った。

「他のご婦人たちの夫の多くは、出征した。そのうち何人かは既に亡くなっている。私はあなたが元気でいるのがどれほど運の良いことか噛み締めている」

私は佳代子と再び一緒に暮らせる可能性が上ってくる機会を窺っていた。「佳代子、僕は豪州にいた時ずっと、君を思うのを止めたことは一度もなかった。手紙の返事を受け取れないとき、僕はほとんど諦めかけた。しかし、今こうして一緒に居るからには……」。外は暗くなった。窓の人影は霧の中のようになった。私は深呼吸して、自分を落ち着かせた。「僕が戻って来たのだから、一緒に住んでくれると嬉しい」

彼女の目は、指に挟んだスプーンに注がれていた。しばらくの間、彼女が返事をしないのかと思った。返事をしたとき、言葉は途切れ途切れだった。

「あなたの元に帰りたい。赤ちゃん、あなたがいない時……」。彼女は口ごもった。

その瞬間が過ぎるまでに、話しておかねばならなかったと私は思った。その時話すのが良いか、あるいは永遠に口を閉ざすのか。「あなたに知っていて欲しいことがある――とっくの昔に話すべきだった。研究室での仕事は、君が考えているようなものではなかった」

「いいえ、私の言うことだけを聞いて、智和さん。あなたが悪くないのは知っています。あなたは仕事に責任を持っていました。今私には分かります。私が言いたいのは、あなたの元に帰りたい、帰りたいのです。でも出来ません。心の準備ができていないのです。まだ」

私は崩れ落ちてしまうかと思った。私は腕を彼女に回すことを望んだ。一緒にいた頃にはよくそうしたものだったが、あるいは、少なくとも彼女の手を取りたかった。しかし、そうしないで私は頷くだけだった。「時間が欲しいのなら、分かった。待ちましょう」

＊

その冬の寒さは、骨身にしみるように冷たかった。日々はゆっくり進んだ。彼女のことで頭が一杯にならないように、私は仕事に専念した。病院は戦争のために人手不足であった、また常にすべきことは沢山あった。不足を補うため、私は外科医としての正式な訓練を受けていなかったのだが、外科手術の間、補佐することを始めた。私は、主任外科医の第一助手になり、度々、他の手術を先導することを依頼されるようになった。最初のうちは、些細な外科手術をするだけであったが、私の技能と自信が増すにつれて、より複雑な処置を実行するようになった。

数ヶ月が過ぎたが、佳代子からはまだ何も言って来なかった。私は海老名から一通の手紙を受け取った。彼は依然、ラブデーに収容されていた。彼は、私が離れてから二、三ヶ月で原田が亡くなったことを知らせてきた。東京に戻って最初の年の寂しさの中で、私はその知らせに驚いた訳ではなかったが、彼の死は私に深く影響を与えた。次の年の後半、東京はアメリカ軍の標的になった。夜ベッドで寝ていると、サイレンの唸り声が聞こえ、更なる空襲を警告していた。私たちの周りの壁は揺れ、空は炎で照らされており、母と私は台所の長椅子の下にしゃがんだ。病院は火傷の犠牲者と焦げた肉の悪臭でいっぱいだった。匂いが肌や服に染み込んだ。決して慣れることのできない匂いだった。担架で運ばれてくるか、歩いてくるか、患者が到着すると、彼らは助けてくれと叫んでいた。私は彼らの傷を消毒し、湿った包帯を当てたが、出来ることは他にほとんどなかった。激しい痛みを和らげる麻酔薬を与えることさえ出来なかった。それは供給が限られ、非常に不足していたので、手術だけに使うことが許されていた。最も過酷な事例——死ぬことが確実な患者——は出入り口から最も遠い病棟に置かれた。看護婦たちはその病棟で手当をしたが、医師は割り当てられていなかった。私は時々、患者を見に行った。彼らの真っ黒で、水ぶくれの身体は不気味なほど不明瞭だった。性別も何も分からなくなっていた。私が目を閉じれば、何年も前に解剖した人々が目に浮かんだ。彼らの身体は病気で損なわれていた。患者は死が近づけば近づくほど、穏やかになることに気付いた。彼らが最初に入院したとき上げていた強烈な悲鳴は、すぐに低いうめき声に変わった。最後の数時間は、空気を求め踏ん張る呼吸だけが溜息のように聞こえた。その音は弱く、かすかであるが、命との最後の繋がりであった。

ある夕方、直近の空襲の犠牲者を病院で手当てした、長くてヘトヘトになった日であったが、家に帰ると母が私を待っていた。居間に入って行ったとき、母は立っていた。彼女の目は赤く膨れ上がり、白いハンカチを胸に押し当てていた。

「ああ、智和さん」。彼女は言った。「今日、服部の奥さんが訪ねて来られました。あなたは覚えていらっしゃるかしら、佳代子さんのオバ様？」

私の中に不安が生じ、身体全体に広がった。私が子どもの頃、服部夫婦は時折、佐々木家と私の家族と一緒になって、海岸の小旅行に出掛けたことがあった。彼女は陽気な丸顔の女性で、私たちの結婚式では遅くまで留っていた。私は彼女に好感を持ち、もっとよく知る機会を持たなかったことを残念に思っていた。

「とても悲しい知らせをお伝えにいらっしゃいました。昨夜、空襲で――」

私は引戸の縁を握ろうと手を伸ばした。私の指は、和紙を貫いた。

母が次の言葉を発する前に、私は知った。佳代子、私の妻が亡くなった。

第十九章　東京――一九八九年　ベルニス修道女の手紙

私は目を開ける。日差しはブラインドの下で、光の線になって輝いている。頬は枕の上で暖かい。汗が首筋をチクチク刺す。体からシーツを引っ張り、その動きがもたらす痛みにたじろぐ。私の関節は、かつてのようには動かない。私はもう少しベッドに休んで、目を閉じ、再び眠りにつこうとする。まだ朝早く、私のマンションは五階であるが、外から近所周りの音が聞こえる。トラックが後退するときのビープ音が鳴り続ける。遠くから警笛が鳴り響く。このマンションのどこからか、テレビの音がしている。はっきり聞こえたり、微かになったり、まるで、そよ風によって送られてくるようである。私の頭上では、熱がこもる天井が軋む。まどろみの芝居を更に数分間か続けてから、遂にあきらめる。ベッドで長時間寝ているのは要注意だ――危険、退職した人間の一人暮らし。

私は着替えて、ブラインドを開ける。台所で、粉挽きコーヒーをスプーンで掬い、フィルターに移し、装置に水を満たす。私の背後で、ゴボゴボ音を立てシューと鳴っている間に、足を引きずって玄関口までノロノロ歩いて行く。ドアを開けると、ちょうど小野夫人が私の階の踊り場まで、ふくよかな腕を振りながら、階段を下りて来ている。二、三メートル先にはエレベーターもあるが、彼女はいつも階段を使う。健康のためと彼女は言う。しかし、いつもの散歩の服装、サンバイザー、ポロシャツ、スラックスではない。その代わりに、パーマをかけた頭の上に麦わら帽子をかぶり、スカートと首のあたりで丸くなった半袖のトップスを身に着けている。
「おはようございます、小野さん。今日はどこかにお出掛けですか?」

「おはようございます、先生」。彼女は言う。

彼女は、タイルの上に長方形の日光が差し込む窓を通り過ぎ、踊り場を横切り、私の方に歩いて来る。私がかがみ込む前に、私の足元の新聞を掬い上げる。

「恐ろしいじゃありませんか」。彼女は私に渡す前に、新聞の第一面の記事を見ながら舌打ちする。

私は彼女が何に言及しているのかを知るために、新聞を一見する。私の笑顔が消える。私はそのページ下部の小さな見出しを凝視する。「新宿の人骨は不審物ではない、警察発表」。その記事には、発掘現場の写真が添えられている。地下から際立って見える二つの頭蓋骨の写真が挿入されている。鳩の羽音のように、私の潜在意識をかき乱す記憶。

小野夫人は首を振る。「何があったのか知りたくもありません。これらの哀れな霊にも、きちっとした葬式をしてあげなければならないと思いませんか?」

私は目をぱちくりさせ、彼女の顔を見る。彼女の肌に、化粧の粉がまだらに付いている。血のように赤く塗られた唇。

「今日はどこかにお出掛けですか?」。私は馬鹿者のように繰り返し、新聞を脇に抱える。私は声が明るく聞こえるようにする。驚きで彼女の顔が変わる。それは年を重ねるにつれて私が恐れる反応の類だ。人が犯す微妙な踏み違い。

「今日は夏祭りですよ。ご存じありませんでした?」

あー、忘れていた。昨夜、ラジオが今日の催し物を放送していたのを思い出した。しかし、朝起きてからは、私たちの近在で最も重要な祭りについてはすっかり忘れていた。地元の神社の清めの儀式は午前中に行われる。その後、男たちは神輿を担ぎ、掛け声や打ち鳴らす太鼓と共に、通りを練り歩く。あたり一帯は人で溢れ返る。私はマンションを出る予定がなくてホッとしている。

「はい、もちろん。覚えて……」。私は眉間に手をやる。「神社のお祓いに——行かれますか?」

「私は一度も欠かしたことはありません」。彼女は私の様子を伺いながら、首を傾ける。「先生は行かれない?」

「はい、そうしないと思います。お天気が——私には難しい……」。私は軽く笑いながら、彼女を見送りたいと思うが、彼女は行こうとしない。

「先生はあまり外出なさらないのでは? お付き合いするという意味で」

彼女の発言に苛立った。よくある誤解である。私は定期的に昔の病院の知人たちに会うし、毎週末には神田で友人仲間と囲碁を楽しむが、私たちが碁盤を見つめ、議論し、お茶を飲む時間を彼女が認めてくれるかどうかは疑わしい。私は一週間おきに妹家族を訪ねる。訪問しなかった週には、いつも電話して、近況を聞く。恵はその日にしたことを私に語る——文化センターでの生花や娘の華子のところへの訪問——そして電話を大姪に渡してもらって、おやすみと言うことができる。私は毎日近所の公園に散歩する。私は残った活力を誇りにしている——今は引退していても、かつて私が説教したことを実践しなければならない。

私のイライラが表に出たに違いない。小野夫人は私の応答を待たなかったからである。「すみません。そのようなことを言うべきではありませんでした。私はただ……」。彼女の視線は、私のアパートの中に注がれている。「私の経験からすると、これらの行事に行って見るのは良いことですよ。夫を亡くしてから、学んだことです」。小野夫人は背を真っ直ぐにした。彼女の笑顔が戻る。「いずれにしても、朝の新鮮な空気と日光は健康な体には必要です。そうお思いになりません？　お祓いにお越し下さるのであれば、入り口付近で、私を探して頂けますか」

彼女は暇乞いをしてから、階段を歩いて降りる。麦わら帽子が上下に揺れる。ドアに近付きながら、心臓がドキドキする。私はイライラしながらも、書斎に向かって歩き出す。小野夫人の話し方は、まるで私の私生活を知り尽くしているかの如くである。廊下で、埃を被った佳代子の写真が私の目を捉える。加茂川の側の木に寄り掛かり、彼女は不安げに微笑んでいる。髪は顔の周りに、柔らかくウェーブしてピン留めされている。

私は薄暗い書斎の奥に入り、机の前に座る。まぶたに冷たい指の先を当てる。頭がスッキリすると、明かりを灯す。私の前の新聞の上に、丸く光が照らされる。深く息を吸い、読み始める。

「新宿署から指名された調査官が、旧国立衛生研究所の建物の地下から発見された三十五体以上の遺骨を調べたところ、暴力犯罪の証拠は見出せなかった。江口健一は、遺骨は少なくとも二十年以上に死亡した男女のものであると語った。この結論からは、犯罪捜査は行われない。しかし、それらの人骨が七三一部隊――第二次世界大戦中に細菌兵器の開発を担った陸軍部隊――に関係しているとする歴史家がいる。しかしながら、この繋がりを証明する証拠は見つかっていない。新宿区の当局者は、厚生省に対してさらに人骨の調査を進めるよう働きかけている。これは先週、最初の請求が拒否された後のことである」。私は額を手で撫でた。朝の緊張が眼の後側にほのかな脈動として凝縮されている。長い間埋められていた記憶の心臓の鼓動。何年も経って、今戻ってくるために。

ブルームでは、それは常にそこにあり、表面を覆う覆いのように、その端は固く閉じられていた。若いマレー人の手術の前に、私が凍り付いたとき。ベルニス修道女との私の関係でさえ――私のことをもっと知ろうとする彼女の無邪気な試みは、つらい記憶を前面に押し出すことになった。収容所では、過去からさらに距離を置き、ブルームよりもうまく同化しようと努めた。しかし最悪の事態が去ったと思った矢先、スタンの死がそれを鮮明に蘇らせた。

何年もの間、私は決して忘れられるものではないと思っていた。しかし時が経つと、記憶は色褪せてくる。私が働いた長い時間は、私が立ち止まり、思い返すには忙し過ぎたことを意味している。たった一度だけ、一九五九年に、その過去が私を圧倒する危険に脅かされたことがあった。当時、母はまだ存命中であり、ある朝、ある知らせを示された。「あなた、あの人のために仕事をしていたんじゃない？」。それは石井四郎の死亡記事であった。この記事によると、「先の陸軍大将（実在の石井四郎は陸軍中将）、傑出した医学の先駆者」は自宅にて、家族に看取られながら安らかに死亡した。享年六十九。私はその新聞を母から引ったくって、なぜそれを私に見せたのか知りたいと母に迫った。「あなたがあの人を知っていたからよ」と母は言った。「私には分からないわ――なぜそんなに慌てているの？」

戦争が終わって何年間か、私は度々ベルニス修道女のことを思い出した。一度、佳代子の墓参りの帰りにカトリック伝道師の集団を見たが、修道女の長く黒い衣装が三月の風になびいていた。その中に、私のよく覚えている淡白い楕円形の顔をしている人がいないか探した。何年か後に、街で外国のビジネスマンとその妻を見かけることが日常的になったとき、あるタイプの黒髪の西洋人女性を見ると、私は郷愁を覚えた。その頃まで築地の病院で働いており、そこでは大勢の看護婦を訓練したが、仕事を実践する上において、ベルニスに優る自信と優雅さを備えた者はいなかった。ベルニスは夢に時々現れ、私に近づいて来るとき、白い衣装がそよいだ。夢の中で、彼女は決して私を批判的に判断することはなかった。彼女の顔、私の方に振り返った顔は、いつも光に満ちていた。

机の引き出しから封筒を取り出す。肉太のカリグラフィーの書体で、宛名が書かれている。「トモカズ茨木先生、ハービー収容所、西豪州」。しかし、これは消され、その横にペンで日本の私の実家の住所が書かれている。私は手を伸ばし、手紙を取り出すが、今は経年変化で黄色く、固くなっている。開くとひびが入る。日付は一九四二年一月となっているが、私が受け取ったのは一九四八年のことであった。収容所を離れて、日本に戻ってきてから何年も後のことである。それは検閲官によって保管され、私の解放後のラブデー収容所に転送されたに違いない。どのようにしてそれが私に届いたのか全く不明だが、細く震えた線で書かれた字の頼りなさ、なじみのない文字の配置に手を止めていることからすると、もしかして、マッカビン将校がそれを受け取り、私に転送してくれたのかもしれない。

それはベルニス修道女が私に書いた唯一の手紙であった。初めて読んだとき、私は後悔の念で泣いた。しかし手紙を受け取った一九四八年は、佳代子の死のショックからまだ立ち直れずにいた。私は彼女に連絡を取りたいと思ったが、記憶が解き放たれるのを恐れて、そうしないと決心した。物事には、過去に残しておくのが最善であることもある。

そうしたことで、手紙はその時代の他の記念品——男児の首に巻かれていた木の札や錆びた外科用器具と同じように、忘れ去られた存在となった。何十年間も、それらはファイルの間の箱の中で埃をかぶってきた。今年初頭の昭和天皇崩御を知って初めて、私はそれらのものを思い出した。天皇葬儀の日、私はテレビで放映された行列を見た。自衛隊員が濡れた通りに並び、霊柩車が通り過ぎるときに敬礼しているのを見ると、私の内部で動揺が起きた。私は何時間もの間、その箱を探した。遂にベルニスの手紙を見つけ出したとき、小さな筆記体で書かれた文章を、私は何時間も熟読した。読んで、再読し、記憶に刻み込まれるまで読んだ。

一九四二年一月十七日

親愛なる茨木先生

何よりもまず、先週の私の振る舞いをお許し下さい。お宅に押し掛け、不躾な質問をしたのは、私の間違いでした。私が病院にいる間、色々ご親切にして頂きました。ですから私がご親切にお返しする機会ができたとき、あなたがそうすることをお許しにならなかったことは残念に存じました。感情に負けて、やっと自分の間違いに気づいた時は、あなたはもういなくなっておりました。私はお別れの機会を決して持てなかったことを心から悔やんでおります。

あなたに言っておきたかったことはあまりにも数多くあります。私たちが海岸に立ち、灯籠流しを見つめ、少年の時の灯籠の作り方を語って頂いたとき、それまでは拝見できなかった一面を知ることが出来ました。お貸しいただいた本にも有り難く思います。

私たちが親密になれると感じた時はいつでも、あなたは避けるように見えました。私が本の中に木の栞を見つけた時のあなたの苛立ちを、私は思い返します。私たちは誰も、自分の秘密を持っており、あなたの秘密を知ろうとは存じませんでしたが、あなたが背負う重荷を少しでも軽くすることが出来たらと願っておりました。もう少しだけあなたのことを分かち合えたら良かったのにと存じます。

このようなことをもっとたくさん直接あなたに伝えることが出来たらと思いました。そう出来なかったことは私の一番悔やむところです。「わたしは黙し続けて、絶え間ない呻きに骨まで朽ち果てました。」（詩篇32：3）

あなたのご安寧をお祈りします、トモカズ様、そして言い残したこと全てのために祈ります。

かしこ

ベルニス

私は顔を上げると、電灯が眩しく、一瞬目が見えなくなる。とうとうベルニス修道女の言葉が私に開かれる。私は理想的な思慮分別というものに固執していた。それが勇気――そして赦し――だったとき、ずっと必要であった。私の沈黙は強靭ではなかった。

私は椅子を動かす。空腹が腹を悩ましているが、食べている時間はない。紙の束に手を伸ばし、新しいページをめくる。紙は、一見すると綺麗で白いが、近づいてよく見ると、以前に書いたペンの圧痕が残っている——影のような線、過去のほとんど知覚できない溝。

来週、小野夫人が新聞を読んだ時の衝撃を想像してみる。彼女は急いで友人たちに電話するのに忙しく、朝の散歩をし損ねるかもしれない。疑いなく、私は数週間にも渡り噂の対象になるだろう。囲碁仲間や前の病院の同僚——誰もが、物腰の柔らかい茨木が、そのようなことをしたと知り驚くであろう。妹の家族のことを考えると、心臓が震える。恵の孫たちは大学生の年頃で、友人たちになじられるかもしれない。しかし、私はなぜそうしなければならなかったのかを説明するつもりだ。やがて、それは恥をかくだけの価値があったとわかることになるだろう。彼らが理解してくれることを望む。私はペンを取り、書き始める。最初のうちは、一語一句に逡巡し、なかなか言葉が出て来ない。しかし間もなく、文章が流れ始める。

「拝啓　編集長殿、私は茨木智和と申します。私はかつて、東京の陸軍軍医学校内の防疫研究室で働いたことがあります。石井四郎大将は私共の組織の責任者でした。私はこの手紙が公表されることを希望しております。なぜなら、この手紙には、日本の人々が知るべきことが書かれてあるからです。」

謝辞

私の小説を専門知識と熱意を持って出版していただいたアレン＆アンウィン社のアネット・バーロー、クリスタ・マンス及びチームの他のメンバーに感謝します。指導教員のデブラ・アデレード及びデリア・ファルコナーには、誠意を持ってご指導いただきました。

次の団体には、ご支援いただき謝意を表します：シドニー工科大学、国際交流基金関西国際センター、ラグデール基金（及びアリス・ハイエス家）、バージニア創造芸術センター、バルーナ作家ハウス、バンダノン・トラスト、コピーライトエイジェンシー、工業イノベーション科学研究及び準州教育省。

次の方々には、私の調査を支援するのに時間と英知を共有していただき感謝します：永田由利子、鳥居靖、奈須重雄、南典男、川村一之、北條正司、メアリー及びピーター・ジャルザブコフスキー、エブリン鈴木、モーリス潮崎、津田睦美、パール浜口、ローズマリー・ガウワー、マックス・シュルツ及び故ジェイムズ・サリバン。同様に、パム・オリヴァー、ノリーン・ジョーンズ、トリヴァー・リード、マリー-ホセ・ミシェル、金森マユ、ロバート・クロス、ロバート・レクナー及び家族、メアリー・ローズワーナー、ケン及びヘザー・ウイルキンソン、ドロシー・ワイズ、ブルーム歴史博物館、アデレード移民博物館、タツラ博物館、国立鉄道博物館のビル・ボーランテイン、マルコム・トンプソン及びオーストラリア国立アーカイブスの職員。

私は、初稿に目を通し、ご意見を返していただいた友人、家族及び同僚に感謝します：カルロス・モラ、アディティ・グヴェルネル、エリザベス・カウエル及び私の両親。進行中にご意見をいただいた人々は、ケヴィン・マルノ、キム・ジャコブソン、ジョウ・クォーチ、マリナ・ゴールド、パトリック・ボイル、ケヴィン・オブライエン、創作フィードバック集団、サマンサ・チャン、アイオワ作家ワークショップ２０１１夏クラス。

この上なく支援してくれたのは私の家族でした。母の翻訳に関する精力的な活動は特筆に値します。父と姉妹は切望される励ましとアドバイスをくれました。私は、夫のクリスに心から感謝を捧げます。彼はあらゆる段階で修正意見を出してくれ、私の頻繁な不在を我慢し、忍耐と愛情を持って対応してくれました。待った甲斐があったと希望します。

＊

ラブデー収容所の場面設定を書くために、国立オーストラリア・アーカイブス及びオーストラリア戦争記念館に保管されている記録を調査した。また、日本の民間人収容者によって書かれた資料やインタビュー特集によっても情報を得た。永田由利子の「オーストラリア日系人強制収容の記録」、塩原進の「太平洋学会学会誌」の回想録、古池三八勝の抑留日記は、とりわけ役に立った。元収容者やその親族との面談は、抑留の生活環境と感情体験に光を当てた。ローズマリー・ヘンフィルの「真珠採り親方の娘」は戦前のブルームの生活を知る上で貴重な情報を提供してくれた。日本の場面設定は、郡司ヨウコ、ショルドン・ハリス、ハル・ゴールドなどの体験者や歴史家による本や記事を参照した。

訳者あとがき

二〇一〇年一二月、私は、シドニー工科大学で国際関係論を専攻する大学院生クリスティン・パイパーの訪問を受けた。彼女は大阪で日本語の研修を受けていたが、私のことを日本の大学の専門家に紹介され、帰国直前になって高知を訪れることになったと言う。博士論文の研究テーマは、オーストラリアで真珠貝（白蝶貝）採取に従事し、戦争中に抑留された日本人に関するものであり、私の持つ幾つかの資料のコピーを手渡した。

私は自然科学の化学を専門としており、海外移民関係はもちろん専門外であったが、個人的には関心があり、関係資料を比較的多量に持ち合わせていた。というのは、私の父は、戦前から西豪州ブルームに渡り真珠ダイバーとして働いていたが、一九四一年一二月太平洋戦争が始まると、海から陸に上がるや否や拘束され、強制収容された経験を持っていたからである。戦後になって、一九五五年には再びブルームに渡り、通算、二十九年間を豪州で過ごすことになった。その間、ヘイ収容所抑留中を除く二十五年間、一貫してStreeter & Male社の親方サム・メールに仕えた。ブルームは小さな町ながらも、世界地図や地球儀にも記載されている。

本書には、戦前、ブルームにあった日本人病院の医師が、南豪州ラブデー収容所に強制収容され、体験した苦悩、葛藤が描かれている。そこでは、心の中に封印していた日本で関わった暗闇が、突如として蘇ってくる。彼は東京生まれの極めて優秀な医者・研究者であったが、その能力の高さ故に、新宿・戸山の陸軍軍医学校に創設された防疫研究室の研究員に抜擢され、関東軍防疫給水部が関与する生物兵器開発に手を貸していくことになる。

関東軍防疫給水部七三一部隊を指揮した石井四郎は、「傑出した微生物学者として知られ、人生を研究に捧げるために、有望な医者としての出世を断念した」と本書には書かれている。彼は、軍隊が生き残る飲み水確保のために、小便からさえも飲料水を造る方法の開発を、ある大学の研究室に依嘱した。出来上がった「試作の水」を実際に飲んで、彼は「これはうまい」と言ったという話を、かつて私は聞かされたことがあった。

本書は、完全なるフィクションとして、主人公の日本人医師、茨木智和を描いている。全体を通して見ると、純愛小説、日本人病院の看護婦を務めた若くて有能な修道女を思い遣る小さなラブストーリーと見做すことができる。しかし、ブルームやラブデー収容所で起こる数々の事件の展開は、まるで巧妙な推理小説のように読者を引きつける。原作者クリスティン・パイパーが、本書を通して本当に一番言いたかったことは、果たして何であったのか。

二〇一四年、クリスティン・パイパーから彼女のサイン入りの'After Darkness'が送られてきたが、最初のページには、私の名前が漢字で記されていた。その後、本書は私の実家に送られ、そのまま「黙し続けて呻くことなく朽ち果てる」のを待っていたのだが、突如、十年近くの封印が溶け、私の目の前に再び姿を現した。原作者の執筆意図は何であれ、本書を日本語にして世に送り出すのは自分しかいないとの妄想に取り憑かれ、翻訳出版を思い立った。

翻訳原稿の校閲は、東京外国語大学の山内由理子准教授にお願いした。彼女は文化人類学・民俗学の専門家であり、ブルームを研究フィールド拠点の一つとして、オーストラリア先住民や移民の研究をしている。私との交流は、追手門学院大学オーストラリア研究所での研究会でお会いしてからである。私の不完全な英文解釈、単純ミス、脱落、その他私の犯した幾多の不備を指摘し、正していただいた。ドイツ文学の高知大学瀬戸武彦名誉教授は、原稿全体に渡り不自然な和文を修正し、また正しいドイツ語の発音や意味を示していただいた。出版にあたっては、花伝社の編集部佐藤恭介氏に大変お世話になった。ここに謝意を表したい。

北條正司

二〇二三年五月

著者略歴

クリスティン・パイパー（Christine Piper）

日豪ミックスレイスの作家、ジャーナリスト。デビュー小説『After Darkness』（Allen & Unwin 2014）では、第二次世界大戦中に敵性外国人としてオーストラリアで強制収容された日本人医師を描いた。この作品はヴォーゲル文学賞を受賞、マイルズ・フランクリン賞の最終選考に残り、現在ビクトリア州の高校生の英語教材として使われている。日本の市民活動家と国における矛盾する戦中の記憶についてのノンフィクション・エッセイ『Unearthing the Past』は、2014年のガイ・モリソン賞のリテラリー・ジャーナリズム部門とキャリバーエッセイ賞を受賞。

ウェブサイト：www.christinepiper.com

ツイッター：@cyberpiper

訳者略歴

北條正司（ほうじょう・まさし）

高知大学名誉教授。理学博士。1952年愛媛県生まれ。1974年神戸大学理学部卒。1981年京都大学大学院理学研究科博士課程修了。1979年高知大学理学部着任、2001年教授、2017年より名誉教授。カナダ Calgary 大学および米国 Texas A&M 大学博士研究員、オーストラリア Monash 大学客員研究員。

著書に『酒と熟成の化学』（光琳、2009、共著）、『化学と空想のはざまで』（創風社出版、2016）、『アルコール熟成入門』（日本食糧新聞社、2017、共著）、『基本分析化学』（三共出版、2020、共著）。訳書に『第二の故郷　豪州に渡った日本人先駆者たちの物語』（創風社出版、2003、共訳）、『北上して松前へ　エゾ地に上陸した豪州捕鯨船』（創風社出版、2012、共訳）、『クジラとアメリカ　アメリカ捕鯨全史』（原書房、2014、共訳）。

暗闇の後で——豪州ラブデー収容所の日本人医師

2023年8月10日　初版第1刷発行

著者 ——クリスティン・パイパー
訳者 ——北條正司
発行者 —平田　勝
発行 ——花伝社
発売 ——共栄書房
〒101-0065　東京都千代田区西神田2-5-11出版輸送ビル2F
電話　03-3263-3813
FAX　03-3239-8272
E-mail　info@kadensha.net
URL　https://www.kadensha.net
振替 ——00140-6-59661
装幀 ——生沼伸子
印刷・製本—中央精版印刷株式会社

ISBN978-4-7634-2076-3 C0097